아빠를 빌려드립니다

홍부용 지음

위즈덤하우스

차례

화이트 엘리펀트 데이	7
아저씨가 울 아빠였음 좋겠다	21
아빠도 재활용되나요?	38
아빠를 빌려드립니다	55
진태 아빠가 되어주세요	77
답답하냐? 나도 답답하다	87
아빠 렌털 사업	109
마늘 먹은 햄과 그냥 햄의 차이	134
나쁜 건 나쁜 거다. 그럼 약한 건?	155
사랑한다면 혼내주세요	173

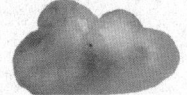

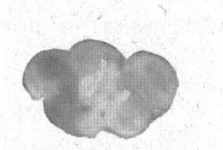

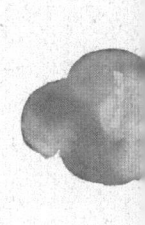

개점 휴업	196
어머니! 엄마?	209
아들과 딸의 차이	229
마귀할멈에겐 햇님 작전	249
아직 마르지 않은 매니큐어	278
파국	292
역지사지	303
좋은 아빠 되기	328
작가의 말	337

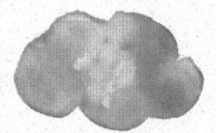

화이트
엘리펀트 데이

장기적인 경기 침체로 실업자가 급증하고 있습니다. 정부는 실업자를 구제하기 위해 공공사업을 늘릴 예정이며…….

옆으로 비스듬히 누워 뉴스를 보고 있던 태만은 사타구니를 벅벅 긁던 손으로 과자를 집어 먹으며 투덜거렸다.
"또! 또! 같은 소리. 어째 매년 토씨 하나 틀리지 않고 같은 소리를 해대냐. 작년에도 장기적인 경기 침체로 실업자가 급증한다고 하더니, 올해도야? 정부야, 공공사업처럼 일용직 노가다를 늘릴 게 아니라 구조를 바꿔야지, 경제구조를. 어째 백수인 나보다 모르냐, 쯧쯧."
태만은 혀를 찼다. 나이가 들면 뉴스가 재미있어진다더니 노친네 말이 틀린 게 하나 없었다. 태만은 온종일 채널을 돌려가며 뉴스를 보았다. 다른 채널임에도 한 사람이 보도하는 것처럼 똑같은 영상에, 똑같은 논조였다. 뉴스를 반복함으로써 충격을 완화하고 익숙하게 만들어 어떤 뉴스도 기억되지 않았다. 참으로 이상했다. 심드렁해진 태만은 채널을 돌렸다.

특별 세일! 이 시간대에만 만날 수 있는 놀라운 가격에 더 놀라운 구성. 지금 전화 주시면 이 모든 것을 다 드립니다. 오 분 남았습니다.

익숙한 목소리가 들렸다. 쇼호스트들의 천편일률적인 '솔' 음이 아닌 중성적이면서도 편안한 목소리, 강미연이었다. 태만은 채널을 고정하고 미연을 보았다. 긴 머리를 포니테일로 동여맨 그녀가 기능성 화장품을 소개하고 있었다. 두세 번만 두드려도 피부 잡티를 감출 수 있다고 했다. 미연이 조곤조곤 상품 설명을 할 때면 자신도 모르게 사고 싶다는 생각이 들었다. 태만은 절로 입꼬리가 올라갔다.

태만이 미연을 처음 본 건 〈사랑밖에 난 몰라〉라는 단막극에서였다. 주인공도 아닌 주인공의 친구로 나오는 미연을 본 순간 태만은 사랑에 빠졌다. 그녀에게는 말로 표현할 수 없는 아련함, 그리움이 배어 있었다. 태만은 미연이 나오는 드라마란 드라마는 모두 챙겨 보았다.

그러나 그 뒤 미연은 흔적도 없이 사라졌다. 미연의 행방이 궁금해진 태만은 방송국으로 연락을 했지만 단역배우의 연락처 따윈 모른다고 했다. 어렵게 알아낸 기획사에서도 마찬가지였다. 태만은 끝내 미연을 찾지 못했다. 벌써 십 년도 더 된 일이었다. 그러다 몇 년 전 채널을 돌리다 미연을 발견했다. 그녀는 쇼핑호스트로 활동하고 있었다.

쇼핑호스트를 하는 미연에겐 그 옛날 그녀를 빛나게 하던 아련함이나 그리움은 사라지고 없었다. 그러나 사람을 편안하게 하는 미소는 여전했다. 태만은 미연의 미소에 홀려 필요도 없는 그릴을 두 번이나 사고, 입지도 않는 등산복을 샀다. 아내 지수가 잔소리를 해댔지만 어쩔 수 없었다. 마치 사이렌의 노랫소리에 홀린 뱃사람처럼 태만은 미연의 목소리에 홀려 물건을 샀다.

"아영아, 전화기!"

태만이 소리쳤다. 텔레비전에선 미연이 태만을 재촉했다.

주문량이 많아 상담원과 통화하기 어렵습니다. 자동응답으로 신청해주십시오.

"채아영!"

태만이 아영의 이름에 성을 붙였다. 급하다는 이야기였다. 그러나 아영은 대답이 없었다. 이상하다, 방금 전까지만 해도 옆에 있었는데. 태만은 아영이 앉아 있던 거실 구석을 바라보았다. 아영이 엉덩이를 하늘 높이 추켜올리고는 바닥에 얼굴을 박고 있었다. 태만은 아영의 폼이 너무 우스웠다.

"크크, 채아영, 너 뭐하냐?"

"숙제."

아영이 옹알거렸다. 스케치북에 얼굴을 박고 있어 말하기가 힘든 모양이었다. 태만이 물었다.

"숙제?"

"자기 얼굴 그려 오래."

얼굴에 피가 몰려 붉게 상기된 아영이 힘겹게 대답했다. 나 참, 누굴 닮았는지. 자기 얼굴 그려 오라고 한다고 스케치북에 얼굴을 대고 본을 뜨는 사람이 어디 있나. 태만은 답답했다.

"얌마, 자기 얼굴을 그렇게 그리는 사람이 어디 있어?"

"그럼 어떻게 그려?"

그제야 아영이 고개를 들어 태만을 보았다.

"잘 그려야지, 잘."

"잘 그리는 게 어떤 건데?"

아영이 물었다. 아, 지지배, 꼬치꼬치 캐묻기는. 말을 하면 알아들어야지. 태만은 귀찮았다.

"그런 건 선생님한테 물어봐."

그럴 줄 알았다는 듯 아영이 쌜쭉한 표정을 지으며 말했다.

"칫, 아빠도 모르면서."

"뭐야? 너 아빠 무시하는 거야? 아빠가 왜 몰라? 대학까지 나왔는데! 그것도 수석으로! 너 수석으로 나온 게 어떤 의미인지 알아?"

"칫."

"이놈의 지지배, 무슨 말만 하면 칫이래."

태만은 기분이 나빴다. 이제는 아홉 살인 아영에게도 무시당하는 것 같았다. 태만이 주저리주저리 핑계를 댔다.

"아빠가 가르쳐줄 수도 있지만 그러면 너한테 도움이 안 돼. 왜냐 공부란 스스로 터득해야……."

솔직히 태만은 그림을 모른다. 점과 점 사이에 선을 이어 유형의 뭔가를 그리는 사람들을 보면 대단하게 느껴졌다. 그렇다고 아홉 살짜리 딸 앞에서 모른다고 하기엔 자존심이 상했다. 태만은 중언부언 장황하게 연설을 시작했다.

"아빠 말이지, 선생님들이 하나를 가르쳐주면 열을 아는 천재였지. 네 살에 천자문을 떼고……."

네 살에 천자문을 뗐다는 건 태만의 기억이 아니었다. 돌아가신 할아버지의 증언이었다. 네 살에 '하늘 천 따 지 검을 현 누를 황'을 읊었다고 기특해하셨다. 할아버지 불호령에 읊긴 했지만 뜻을 알지는 못했다.

그러나 말에는 이상한 힘이 있어 네 살에 천자문을 뗐다는 이야기를 할 때마다 태만은 정말 천재가 된 느낌이었다. 다른 사람은 몰라도 아영한테만은 천재라고 인정받고 존경받고 싶었다.

"그러니까 너도 아빠한테 의지하지 말고…… 그건 너무 쉽게 가는 방법이니까……."

어째 조용했다. 조용하다 못해 너무 적막해 이 세상에 혼자 남겨진 것 같았다. 태만이 불길한 마음으로 아영을 바라보았다. 그사이 아영은 스케치북에 얼굴을 대고 다시 본을 뜨고 있었다.

저놈의 지지배 아빠가 말하는데 딴청을 피워? 기분 나빠진 태만이 발을 뻗어 아영의 뒤통수를 꾹 눌렀다.

"아야!"

아영이 비명을 지르며 고개를 들었다. 눌린 코가 빨갛게 되었다. 귀여운 녀석. 태만이 아영을 놀렸다.

"크크크, 너 루돌프 사슴 같아. 코가 빨간 게 크크크, 완전 루돌프 사슴 코네."

"아빠! 아프다고!"

"내가 뭘?"

"아빠가 눌렀잖아! 이렇게!"

아영이 뒤통수를 누르는 시늉을 하며 소리쳤다. 억울하다는 표정이었다. 태만이 정색을 하고 고개를 흔들었다.

"아빠가? 아빠 그럴 사람 아냐."

"아니긴 뭐가 아니야? 이렇게 눌러놓고! 아빤 늘 이런 식이야. 아빠가 해놓고 모른 척 시치미 떼고. 악마가 따로 없어."

아영이 고개를 흔들며 말했다. 그러더니 길게 이야기해봤자 입만 아프지, 라고 구시렁대며 스케치북과 그림 도구를 챙겼다. 태만은 토라진 아영이 그저 귀엽기만 했다.

"왜? 벌써 들어가게?"

"응, 아빠 옆에선 아무것도 하기 싫어."

아영이 그림 도구를 챙겨 들고 일어났다. 태만은 웃음이 터졌다.

"크크크크."

아영이 짜증을 낼수록 태만은 재미있었다. 아영이 못마땅한 표정으로 태만을 노려보더니 말했다.

"참, 선생님이 아빠 오래."

"아빠는 왜?"

"몰라, 꼭 오래."

"야, 네 교육 담당은 엄마잖아. 엄마한테 말해."

"엄마 말고 아빠 오래."

"너 사고 쳤냐?"

"사고는 무슨. 학교 오면 알아. 내일이야. 꼭 와."

아영이 통보하듯 말했다. 표정을 보아하니 말썽을 부린 건 아닌 것 같고, 아무 일도 아닌데 오라 마라 할 학교도 아니고. 태만은 왜 콕 집어 자신을 불렀는지 궁금했다. 그때였다. 지수 목소리가 들렸다.

"아영 아빠, 수건 좀!"

태만은 황급히 자리에서 일어나며 아영에게 속삭였다.

"아영아, 아빠 없다. 알았지?"

태만은 아영의 대답은 듣지도 않고 안방으로 도망쳤다. 남편을 하늘같이 모셔도 모자랄 판에 수건 따위나 갖다 달라니. 자존심 상한 태만은 못 들은 척 자리에 누워 잠을 청했다.

"아빠 어디 있어?"

지수가 집 안으로 들어서며 멀뚱하게 서 있는 아영에게 물었다. 이런 상황에서 가장 난감한 건 아영이었다. 아영은 제 방으로 들어가지도 못하고 지수 눈치를 살폈다. 눈치 백단 지수가 아영에게 재차 물었다.
"왜 똥 마려운 강아지처럼 서 있어? 아빠는? 안방에 있어?"
"나는 몰라, 정말 몰라."
아영이 고개를 흔들며 말했다. 마음 여린 아영이 강하게 부정하는 걸 보니 안방에 있는 게 분명했다. 지수는 안방으로 걸어가며 소리쳤다.
"이 쓸모없는 물건아! 거기 숨는다고 내가 모를 줄 알아! 수건 갖다 주는 게 그렇게 힘들어? 밥을 먹었으면 밥값을 해야지, 밥값을!"
또 시작이다. 어째 눈만 마주치면 싸우는 건지. 아영은 조용히 안방 문을 닫았다. 그러고는 귀를 막으며 노래를 불렀다.
"따르릉 따르릉 비켜나세요. 자전거가 나갑니다 따르르르릉~"

...

이튿날. 아영은 아침부터 힘이 없었다. 특히나 삼 교시 '화이트 엘리펀트 데이, 나눔의 날' 이벤트를 하면서부터는 힘이 더 빠졌다. 아영은 나눔 물건이 제시간에 도착할지 걱정이었다. 빨리 와줘야 할 텐데. 아영은 조급한 마음에 자꾸만 창밖을 쳐다보았다.
"제…… 제 친구 담비입니다. 여길 쓰다듬으면 아주 부드러워요. 제가 아주 어려서부터 무서울 때나 슬플 때나 함께했던 친구입니다. 엄마가 담비의 따뜻한 마음을 친구들이랑 나눠보라고 해서 가지고 왔습니다. 하지만 보내기 싫어요."

낡은 모포를 들고 교단에 선 서현은 얼굴이 홍당무가 되어 금방이라도 울음을 터트릴 것 같았다. 서현이 떨리는 목소리로 모포에 대해 설명을 덧붙였다. 이미 상품을 나눠 가진 아이들은 흥미를 잃고 웅성웅성 떠들기 시작했다.

"조용! 조용!"

아줌마 담임이 아이들에게 주의를 주며 말을 이었다.

"모포가 참 따뜻해 보이네. 가져와줘서 고마워. 자, 그럼 모포 필요한 사람 손드세요."

아영은 아줌마 담임의 말이 떨어지기가 무섭게 손을 들었다. 좋은 건 이미 다 놓쳤다. 아영은 모포만이라도 받아 가고 싶었다. 아줌마 담임이 말했다.

"이런, 아영이랑 진태 둘만 손들었네."

아영이 진태를 노려보았다. 시도 때도 없이 손을 드는 것 같더니만 녀석도 아직 바꾸지 못한 모양이었다. 하필 진태랑 경쟁하다니, 아영은 못마땅했다. 아영의 마음을 아는지 모르는지 진태가 아영을 보며 자꾸 웃었다. 뭐가 그리 좋은지, 멍청한 녀석.

"가위바위보 해. 이긴 사람이 갖는 거다."

아줌마 담임이 말했다. 아영은 뭘 낼까, 손을 꼬아 구멍을 보았다. 보다, 분명 하늘이 보를 내라고 했다. 만약 범생이 진태를 이기면 아영은 성당을 다녀야겠다고 생각했다. 그만큼 이기고 싶었다.

"가위바위보!"

아영은 보를, 범생이 진태는 바위를 냈다.

"앗싸! 이겼다!"

아영은 두 손을 번쩍 들었다. 기뻤다. 공부로는 범생이 진태를 절대 못 이기지만 가위바위보만큼은 자신 있었다. 아영은 한걸음에 달려가 서현의 모포를 빼앗아 들었다. 갑자기 서현이 울기 시작했다.

"내 모포…… 담비야, 담비야 가지 마……."

아영은 기분이 언짢았다. 쓸모없는 물건을 바꾸기로 하고선 주기 싫어 우는 꼴이라니.

"사내자식이 울긴."

진태가 서현을 보며 한마디 했다. 진태가 아영의 편을 들어주었지만 아영은 바른 소리 잘하는 범생이 진태가 얄미웠다.

"서현아, 친구들과 나누기로 했으면 나눠줘야지? 서현이도 크레파스 받았잖아."

아줌마 담임이 달랬지만 서현은 큰 소리로 울었다. 서현이 우는 걸 보니 마음이 좋지 않았다. 아줌마 담임이 물었다.

"자, 그럼 아영이 차례지? 아영이는 뭘 바꿀 거니?"

"잠깐만요, 선생님. 곧 도착할 거예요."

아영이 창문 너머를 바라보았다.

"곧 도착할 거라고? 뭐가?"

"저기요…… 저기 왔어요!"

마침 나눔 물건이 도착했다. 아영이 복도 끝을 가리켰다. 담임과 반 아이들이 동시에 복도를 바라보았다. 태만이 걸어오고 있었다.

아영이 손을 흔들며 태만을 불렀다.

"아빠!"

편한 캐주얼 차림의 태만이 아영을 향해 손을 흔들며 걸어왔다. 그때까지만 해도 태만은 자신에게 무슨 일이 벌어질지 꿈에도 알지 못했다.

…

"잠깐만! 잠깐만!"

태만이 아영의 말을 잘랐다. 도대체 무슨 소리를 하는지 도저히 알아들을 수가 없었다. 생각할 시간이 필요했다. 태만은 천천히 말을 이었다.

"그러니까 코끼리 데인가 화이트 엘리펀트 데인가 때문에 아빠를 오라고 했다고?"

"응, 선생님이 나에겐 쓸모없지만 다른 사람에겐 쓸모 있는 물건을 가져오라고 하셨거든."

아영이 천연덕스럽게 대답했다. 태만은 머리가 돌아버릴 것 같았다. 아내 지수는 나를 쓸모없는 물건 취급하더니, 하나뿐인 딸은 쓸모없는 물건이라며 다른 물건과 교환하겠다고? 이게 말이 되는 소리인가? 세상이 어떻게 돌아가기에 아빠를 쓸모없는 물건이라고 교환해?

'아우, 이 지지배를. 도대체 아빠를 뭐로 알고. 아우, 아우.'

태만은 말은 못하고 그저 속만 태웠다. 태만과 아영 사이에서 눈치를 보던 담임이 끼어들었다.

"아영아, 아빠는 물건이 아니잖아."

"하지만 엄만 아빠보고 쓸모없는 물건이라고 하는걸요."

아영이 말했다.

'저놈의 지지배, 말하는 꼬락서니 좀 봐. 저걸, 아우. 내가 저를 얼마나 예뻐했는데, 아우.'

태만은 복장이 터질 것 같았다. 반 아이들이 숨죽여 키득거리더니 이내 발을 구르고 책상을 내리치며 소란을 떨었다. 하, 쥐구멍에라도 숨고 싶었다. 당황한 담임이 출석부로 교탁을 내리치며 소리쳤다.

"조용! 조용!"

무슨 말이든 해야 했다.

"그건 엄마가 아빠를 너무 사랑해서…… 애칭으로다…… 그러니까 사랑하는 사람끼리는…… 서로의 마음과는 달리……"

그러나 말을 하면 할수록 궁지에 몰리는 듯했다. 젠장, 말을 말아야지, 말을. 답답했다. 상황이 이런데도 자신을 당돌하게 쳐다보는 아영이 괘씸했다. 태만은 아영에게 꿀밤을 먹이며 말했다.

"크면 알아. 죄송합니다, 선생님. 애가 워낙 엉뚱해서……."

"아닙니다. 제가 제대로 말을 전했어야 했는데…… 죄송합니다."

담임이 머리를 조아리며 사과했다. 그러나 태만의 상처 받은 마음은 풀리지 않았다.

"아닙니다. 제가 부족해서 그런 거죠, 뭐. 암튼 우리 아영이 잘 부탁드립니다."

태만은 끓어오르는 화를 간신히 누르며 담임에게 정중하게 인사하고 교실을 나섰다.

"뭐? 쓸모없는 물건? 하, 쓸모없는 물건이 뭔지 몰라? 이놈의 지지배, 집에 들어오기만 해봐. 쓸모없는 물건이 어떤 건지 보여주겠어."

태만은 아영이 집에 돌아오기만을 벼르며 발걸음을 재촉했다. 그때였다. 진태가 교실 밖으로 뛰쳐나오더니 앞을 막아섰다.

"아저씨, 못 가요!"

이건 또 무슨 상황인가. 태만은 당황했다.

"넌 뭐냐?"

"다른 애들은 다 바꿨는데 저만 못 바꿨어요."

"그래서?"

"그러니까…… 아저씬 제 거라고요!"

뭐야, 아직도 안 끝났어? 정말이지 진저리가 났다. 태만은 머리를 흔들며 말했다.

"꼬마야, 아저씨 바쁜 사람이거든. 저리 좀 비켜줄래? 그리고 난 네 거가 아니라 내 거야, 내 거. 그리고 사람은 사고파는 물건이 아니란다. 그럼 이만."

태만이 진태를 밀치고 가려고 하자 진태가 울음을 터뜨렸다.

"으앙~ 아저씨 내 거야. 아저씨 내 거라고."

울음소리에 놀란 담임이 허둥지둥 뛰어나와 진태를 달랬다.

"진태야, 아영이가 다시 가져오기로 했잖아."

"싫어요! 전 아저씨 가질래요!"

진태가 태만을 끌어안았다. 태만은 거머리처럼 달라붙은 진태 때문에 옴짝달싹 못했다. 그 와중에 아영은 재미있는 싸움을 구경하듯 웃고 있었다. 저놈의 지지배를, 아우. 도대체 전생에 무슨 죄를 지었기에 이런 일을 당하는지. 태만은 답답해 미칠 것 같았다. 담임이 진태를 달래며 말했다.

"진태야, 그럼 선생님이 제일 아끼는……"

"싫어요! 싫다고요!! 전 아저씨 가질 거예요!"

진태가 막무가내로 태만에게 매달렸다.

"어떡하죠?"

담임이 난감한 표정으로 태만을 쳐다봤다. 그걸 왜 나한테 물어요? 두들겨 패서라도 교실로 데려가야지, 라고 소리치고 싶었다. 그리고 이 상황을 통제하지 못하는 담임에게도 화가 났다. 담임이 난처한 표정으로 말을 이었다.

"진태 아버님이 일찍 돌아가셨어요. 그래서 학교에서도 나이 많은 남자 선생님들을 유독 잘 따른답니다."

그 순간이었다. 아주 짧은 순간이었지만 진태의 눈에서 자신의 과거를 보았다. 아버지를 잃고 불안에 떠는 눈빛을, 너무나 일찍 돌아가신 아버지를 원망하는 눈빛을.

젠장, 그런 이야기는 왜 하는 거야. 나보고 어쩌라고. 답답한 태만은 길게 한숨을 내쉬었다.

아저씨가 울 아빠였음 좋겠다

 태만은 담임의 간곡한 부탁과 진태의 눈물, 그러나 그 무엇보다 무너진 자존심을 회복하기 위해 진태네 집으로 향했다. 쓸모없는 물건이라는 오명을 떼고 싶었다. 태만은 진태에게 물었다.
 "아빠랑 제일 하고 싶은 게 뭐냐?"
 "블루마블이요."
 "뭐? 블루마블?"
 "네. 아빠가 함께 하자고 블루마블 사주셨는데 한 번도 못하고 돌아가셨어요."
 진태의 표정이 어두워졌다. 영원히 함께할 줄 알았던 아빠, 갑작스럽게 찾아온 그의 부재. 블루마블을 볼 때마다 아빠를 떠올렸을 진태를 생각하니 태만은 가슴이 짠했다.

"좋아, 오늘 블루마블로 끝장을 보자."

진태가 신이 나서 블루마블을 꺼냈다. 그렇게 시작된 블루마블은 세 시간째 이어졌다.

"야호! 또 이겼다!"

태만은 만세를 불렀다. 또 이겼다, 크크. 승부의 세계는 냉혹하다. 어리다고 봐주면 자꾸만 어리광을 부리게 된다. 아이들은 강하게 키워야 한다. 이것이 태만의 게임법이었다. 게임에서 진 진태가 자리에서 일어나 등을 내밀었다.

"자, 업혀요."

벌칙으로 서로 업어주기로 했다. 이것 역시 진태의 생각이었다. 진태의 작은 등을 보자 괜히 미안해졌다.

"됐어. 네가 어떻게 날 업어?"

"업을 수 있어요. 어서 업혀요."

진태가 강하게 우기자 태만이 말렸다.

"괜히 나중에 죽네 사네 하지 말고 그만해."

"아저씨야말로 어리광 부린다고 하지 말고 업히세요."

진태는 한마디도 안 졌다. 녀석의 패기는 인정할 만했다. 사내의 패기는 자신감이니까. 하지만 지나친 자신감은 아이를 망치기 마련이다. 태만은 일부러 힘을 실어 진태 등에 업혔다.

"아…… 무거워……."

결국 진태는 균형을 잃고 힘없이 주저앉았다. 그 바람에 태만도 바닥에 쓰러졌다. 놀란 진태가 태만에게 다가오며 물었다.

"아저씨, 죄송해요. 괜찮으세요?"
"안 괜찮아. 그러게 왜 업겠다고 해?"
"아빠한테 업히고 싶었거든요."

진태가 우물거리며 말했다. 그래서 세 시간을 지치지도 않고 게임을 했던 걸까. 녀석의 패기는 돌아가신 아빠에 대한 그리움이었다. 오늘 하루 아빠가 되기로 한 거 태만은 진짜 아빠가 되어주기로 했다. 태만은 진태를 향해 등을 돌렸다.

"자식, 진작 말할 것이지. 자, 업혀."
"하지만 제가 졌는걸요."
"그래서, 싫어?"
"아뇨, 싫긴요. 좋아요. 업힐래요."

진태가 태만의 등에 올라탔다. 끙. 확실히 아영에 비해 제법 무게가 나갔다. 태만은 진태를 추스르며 균형을 잡았다. 진태가 신나서 말했다.

"아영이는 정말 좋겠다, 아저씨 같은 아빠가 있어서."
"그러니까, 아영이가 뭘 몰라. 너, 아영이 보면 오늘 있었던 일 꼭 이야기해야 해. 알았지?"
"그럼요, 아영이뿐만 아니라 반 아이들한테도 이야기할게요."

태만은 비로소 명예를 회복한 것 같았다. 진태와 보낸 오늘 하루가 태만의 내일을 바꿔줄 것이라 믿었다. 그래서 평소와 달리 적극적으로 나섰다. 태만은 집 안을 둘러보았다.

"역시 진태 너랑은 통한다. 우리 이러지 말고 다른 게임 할래? 컴퓨터 없어?"

사십 평 남짓한 아파트는 전체적으로 고급스러운 분위기였다. 그러나 집 안을 돌본 지 꽤 오래되었는지 여기저기 벽지가 찢겨 있고, 벽에 걸어두어야 할 액자가 바닥에 나뒹굴고, 심지어 거실 등도 불안하게 깜빡이고 있었다. 진태의 표정이 어두워졌다.

"집에 오면 게임만 한다고 엄마가 치웠어요."

"애들이 게임도 하면서 크는 거지. 네 엄마가 잘 모르는구나?"

진심이었다. 학교, 집, 학원, 집을 다람쥐 쳇바퀴 돌듯 오가는 아영을 볼 때면 안쓰러웠다. 학창 시절을 돌아보면 친구들과 우르르 몰려다니며 놀았던 것만 기억에 남는데, 왜 그 많은 시간을 인생에 도움이 안 되는 것들을 외우는 데 쓰는지 모르겠다. 할 수만 있다면 아이들에게 많은 자유를 주고 싶었다. 진태가 빙그레 웃으며 말했다.

"아저씨가 진짜 울 아빠였음 좋겠다."

"자식, 사람 알아보는 눈도 있고. 네가 아영이보다 낫다."

태만은 진태의 머리를 쓰다듬었다. 그나저나 진태 엄마는 언제 오는 거야? 애를 혼자 두고 걱정도 안 되나? 태만은 진태에게 물었다.

"엄마는 언제 오셔?"

"아, 오늘은 좀 늦으신대요. 할머니네 가셨거든요. 아저씨 축구 하실래요? 박지성 사인 받은 공 있어요."

진태는 지치지도 않는지 블루마블 판을 정리하고 장식장에서 축구공을 꺼냈다. 꼬르륵. 태만의 배에서 소리가 났다. 태만은 민망해서 빙그레 웃었다. 진태가 태만을 쳐다보았다.

"아저씨 배고프세요?"

"그러고 보니 종일 아무것도 안 먹었네. 집에 먹을 거 있냐?"

태만이 물었다. 학부모가 학교를 찾는 경우는 대부분 하나다. 학습 상담. 태만 역시 그럴 줄 알고 학교에 방문했다. 그런데 일이 이렇게까지 복잡해질 줄은 전혀 몰랐다. 진태가 어른스럽게 말했다.

"냉장고 안에 샌드위치 있을 거예요."

"성장기 어린이가 샌드위치로 되겠어? 이건 아주 방임 수준인데. 너희 엄마 못쓰겠다. 아저씨가 특별식 만들어줄게."

태만은 팔을 걷어붙이며 부엌으로 향했다. 라면 하나는 끝내주게 끓일 자신 있었다. 태만이 막 물을 올리려는데 문 열리는 소리가 나더니 여자가 집 안으로 들어왔다. 아는 사람이었다. 정확히 기억나지는 않지만 분명 아는 얼굴이었다.

"누구세요?"

여자가 잔뜩 경계하며 물었다. 태만은 선뜻 대답을 하지 못했다. 죄 지은 것도 아닌데 이상하게 입이 떨어지지 않았다. 진태가 달려 나왔다.

"엄마! 인사해. 여긴 아영이 아빠."

"아영이 아빠? 아영이 아빠가 왜 오신 거야?"

여자가 물었다. 중저음의 편안한 목소리, 아련한 표정. 기억났다, 미연이었다. 쇼핑호스트 강미연. 갑자기 태만의 심장이 두근두근 고동치기 시작했고 얼굴이 붉게 달아올랐다. 태만이 아는 척을 했다.

"미연 씨? 혹시 강미연 씨 아닌가요?"

"어? 아저씨, 우리 엄마 알아요?"

진태가 놀라서 물었다. 미연이 당황한 표정으로 태만을 쳐다보았다. 태만이 주저리주저리 말을 꺼냈다.

"그럼 잘 알지. 제가 홈쇼핑을 자주 보거든요. 그중에서도 미연 씨 방송 잘 보고 있습니다."

태만은 손을 내밀며 악수를 청했다. 미연은 악수를 하는 대신 물었다.

"제 방송을 잘 봐주시는 건 고맙긴 한데, 여긴 어떻게 오신 거예요?"

"아, 오늘 화이트 엘리펀트 데이라고…… 쓸모없는……"

진태가 사실대로 말했다. 아이들의 솔직함이란. 태만은 진태의 말을 끊으며 말했다. 여신 앞에서 쓸모없는 물건으로 교환되었다는 말은 하고 싶지 않았다.

"흠흠, 진태야…… 아저씨가 목이 마른데 물 좀 갖다 줄 수 있겠니?"

"네. 시원한 물 드릴까요?"

"응."

태만이 고개를 끄덕이며 대답했다. 진태가 물을 가지러 간 사이 태만이 말을 이었다.

"오늘 학교에서 체험 학습을 했는데 진태가 아빠랑 놀고 싶다고 해서…… 아빠 대신 놀아주고 있습니다."

"아, 네."

미연은 믿기지 않는 표정이었다. 하긴, 믿기 어려운 건 태만도 마찬가지였다. 그 순간이었다. 불안하게 깜박이던 거실 등이 거짓말처럼 나가더니 눈앞이 캄캄해졌다. 놀란 진태가 비명을 질렀고 미연은 진정하라며 소리치고는 진태를 찾았다. 미연의 손이 태만의 가슴을 더듬었다. 두근두근, 두근두근. 태만은 가슴이 터질 것 같았다.

…

집에 도착한 아영은 가방을 벗어 던지기가 무섭게 컴퓨터 앞에 앉았다. 그리고 게임을 시작했다.
"채아영, 돌아왔으면 다녀왔습니다, 인사해야지."
지수의 목소리가 들렸다. 아영이 건성으로 대답했다.
"다녀왔습니다."
"그리고 뭐해야 해?"
지수가 신경질적으로 물었다. 그 소리에 놀라 그만 죽어버렸다. 아, 진짜. 엄마는 늘 결정적인 순간에 말을 시킨다. 아영이 건성으로 대답하며 처음부터 다시 게임을 시작했다.
"손 씻어야 해."
"너 게임 하는 거 아니지?"
"안 해! 날 뭐로 보는 거야!"
아영은 신경질적으로 소리를 지르며 자판을 빠르게 두드렸다. 복면을 쓴 고양이 닌자가 적을 향해 표창을 던졌다. 적들이 쓰러졌다.

앗싸, 어려운 고비를 넘겼다. 이번엔 장애물이다. 하나, 둘, 셋, 점프! 고양이 닌자가 장애물 앞에서 점프를 할 때마다 아영도 의자에서 벌떡 일어나 점프를 했다.

"채아영, 너! 엄마 말 안 들어?!"

부엌에서 요리하던 지수가 달려와 게임을 하는 아영의 등짝을 사정없이 내리치며 소리를 질렀다.

"악! 엄마 아파!"

아영이 소리쳤다. 등짝이 뜨거운 물에 덴 것처럼 아팠다. 엄만 늘 손이 먼저다. 지수가 어금니를 앙다물며 말했다. 화가 났다는 의미였다.

"자꾸 이러면 컴퓨터 일주일에 삼십 분으로 다시 제한한다."

"아빠는 온종일 게임 해도 아무 말 안 하면서 왜 나한테만 난리야?"

"아빠는 어른이고 넌 애잖아."

"칫, 매일 게임이나 하는 어른이 어디 있어? 정말 쓸데라곤 하나도 없어."

아영이 투덜거렸다. 지수는 아영의 말에 놀랐다. 쓸데없다는 말은 지수의 말버릇이었다. 자신의 말을 아영이 똑같이 할 줄은 몰랐다. 깜짝 놀란 지수가 물었다.

"채아영, 무슨 말을 그렇게 해? 쓸데가 없다니? 그게 아빠한테 할 말이야?"

"내가 뭘? 엄마도 그랬잖아, 쓸모없는 물건이라고."

"야! 엄마가 아빠더러 쓸모없는 물건이라고 하는 거랑 딸인 네가 아빠한테 쓸모없다고 하는 게 같아?"
"다를 건 뭐야, 칫."
아영이 빈정거리기까지 했다. 지수는 기가 막혔다. 요즘 애들 무섭다고 하더니 말조심해야겠다. 지수가 물었다.
"아빠는? 같이 안 왔어?"
"같이 안 왔어."
"어? 이상하다. 학교 간다고 갔는데. 선생님이 보자고 했다며?"
아영이 한숨을 푹 내쉬며 말했다.
"학교에 왔다가 진태네 집에 갔어."
"진태네 집? 거긴 왜?"
"바꿨어."
"바꾸다니? 뭘?"
당황한 지수가 묻자 아영이 자연스럽게 말했다.
"아빠랑 모포랑 바꿨어."
"아빠랑 모포랑 바꿨다고?"
"응, 화이트 엘리펀트 데이에 선생님이 나에게는 쓸모없지만 남에게는 쓸모 있는 물건 가져오라고 해서 아빠를 데려갔어."
아영이 빙그레 웃으며 말했다. 나 잘했지, 칭찬해달라는 표정으로. 기가 막히고 코가 막혔다. 이걸 순진하다고 해야 할지, 멍청하다고 해야 할지. 화가 나서 한 소리를 아영이 있는 그대로 믿을 줄은 꿈에도 몰랐다.

"아니, 채아영. 아무리 엄마가 쓸모없는 물건이라고 했다고 아빠를 바꾸는 게 어디 있어? 너한텐 아빠잖아, 아빠!"

지수가 소리치자 아영이 지지 않고 소리쳤다.

"맨날 괴롭히기만 하는 아빠 필요 없어!"

"아빠 필요 없는 애는 없어. 아빠 데려와!"

"싫어! 싫다고!"

"너 진짜 이럴래? 아빠 없음 엄마도 없어. 그래도 좋아?"

지수가 아영과 눈을 맞추며 물었다. 아영의 눈에 눈물이 고였다. 아영도 마음이 편하지 않았던 모양이었다. 지수가 아영을 앞세우며 말했다.

"가자, 아빠 찾으러."

"칫, 쓸모없다고 할 땐 언제고……."

아영은 투덜거리며 앞장섰다. 도대체 이 작은 머리에 뭐가 들었는지. 휴, 지수는 한숨을 크게 내쉬며 아영을 쫓아갔다.

…

"불 켜세요."

태만은 어둠속을 향해 말했다. 멀리 스위치 올리는 소리가 들리고 거실에 불이 켜졌다. 눈이 부셨다. 진태가 물개 박수를 치며 말했다.

"와~ 아저씨 진짜 멋있어요!"

오래 살고 볼 일이다, 형광등 가는 일로 칭찬을 듣다니. 집에선 받아보지 못한 대우였다. 태만은 어깨가 으쓱해졌다. 칭찬은 백수도 일하게 만든다.

"고맙습니다."

미연이 인사했다. 불빛 아래 선 미연을 보자 또다시 심장이 요동치기 시작했다. 두근두근, 두근두근.

"별말씀을요. 말씀만 하십시오. 무엇이든 고쳐드리겠습니다."

태만이 떨리는 목소리를 감추기 위해 씩 웃었다. 미연이 미소로 답했다.

"진태랑 놀아주신 것만으로도 고마운데요. 무엇으로 답례를 해야 할지……."

"아닙니다, 답례는 무슨. 오히려 제가 답례를 해야죠. 모처럼 동심으로 돌아가 신나게 놀았거든요, 그렇지?"

태만은 진태를 향해 미소 지었다. 반은 진심이고 반은 거짓이었다. 세 시간 가까이 블루마블을 하느라 슬슬 지쳐가고 있었다. 그때 미연이 나타났고 그 순간 거짓말처럼 진태가 천사처럼 보였다.

"응, 엄마, 진짜 재밌었어. 블루마블도 했어……."

"블루마블 한 판 더 할까?"

태만은 게임을 제안하며 의자에서 내려섰다. 조금이라도 더 머물고 싶었다. 그 순간이었다. 불안정하게 흔들리던 의자가 부러지면서 균형을 잃은 태만이 그대로 넘어졌다. 아, 젠장. 폼 제대로 구겨졌다. 아픈 것보다 창피해서 일어나기가 싫었다.

"괜찮으세요?"

미연이 쓰러진 태만을 살폈다. 미연의 숨결이 닿았다. 또다시 심장이 뛰기 시작했다. 두근두근. 태만은 최대한 천천히 일어나며 말했다.

"으…… 괜찮습니다, 괜찮아요. 우선 이놈부터 고쳐야겠네요."

"아니에요. 십 년도 넘은 의자예요. 이참에 하나 사야겠어요."

미연이 말했다. 태만은 어떻게든 더 머물고 싶었다.

"이 부분만 고치면 새것과 다름없는 걸요. 완벽하게 고쳐드릴게요. 못하고 망치 좀 가져다주세요."

태만이 의자를 살피며 말했다. 미연이 마지못해 공구함을 가져왔다. 사실 태만은 못질을 못했다. 아니, 해본 적이 없었다. 어릴 적 의자에 앉다 튀어나온 못에 찔린 적이 있었다. 설상가상 못에 녹이 슬어 파상풍으로 고생한 뒤로는 못뿐만 아니라 끝이 뾰족한 것은 죄다 무서웠다. 그래서 못은 잡지도 못했다.

태만은 애써 웃으며 못과 망치를 꺼냈다. 그리고 망치질을 하기 시작했다. 미연 앞에서는 멋진 남자이고 싶었다. 태만은 못을 내려친다는 게 손가락을 내려치고 말았다. 손가락이 부러지는 줄 알았다.

"악!"

태만은 비명을 지르며 손을 움켜잡았다. 너무 아파 오히려 아무런 감각이 없었다. 미연이 괜찮으냐고 묻자 태만이 애써 웃으며 말했다.

"괜찮습니다, 정말 괜찮아요. 오랜만에 하는 거라 잘 안 되네요."

"어디 봐요. 어머, 손에 제대로 맞았네요. 이거 뼈까지 다친 거 아냐?"

미연이 태만의 손가락을 잡았다.

"아악!!"

태만이 비명을 질렀다. 몸서리치게 아파서 정신이 혼미해졌다. 그런데 이 꽃내음은 뭐지? 오월의 장미 같기도 한 은은한 이 향기의 정체는? 킁킁, 태만은 콧구멍을 벌름거렸다. 미연이었다. 미연에게서 은은한 꽃내음이 났다. 마치 꽃밭에 앉아 있는 것 같았다. 태만이 행복에 잠겨 있던 그때였다.

"지금 뭐하는 거야?!"

칠판을 신경질적으로 긁어대는 앙칼진 목소리가 들렸다. 수백 수천의 소리가 섞여도 구분할 수 있는 소리, 지수의 화난 목소리였다. 순식간에 꽃잎이 지고 주변은 삭막한 사막으로 변했다. 지수라니? 지수가 여기에 올 리가 없다. 태만은 애써 마음을 진정시키며 소리 나는 쪽으로 고개를 돌렸다. 지수였다. 지수가 아영과 함께 서 있었다. 태만이 놀라 지수를 불렀다.

"지수야······"

"뭐하는 거냐고, 지금!"

지수가 소리쳤다. 화가 났는지 얼굴이 벌겋게 달아올랐다. 화가 나면 머리가 하얗게 타올라 아무 생각도 못하는 지수였다. 때문에 무슨 짓을 할지 몰랐다. 태만이 허둥지둥 변명을 늘어놓았다.

"아니······ 의자가 망가져서······ 망치질을 하다가······"

"당신이 망치질을 해? 못이라면 기겁을 하는 사람이?"

"그게······"

할 말이 없었다. 지수가 다그쳤다.

"그리고 요즘엔 남녀가 손 잡는 걸 망치질이라고 하는 거야? 두 사람 왜 손을 잡고 있어?"

아, 잊고 있었다. 미연의 손을 잡고 있다는 것을, 아니 미연이 자신의 손을 잡고 있다는 것을. 꽃밭에서 잠시 길을 잃었다. 놀란 태만이 얼른 손을 빼며 말했다.

"아니, 망치질하다 손을 다쳐서……. 미연 씨, 아니 진태 어머님이 치료해주려고……"

"다행이네, 못질하다 다쳐서. 오줌 싸다 다쳤으면 어쩔 뻔했어? 애들 보는 데서 이러는 거 창피하지도 않아?"

지수가 소리쳤다. 아, 진짜, 애들 있는 데서 말하는 거 하곤. 아니라고 하는데 지수는 끝까지 태만의 말을 듣지 않았다. 마치 양동이를 머리에 쓰고 말하는 것처럼 지수는 남의 말을 전혀 듣지 않았다. 지금 지수에겐 어떤 말을 해도 먹히지 않는다는 걸 태만은 경험으로 알고 있었다. 이럴 땐 강하게 나가거나 꼬리를 내려야 했다. 태만은 강하게 나가기로 했다. 미연 앞이니까.

"지수야, 너 너무 앞서 간다……."

"사과하세요."

태만의 말과 동시에 미연이 조용하지만 강하게 말했다. 화가 났는지 눈썹이 심하게 떨렸다. 태만은 괜히 미안해졌다.

"적반하장도 유분수지, 누가 누구한테 사과하라는 거야?"

지수가 미연을 노려보며 말했다. 저, 저, 말하는 품새하고는. 전혀 품위가 없어, 품위가. 반면 미연의 말은 한마디 한마디가 교양이 넘쳤다.

"우리 진태한테 사과하라구요."

"진태? 내가 왜 진태한테 사과해야 해요?"

"당신은 아무 근거도 없이 저를 부정한 사람으로 몰았고, 제 아들을 부정한 사람의 아들로 만들었어요. 그러니 어서 사과하세요."

지수는 뭐 이런 여자가 있나 싶었다. 남의 서방 손을 잡아놓고 아니라고 우기다니. 그런데 더 가관인 것은 태만이 미연 편을 드는 것이었다.

"그래, 이건 당신이 오버한 거다. 어서 사과해."

"오버? 사과? 기막혀. 내가 누구 때문에 이 고생 하면서 사는데, 내 편이 되어 싸워도 시원찮을 판에 사과하라고? 내가 왜?"

지수가 손에 들고 있던 핸드백으로 태만을 내리쳤다. 태만이 핸드백을 피하며 말했다.

"정말 아무 일도 없었어. 망치질하다 다쳤다니까!"

"당신한테 한두 번 속아? 이리 와! 이리 오라고!"

지수가 태만을 쫓아가며 핸드백을 휘둘렀다. 겁먹은 표정으로 구석에 서 있던 진태가 지수를 막으며 말했다.

"아저씨 잘못 없어요. 아저씨는 싫다고 했는데 제가 떼를 써서 모셔왔거든요. 그러니까 혼내시려면 저를 혼내세요."

지수가 걸음을 멈추고 진태를 보았다. 금방이라도 눈물을 흘릴 것 같았다. 그런 진태를 보니 조금 심했나 싶었다. 하지만 태만과 미연을 보면 불을 삼킨 것처럼 가슴이 끓어올랐다.

...

 미용실에 들어오자마자 지수는 냉수를 한 사발 들이켰다. 가슴속 불이 꺼지지 않았다. 지수는 또 한 사발 들이켰다. 지은 죄를 아는지 태만이 눈치를 보며 쭈뼛거렸다.
 "진태 아버지가 일찍 돌아가셔서…… 남자 어른을 유난히 따른다고……."
 "진태 아빠가 안 계심 손도 잡고 그래야 돼?"
 "손을 잡으려고 했던 게 아니라……."
 "어쩜 사람이 그래? 집에선 손가락 하나 까딱 안 하면서 남의 집에선 형광등도 갈아주고 의자도 고쳐줘?"
 지수와 얘기하다 보면 끝없이 몰려오는 파도와 맞서 싸우는 것 같았다. 처음엔 손잡은 것 때문에 화를 냈다. 그래서 손잡은 부분에 대해 해명을 하면, 그다음엔 집에선 아무것도 안 하면서 남의 집에서 왜 일을 하느냐며 트집을 잡았다. 결국 지수는 자기 기분이 풀릴 때까지 계속 싸움을 걸었다. 그걸 알면서도 태만은 싸움을 하게 되었다.
 "불쌍하잖아. 여자 혼자 애 키우는데……."
 "그 여자는 불쌍하고, 난 안 불쌍해? 나도 애 둘을 키운다고! 당신하고 아영이!"

"알았어, 알았어. 하면 되잖아. 청소하면 되지?"

태만이 빗자루를 들었다. 그리고 바닥을 쓸었다. 암튼 여자들이란. 지수가 빽 소리쳤다.

"누가 청소해달래?"

"그럼 뭐해줄까?"

"아, 몰라, 몰라. 나 머리 아파."

지수가 머리를 흔들며 집 안으로 들어갔다. 도와달라고 해서 도와주면 이게 아니라고 하고, 태만은 지수의 마음을 종잡을 수가 없었다. 태만과 지수 사이에서 눈치를 보던 아영도 지수를 따라 들어갔다. 다 저놈의 지지배 때문이었다. 저 지지배만 아니었으면 학교 갈 일도, 진태네 집에 갈 일도 없었다. 아니다. 아영이 때문에 미연을 만났다.

"ㅎㅎㅎㅎㅎㅎ."

미연이라니, 절로 웃음이 나왔다. 쇼핑호스트 강미연을 만나다니. 게다가 이 손, 이 손으로 말할 것 같으면 쇼핑호스트 강미연이 잡은 손이다. 자꾸만 웃음이 새어나왔다.

"ㅎㅎㅎㅎㅎㅎ, ㅎㅎㅎㅎㅎㅎ."

태만은 미연이 잡은 손을 으스러지게 안았다. 오늘만은 세상을 다 가진 기분이었다.

"ㅎㅎㅎㅎㅎㅎ, ㅎㅎㅎㅎㅎㅎ."

아빠도
재활용되나요?

늦잠을 잔 태만은 아침 겸 점심으로 칼국수를 먹고 초당초등학교 앞 문구점으로 향했다. 오래된 한옥을 개조한 문구점 앞에 미니 오락기가 있었는데 유행이 지난 격투기 게임을 할 수 있었다. 최근 격투기에 재미를 붙인 태만은 아이들이 몰려오기 전에 끝장을 볼 생각이었다.

한 판이면 끝날 줄 알았다. 그러나 한 판이 두 판이 되고, 두 판이 세 판으로 이어지면서 자존심을 내건 진검승부가 되었다. 그사이 수업이 끝났고 아이들이 몰려나왔다. 그러거나 말거나 태만은 스틱을 마구 흔들어대며 게임을 했다.

"컴 온 베이비. 컴 온~"

미니 오락기가 금방이라도 부서질 것같이 흔들렸다. 오락기 옆으로 아이들이 늘어서서 차례를 기다리고 있었다. 태만의 게임을 지켜보던 뚱뚱한 아이가 지루한 듯 연신 하품을 하며 시간을 확인했다.

"아저씨, 벌써 삼십 분째예요. 저 학원 가야 돼요."

뚱뚱한 아이가 말했지만 태만은 무시했다. 그렇지 않아도 게임이 안 풀려서 신경 쓰이는데 자꾸 귀찮게 치근대는 녀석이 못마땅했다.

"어, 어, 안 돼! 안 돼!!"

태만이 오락기에 대고 소리쳤다. 상대에게 급소를 맞은 녀석이 비틀거렸다. 이대로 넘어지면 안 된다, 안 돼. 태만은 버튼을 부서져라 두드렸다. 그러나 결국 상대편의 강력한 펀치 한 방에 쓰러졌다. 그리고 게임 오버. 못마땅한 태만이 오락기를 세게 내리쳤다.

"젠장, 젠장, 젠장."

뚱뚱한 아이가 기다렸다는 듯 오락기 안에 동전을 넣더니 태만을 슬쩍 밀치며 자리에 앉았다. 어쭈, 이 녀석 봐라. 아직 돈이 남았는데 치고 들어오는 녀석의 패기가 귀엽기는 했다. 하지만 아직 태만은 끝나지 않았다. 태만은 게임 하는 아이 머리를 툭툭 치며 물었다.

"얌마! 뭐하는 거야?"

"보면 몰라요? 게임 하잖아요."

뚱뚱한 아이가 귀찮다는 표정으로 태만의 손을 피해 게임을 시작했다. 태만은 오락기 위에 올려둔 동전들을 가리키며 말했다.

"나 아직 안 끝났어. 여기 있는 돈 안 보여? 이 돈이 없어져야 끝이지, 끝!"

태만은 뚱뚱한 아이를 일으켜 세워 손에 동전 하나를 쥐어주었다.

그러고는 게임을 다시 시작했다. 아이는 받아 든 동전을 바닥에 내던지고 태만이 잡은 스틱을 마구 흔들며 방해했다.

"그만해요. 제 차례예요."

뚱뚱한 아이의 반격에 놀란 태만은 스틱을 놓치고 말았다. 아이가 그 틈을 파고들어 게임을 했다.

"아, 이 자식이, 어른이 게임 하시는데."

태만은 짜증이 났다. 게임에 진 것도 억울한데 새끼손가락 같은 어린 녀석에게 방해받다니 이대로 물러설 수 없었다. 태만은 아이를 번쩍 들어 문구점 옆 분식집 앞으로 데려갔다. 엄청 무거웠다.

"얌마, 너는 게임을 할 게 아니라 운동을 해야 해, 운동을. 이렇게 뚱뚱해서 여자들이 좋아하겠냐?"

"저도 여자 싫어요."

"그러니까 네가 안 되는 거야. 운동도 하고 여자들도 사귀고 그래야 인생 제대로 사는 거지."

"그럼 아저씨도 운동하고 여자 사귀어요?"

"당연하지. 아저씬 결혼해서 아이도 하나 있어. 인생 할 것 다 해봤으니까 게임 좀 해도 되는 거야. 알았어? 어린이는 여기서 오뎅이나 먹고 가."

태만은 뚱뚱한 아이 몫으로 오뎅을 주문하고 다시 오락기 앞에 앉았다. 아이가 곧바로 쫓아왔다.

"너 왜 따라와. 오뎅 안 먹어?"

"누가 오뎅 먹고 싶대요?"

뚱뚱한 아이가 다시 끼어들었다. 아, 골치 아팠다. 뚱뚱해서 먹을 거 주면 포기할 줄 알았는데 생각보다 집요한 녀석이었다. 태만이 아이를 밀치며 소리쳤다.

"너 정말 저리 안 가!"

뚱뚱한 아이가 균형을 잃고 넘어졌다. 갑자기 으앙~ 하고 울음을 터뜨렸다. 지지배처럼 울긴. 그러거나 말거나 태만은 애써 녀석을 외면하며 게임에 집중했다. 잠시 후 덩치 큰 문구점 주인이 뛰어나왔다.

"누구야? 누가 우리 아들 울렸어?"

구경하던 아이들이 눈으로 게임 하는 태만을 가리켰다. 게임에 빠진 태만은 주변 상황을 전혀 파악하지 못했다. 문구점 주인이 게임기 전기 코드를 뽑았고 순간 오락기가 꺼졌다. 젠장, 마지막 혈투였다. 마지막 한 방만 날리면 이기는 거였다. 그런데 한 방을 남기고 모든 것이 사라졌다. 태만이 소리쳤다.

"악!!! 어떤 놈이야! 어떤 놈이 코드 뽑았어?"

"나다. 당신이 우리 아들 울렸어?"

덩치 큰 문구점 주인이 말했다. 불끈불끈한 팔뚝을 보자 태만은 기가 죽었다.

"아니, 게임이 끝나지도 않았는데 하겠다고 하잖소. 아들 교육을 그렇게 시켰소? 위아래도 모르게?"

"애들 오락기에서 위아래 찾는 건 뭐야. 당신 몇 살이야? 나이 어디로 먹었어? 아님 여기가 아이들 수준인가?"

문구점 주인이 태만의 머리를 가리키며 물었다.

"이 인간이 사람을 뭐로 보고."

흥분한 태만이 문구점 주인에게 달려들었다. 문구점 주인이 기다렸다는 듯이 태만을 번쩍 들어 내던져 태만은 보기 좋게 내리꽂혔다. 아, 젠장, 내 돈 내고 게임도 맘 편하게 못하다니. 언제부터 대한민국이 어린이들 세상이 되어버린 거야? 태만은 못마땅했다.

"내가 여기 바친 돈이 얼마인 줄 알아! 코찔찔이들 코 묻은 돈과는 금액 자체가 다르다고. 귀빈 대접을 해줘도 시원찮을 판에 날 내쫓아? 이런 몹쓸 인간 같으니! 당신 날 쫓아낸 거 후회하게 될 거야."

태만은 문구점 주인을 향해 소리쳤다. 문구점 주인은 태만을 무시하고 오락기를 켰고 뚱뚱한 아이가 게임을 시작했다. 구경하던 아이들이 태만을 보며 키득거렸다. 태만은 흥분했다.

"웃지 마! 니들은 뭐 언제까지 어린아이일 줄 아냐? 금방 커! 금방 어른 된다고! 그땐 이 아저씨 마음 알 거다. 어른이라서 쫓겨난 이 외로운 아저씨 마음을 알 날이 올 거라고! 나쁜 자식들."

…

지수의 미용실이 동네 사랑방이 된 건 오래전 일이다. 이젠 딱히 머리할 일이 없어도 미용실에 모여 연예인 이야기부터 옆집 사는 바람난 여자 이야기까지, 자신들 빼고는 누구든 씹어 삼켰다. 나이 오십에도 삼십대로 보이는 최강 동안 혜령이 말했다.

"남편이 죽은 줄 알고 장사를 지냈는데 장례식 날 관 속에서 '여보, 이것 좀 열어봐. 갑갑해 죽겠어' 하더래."

"어머, 죽은 남편이 살아난 거야?"

지수가 연희의 머리를 만지며 참견했다. 혜령이 고개를 끄덕이며 말했다.

"응, 살아난 거지. 근데 이 할망구가 어떻게 했는지 알아?"

"살렸겠지! 미우나 고우나 내 남편이 최고지!"

연희가 대답했다. 연희 남편은 알아주는 난봉꾼이다. 마음고생을 그렇게 하면서도 쉽게 헤어지지 않는 걸 보면 남편을 진짜 사랑하는 것 같았다. 혜령은 바로 답하지 않고 뜸을 들이느라 천천히 주위를 둘러보며 말했다.

"평생 고생시키더니 맛 좀 봐라, 하면서 그대로 장사 지냈대."

"어머, 어머, 웬일이니. 산 매장 한 거야?"

연희가 놀라 물었다. 혜령이 웃으며 고개를 끄덕였다. 지수는 웃음이 터져 나왔다. 할머니 마음을 백 퍼센트는 아니어도 반은 이해할 수 있었다. 가끔 자신도 모르게 불쑥불쑥 태만을 죽이고 싶을 때가 있으니까.

양반은 못 된다고 그 순간 태만이 가게 안으로 들어왔다. 며칠 전 진태 엄마 손을 잡고 있던 태만의 모습이 떠올랐다. 아무 사이 아니라고 했지만 생각할수록 화가 치밀었다. 지수가 말했다.

"나 그 할머니 마음 이해할 것 같아."

가게 안에 앉아 있던 여자들이 고개를 끄덕이며 소리 나게 웃었다. 여자들 웃음소리에 놀란 건 태만이었다. 태만은 카운터 안으로 들어가다 모서리에 부딪혔다. 눈치 빠른 해령이 옆 사람의 옆구리를 찌르며 태만을 가리켰다. 조용히 하라는 의미였다. 그제야 태만을 본 여자들은 조용히 잡지를 보았다. 반면 지수는 태만의 일거수일투족을 지켜보았다. 태만이 가게에 나타나는 이유는 하나였다. 돈이 떨어졌기 때문. 그 믿음을 입증이라도 하듯 태만은 금고에서 돈을 꺼냈다. 지수가 먼저 선수를 쳤다.

"아영 아빠, 그거 집세인데 집주인에게 갖다 주실래요?"

여자들이 일제히 태만을 쳐다보았다. 수십 개의 CCTV가 태만을 바라보는 것 같았다. 태만이 머뭇거리며 말했다.

"어. 갖다 주지 뭐. 내가 갖다 줄게."

태만은 금고 안의 돈을 챙겨 나갔다. 손에 물 한 방울 안 묻히겠다, 생활비 걱정 안 시키겠다던 결혼 전 약속을 지키는 것까지는 바라지도 않는다. 그저 아영이 더 크기 전에 자기 자리만 잡았으면 좋겠다. 지수가 한숨을 깊게 내쉬었다. 혜령이 물었다.

"산 매장 해줄까?"

"남의 남편을 왜 산 매장 해? 댁의 남편이나 잘 챙겨. 자, 샴푸 하겠습니다."

지수가 연희를 데리고 세면대로 이동하며 말했다. 못마땅한 듯 해령이 입을 삐쭉거렸다. 남편이 번 돈으로 먹고사는 여자들은 모른다, 힘들긴 해도 내가 번 돈으로 먹고사는 뿌듯함을. 가끔 태만이 원망스럽긴 했지만 자신을 강하게 만들어준 그에게 고마운 마음도 있었다. 그런데 이상하게 고기를 먹고 체한 것처럼 명치께가 무겁고 불편했다.

…

태만은 승일을 포장마차로 불렀다. 낮에 문구점 주인에게 당한 게 억울해서 술을 한잔하고 싶었다. 소주 반병을 비울 즈음 승일이 나타났다. 피시방 알바생이 늦게 왔다나 뭐라나. 태만은 기분이 나빴다. 게임을 하다 문방구 주인에게 쫓겨난 것도 기분 나빴고, 믿었던 승일마저 늦게 나타난 것도 기분 나빴다. 모두 태만을 무시하는 것 같았다.
"왔나?"
태만의 혀가 꼬였다. 요즘은 얼마 마시지 않아도 쉽게 취했다. 승일이 자리에 앉아 잔을 받으며 말했다.
"술도 못 마시는 놈이 술은. 뭐야, 겨우 반병 마시고 취했어?"
"취하긴 누가 취했다고 그래. 나 하나도 안 취했어, 안 취했다고."
태만이 술잔을 들었다. 분명 자신은 가만히 있는데 술이 자꾸만 쏟아졌다. 태만이 술을 향해 소리쳤다.
"야! 너 자꾸 움직일래? 너 그대로 가만있어, 가만."
태만은 술을 마시려고 손을 들었다. 그러나 어째 입에 들어가는 것보다 쏟아지는 술이 더 많았다. 승일이 술잔을 빼앗으며 말했다.
"야! 야! 너 뭐해? 어째 마시는 것보다 버리는 게 더 많냐? 그만 마시고 집에 가자."

"승일아, 너 알지? 전교 일등 채태만이."

테이블이 자꾸 빙글빙글 돌아 태만은 테이블을 꼭 잡고 말했다. 승일이 술을 마시며 물었다.

"호랑이 담배 피우던 시절 이야기하고 앉았네. 왜 무슨 일인데? 누가 널 무시해?"

"무시? 그래, 무시! 너 말 잘했다. 오늘 문방구 주인이 날 무시하는 거야. 애들 오락기나 가지고 논다고 나보고 다 큰 어른이 그러면 안 된대. 내가 거기 들인 돈이 얼만데! 응? 마지막 한 방만 날리면 끝나는데 그걸 못 참고 그 주인놈이 전원을 뺀 거지! 저장도 안 되는데! 그뿐이 아니다. 내가 너랑, 내 하나뿐인 친구 승일이 너랑 술 한잔 마시고 싶은데 돈이 없는 거야, 돈이. 세상이 왜 이렇게 변한 거야? 돈 없으면 술 한잔도 못해?"

"휴, 그래서 지수 돈 훔쳤냐?"

"야! 누가 훔쳤다고 그래? 안 훔쳤어. 난 잠시 빌린 거뿐이야! 빌렸다고!"

태만은 집세를 낼 때 십만 원을 뺐다. 형편이 어려워서 십만 원은 곧 챙겨드리겠다고 했다. 집주인은 똥 씹은 표정을 지었다. 그게 마음에 걸렸지만 매번 빈손으로 친구를 만날 수는 없었다. 승일이 발끈 화를 내며 말했다.

"미친. 야, 채태만. 우리 친구 하지 말자."

"뭐? 친구 하지 말자니? 무슨 소리야?"

"진짜, 내가 다 쪽팔리다. 어른이 뭔지 아냐? 자기 주둥이는 자기가 책임지는 게 어른이야. 자기 먹을 건 자기가 책임지는 게 어른이라고!"

"뭐야, 너도 나 무시하냐?"

"어, 나 너 무시하고 있어. 아니 할 게 없으면 채소라도 팔든가. 너 지수가 돈 버는 동안 뭐했어? 뭐했냐고!"

"아, 진짜. 쪽팔리게 채소를 어떻게 팔아? 나 전교 일등 채태만이! 어떻게 채소를 파느냐고!! 너 그 말 후회하게 만들 거다. 조금만 기다려. 이 채태만이한테도 쨍하고 해 뜰 날 온다."

"미친놈, 그 소리 벌써 십 년째다. 아무것도 안 하는 놈이 무슨 해 뜰 날. 지수한테 미안하지도 않냐?"

"니가 왜 내 마누라 걱정을 해?"

태만이 버럭 화를 냈다. 오늘은 정말 뭘 해도 안 되는 날인가 보다, 젠장.

"걱정하는 게 아니라……"

"너 아직도 우리 마누라 좋아하냐?"

"미친놈, 됐다. 나 그만 간다."

승일이 자리에서 일어났다. 그것까지는 좋았다. 그런데 승일이 이 자식이 술값을 계산하는 거다. 태만은 빈정이 확 상했다. 태만이 비틀거리며 일어나 주섬주섬 주머니에서 돈을 꺼냈다.

"야! 누가 계산하래! 너 그 돈 넣어둬. 내가 살 거야! 내가 산다고!"

태만이 몸을 가누지도 못하면서 큰소리쳤다. 그런 태만을 보던 승일이 고개를 흔들었다.
"됐다. 당분간 만나지 말자."
승일이 화가 난 표정으로 포장마차를 나갔다.
"야! 너 정말 가는 거야? 야, 이 나쁜 새끼야! 전교 석차 삼백사십칠……!"
비틀거리던 태만이 균형을 잃고 넘어졌다. 우당탕탕탕탕! 테이블에 있던 그릇들이 떨어지면서 태만에게 쏟아졌다. 반찬 국물이 얼굴 위로 흘러내렸다. 젠장, 젠장.
"어째 되는 일이 하나도 없냐."
바닥에 주저앉은 태만은 한숨을 깊게 내쉬었다.

...

지난 며칠 동안 아영은 등하굣길이 고통스러웠다. '진태한테 들었어. 너희 아빠 진짜 멋있더라' '나도 그런 아빠 있었으면 좋겠다' '정말 부럽다' 등등 만나는 아이들마다 한마디씩 했다.
"아니야, 우리 아빠 집에선 아무것도 안 해."
처음엔 사실대로 말했다. 그런데 그렇게 말하면 말할수록 아이들은 믿지 않았다. 그래서 아영은 작전을 바꾸었다. '무조건 맞아!' 작전으로 나가기로. 듣기 싫은 이야기일수록 고개를 끄덕여야 빨리 끝난다는 걸 아영은 태만을 통해 알게 되었다.
그래서 아이들이 너희 아빠 최고라고 말하면 '맞아, 우리 아빠 최고야!' 한마디 해주었다. 그러면 그것으로 끝이었다. 아이들은 아영을 존경의 시선으로 바라보았고 아영은 그곳을 빨리 빠져나올 수 있어 좋았다.

"아영 아빠 짱이야! 나랑 블루마블도 하고……."

또 진태다. 진태는 지치지도 않는지 같은 이야기를 몇 번이고 되풀이했다. 바보 멍충이, 아영이 길게 한숨을 내쉬었다. 아영의 기억 속에 태만은 블루마블 따위는 하지 않는 사람이었다. 언젠가 아영이 텔레비전을 보고 있던 태만에게 윷놀이를 하자고 졸랐다. 하기 싫으면 하기 싫다고 할 것이지, 태만은 갑자기 자리에서 벌떡 일어나 윷가락을 창밖으로 던져버렸다. 그날 밤 아영은 울면서 윷가락을 찾으러 다녔다. 그런 태만이 블루마블을 하다니 말도 안 된다.

"형광등도 갈아주고…… 의자도 고쳐줬다!"

"그만해!"

아영이 자신도 모르게 소리쳤다. 진태와 아이들이 일제히 돌아보자 아영이 애써 웃으며 말했다.

"아니, 당연한 걸 자꾸 이야기하니까…… 부끄럽기도 하고…….'

"난 일주일에 한 번 아빠 얼굴 보기도 힘든데."

서현이 몹시 부러운 듯 말했다. 아영은 행복한 척 연기를 하며 웃었다.

"우리 아빠는 내가 원하면 언제든지 볼 수 있어."

이건 사실이었다. 하는 일이 없으니까. 아이들이 환호성을 지르며 몹시 부러워했다.

"집안일도 캡~ 잘하고 돈도 많이 벌어 와. 우리 아빠가 제일 좋아하는 게 게임인데……."

아영은 자신이 원하는 아빠의 모습을 아이들에게 말했다. 아이들이 정말 부러워했다. 자, 이걸로 끝. 아영이 도망치듯 그 자리를 빠져나오는데 진태가 쫓아왔다.

"아영아, 너희 집에 컴퓨터 있지?"

"응. 왜?"

"같이 게임 하자."

아영이 걸음을 멈추고 진태를 노려보았다. 진태는 여자아이들과 노는 남자아이가 아니었다. 그런 진태가 아영에게 집에서 같이 게임을 하자는 건 다른 목적이 있는 거다.

"우리 아빠 만날 생각이라면 어림도 없어."

다시는 못 만나게 할 생각이었다. 아빠가 또 진태랑 놀면 진짜 짜증 날 것 같았다. 아영은 빠른 걸음으로 걷기 시작했다. 진태가 쫓아오며 말했다.

"아냐, 난 너랑 게임 하고 싶어서……."

"난 너랑 게임 하기 싫어. 게임 하고 싶으면 피시방 가."

아영은 단호하게 말했다. 진태 때문에 곤란한 일이 하나둘이 아니었다. 진태가 한숨을 짧게 내쉬더니 솔직하게 물었다.

"아저씨 잘 계셔?"

"응, 너무너무 잘 지내. 너 안 봐서 좋대."

아영은 거짓말을 했다. 이것 역시 아영이 바라는 바였다. 순간 진태가 걸음을 멈추었다. 딱딱하게 굳은 얼굴에선 금방이라도 눈물이 떨어질 것 같았다. 그런 진태를 보자 아영은 고소한 생각이 들었다. 그러나 한편으론 아빠가 얼마나 그리우면 저럴까 싶기도 한 것이 진태가 불쌍했다. 아영이 한숨을 내쉬며 말했다.
"농담이야, 농담. 가자. 아빠도 너 보고 싶대."
"진짜? 진짜 보고 싶으시대?"
"응, 진짜."
아영이 고개를 끄덕였다. 솔직히 아영이 진태를 데려가는 이유는 다른 데 있었다. 태만의 진짜 모습을 보여주고 싶었다. 그 모습을 보고도 아이들에게 이상한 이야기를 할까? 태만의 진짜 모습을 보고도 아영을 쫓아다닐까? 아마도 백 퍼센트 도망칠 것이다. 생각만 해도 신이 났다. 아영의 발걸음이 빨라졌다. 진태가 허둥지둥 쫓아오며 말했다.
"아영아, 같이 가."
"빨리 와, 빨리."
아영이 진태를 재촉했다. 진태는 공부를 잘하긴 했지만 머리가 좋은 것 같지는 않았다. 아니, 바보처럼 순진한 구석이 있었다. 그래서 미워할 수가 없었다.

...

아영은 집 안으로 들어가며 진태에게 조용히 하라고 주의를 주었다. 진태는 고개를 끄덕였다. 아영이 진태를 안방으로 데려갔다. 안방에는 술에 취한 태만이 대자로 뻗어 자고 있었다.

"드르렁드르렁."

태만의 코 고는 소리가 온 집 안에 울렸다. 크게 벌린 입에선 숨 쉬기 곤란할 정도로 하수구 냄새가 풍겼다. 하지만 진태는 이 모든 게 신기하기만 했다. 뭐랄까, 진정한 남자의 모습 같았다. 아영이 태만을 보며 한심한 듯 혀를 차며 말했다.

"쯧쯧, 술도 못 이기면서. 술 마신 다음 날은 이렇게 종일 잔다니까. 아빠란 쓸모없는 물건이야."

"난…… 이런 아빠라도 있었으면 좋겠어……."

진태는 태만을 지긋이 내려다보았다. 바보 같은 녀석, 아영은 아무것도 모르는 진태가 답답하기만 했다. 아영은 볼에 난 상처를 가리키며 말했다.

"여기 상처 난 거 보여?"

"상처? 어디?"

"여기, 여기. 자세히 봐봐."

진태는 아영에게 다가갔다. 아영의 볼엔 자세히 봐야 알 수 있는 작은 생채기가 나 있었다.

"술 마신 날엔 밤늦게 들어와 곤히 자고 있는 나에게 깎지도 않은 수염을 비벼대서 이렇게 상처를 낸다니까. 싫다고 해도 막무가내야."

아영은 진저리를 쳤다. 한밤중 느닷없는 수염 테러만큼은 피하고 싶었다. 그러나 진태는 아영의 투정이 부럽기만 했다. 진태가 술 취한 태만을 뚫어지게 보며 말했다.

"그래도 난 아빠 갖고 싶어."

이런 모습을 보고도 갖고 싶다니 아영은 진태가 답답했다. 때마침 태만이 불편한 듯 몸을 뒤척였다. 아영은 진태를 툭툭 치며 나가자고 했다. 그러나 더 있고 싶었던 진태는 아영이 잡아끌자 그제야 아쉬워하며 따라나섰다.

"대기업에 취직도 했었대. 그런데 나를 낳고 사표를 내더니 그 길로 쭉 저렇게 놀아."

"와, 대기업 나오셨구나! 멋지다!"

진태가 눈치도 없이 감탄했다. 아영은 그런 진태가 못마땅했다.

"하지만 난 그 말 안 믿어. 아빠가 하는 말은 다 뻥이거든."

"야, 무슨 말을 그렇게 해? 그래도 아빤데."

"네가 울 아빠를 잘 몰라서 그래. 돈도 못 벌어 오고 술만 마시고 공부하고 있음 방해만 하고. 아빤 귀찮은 거야."

"하지만 형광등도 갈아주고 게임도 같이 해주고……."

"집에선 손가락 하나도 움직이지 않는다니까!"

아영이 소리쳤다. 길을 걷던 사람들이 깜짝 놀라 뒤돌아보았다. 아영의 말에 아랑곳없이 진태가 말했다.

"아빠도 재활용됐으면 좋겠다."

진태가 '아름다운 가게'를 가리켰다. 가게 안에는 헌옷을 사는 사람, 헌옷을 기부하는 사람으로 붐볐다.

"뭐? 재활용?"

"응, 필요한 사람에게 다시 쓰이면 좋잖아."

진태가 말했다. 아영이 가게 안을 유심히 들여다보며 중얼거렸다.

"재활용? 필요한 사람에게 다시 쓰여?"

그때 아영의 머릿속으로 한 줄기 빛이 스쳐 지나갔다. 어쩌면 진태 같은 친구를 위해, 그리고 아빠를 위해 아영이 할 수 있는 일이 있을 것 같았다. 아영은 의미 있는 미소를 지었다.

아빠를
빌려드립니다

 미연은 시간이 날 때마다 시댁을 찾았다. 남들은 남편과 사별하고도 시어머니를 모시는 미연을 이해할 수 없다고 했지만 시어머니는 부모 없이 자란 미연을 가슴으로 품어준 유일한 사람이었다. 먼저 간 남편보다도 더 의지하며 살았다. 그런 시어머니에게 치매가 찾아왔다.
 "아주매, 나 동전 좀 주소."
 또 동전 타령이다. 시어머니는 미연의 얼굴만 보면 손을 꼭 잡고 동전 달라 애원을 했다.
 "내 우리 아들한테 연락 좀 해야겠소. 우리 아들이 날 많이 기다릴 거요. 내 우리 아들에게 전화하게 동전 좀 주소."
 시어머니 손에 힘이 들어갔다. 동전을 주기 전까지는 절대 손을 놓아주지 않았다. 여든이 넘은 나이에도 어찌나 힘이 센지 움켜쥔 손이 저려왔다. 미연이 애써 분위기를 바꾸며 물었다.

"어머니, 아범 일이 바빠 지금 전화해도 연락 못 받아요. 저랑 고스톱 치실래요?"

"아냐, 나 동전만 줘."

미연이 물으면 시어머니는 항상 똑같은 답을 했다. 동전 달라고. 옆에 당신이 그토록 믿었던 며느리가 있는데도 시어머니는 세상에 혼자 남겨진 듯 외로워 보였다. 그 점이 무척 안타까웠다. 자신을 알아보지 못한다는 사실에 익숙해질 때도 됐건만 미연은 시어머니가 자신을 알아보지 못할 때마다 상처를 받았다.

"어머니, 그러지 말고 저랑 고스톱 쳐요. 예전엔 저랑 곧잘 쳤잖아요."

지치지 않고 끊임없이 기억을 환기해줄 것. 미연은 화투를 꺼내려 돌아섰다. 그때였다. 시어머니가 미연의 가방에서 동전을 훔쳐 뛰어나갔다.

"어머니! 안 돼요!"

미연이 놀라 시어머니를 쫓아갔다. 시어머니는 여든의 할머니라고는 믿기 어려울 정도로 발이 빨랐다. 도대체 저런 힘은 어디서 나오는 건지. 삶에 대한 미련일까, 아들에 대한 애정일까, 아니면 둘 다일까. 미연은 다급한 마음에 도우미 아줌마를 불렀다.

"아줌마! 문 닫아요! 문!!"

도우미 아줌마가 주방에서 뛰쳐나왔다. 반찬을 만들고 있었는지 손에 양념이 잔뜩 묻은 채 현관문 앞에 섰다. 시어머니가 아줌마를 밀치며 소리쳤다.

"비켜! 우리 아들한테 갈 거야! 우리 아들이 기다린다고!!"

도우미 아줌마가 시어머니를 안고 쓰러졌다. 미연이 달려오는 사이 시어머니가 몸부림치며 소리쳤다.

"놔! 놓으라고!!"

시어머니가 도우미 아줌마와 몸싸움을 하다 손에 쥔 동전을 떨어트렸다.

"내 돈! 내 돈 떨어졌어!! 우리 아들한테 전화해야 하는데! 내 돈 떨어졌다고!!"

시어머니는 바닥에 떨어진 동전을 줍기 시작했다. 전쟁이 따로 없었다. 매일 매일이 끝나지 않는 전쟁 같았다. 미연은 조금씩 지쳐갔고 그럴 때마다 죽은 남편을 생각했다. 그라면 어떻게 할까, 그가 나라면……. 미연은 시어머니를 부축했다.

"어머니, 올라가서 누우세요."

"아가, 너냐?"

시어머니가 미연을 알아보았다. 반가움에 왈칵 눈물이 쏟아질 뻔했다. 시어머니는 1970년대 말 아직 집전화가 정착되기 전 동전으로 전화를 하던 시기에 살고 있었다. 이상하게도 시어머니는 시아버지가 돌아가시고 어머니 혼자 가정을 책임졌던 가장 어려운 시절에 기억이 멈춰 있었다. 이제 좀 편하게 사는가 싶었는데, 치매에 걸려 힘들었던 시간을 다시 살고 있는 시어머니를 볼 때면 미연은 가슴이 아팠다. 미연이 시어머니를 눕히며 물었다.

"평생 따뜻한 말 한마디 안 해준 아들이 뭐 그리 그리우세요?"

"아주매, 우리 아들 알아?"

또다시 꺼졌다. 시어머니는 잠시 기억이 돌아왔다 언제 그랬냐는 듯 또 꺼졌다. 미연의 기쁨도 다시 사라졌다. 시어머니가 미연에게 속삭였다.

"아주매, 우리 아들한테 전화해서 나 여기 있다고, 나 좀 데려가라고 해줘. 아주매랑 아까 그 아주매 다 좋은 건 아는데 난 우리 집이 더 좋아. 우리 아들이랑 살던 그 집이 더 좋아."

미연 역시 할 수만 있다면 남편에게 전화해 어머니를 데려가라고 소리치고 싶었다. 힘든 일은 다 자신에게 시키고 어쩜 그렇게 혼자 편하게 누워 있느냐고 원망하고 싶었다. 그러나 안다. 이 순간에도 그이는 사람 좋은 미소로 그 누구보다 미안해할 거라는 거. 결국 미연은 최후의 방법을 쓰기로 했다.

"어머니, 그럼 잠깐만 기다리세요."

미연은 진태에게 전화를 했다. 이상하게도 시어머니는 진태의 목소리를 들으면 잠잠해졌다.

"진태야, 할머니 바꿔줄게 말씀 잘 드려."

"네."

익숙한 듯 진태가 짧게 대답했다. 미연은 시어머니에게 휴대폰을 건네며 말했다.

"어머니 전화요, 상연 씨예요."

"상연이? 상연이라고?"

시어머니가 잔뜩 경계하며 전화를 받았다. 휴대폰 너머로 진태 목소리가 들려왔다.

"엄마, 나 괜찮아. 잘 있으니까 내 걱정 하지 말고 엄마 편히 쉬고 와. 알았지?"

진태 목소리를 들은 시어머니가 소스라치게 놀라며 휴대폰을 바라보았다. 그러고는 휴대폰을 움켜쥐고 소리쳤다.

"상연아, 어디냐? 아가, 어디야?"

"전 잘 지내요. 집에서 기다리시면 제가 갈게요."

"아냐, 내가 갈게. 엄마가 갈게, 상연아."

시어머니가 소리쳤다. 미연은 시어머니를 진정시키기 위해 휴대폰을 빼앗았다.

"자, 어머니 진정하세요, 진정."

"놔! 우리 아들한테 갈 거야! 우리 아들한테!!"

흥분한 시어머니가 미친 듯이 날뛰기 시작했다. 평소 같으면 진정이 되어야 했다. 그러나 시어머니는 좀처럼 마음을 추스르지 못하고 소리쳤다. 당황스러웠다. 미연은 휴대폰에 대고 속삭였다.

"아들 잘했어. 이따 봐."

전화기 너머로 진태의 말이 들렸다.

"엄마, 이제 그만 사실대로 이야기해."

미연은 충격을 받았다. 사실대로 얘기하라니, 아들이 죽었다고? 그 사이 시어머니가 휴대폰을 빼앗아 통화를 하려고 했다.

"상연아! 상연아, 어디니? 너 어디야!!"

"엄마가 그랬잖아, 진실이 세상을 바꾼다고. 그렇다면 할머니에게도 말해줘야지, 진실을. 그럼 할머니 괜찮아지지 않을까?"

진태가 진지하게 물었다. 미연은 대답을 하지 못했다. 진태의 말 한마디 한마디가 가슴을 찔렀다.

"난 할머니보다 엄마가 더 걱정이야. 할머니는 치매 걸려 아빠 돌아가신 거 모르는 거고, 엄마는 아빠가 돌아가신 거 알면서도 인정하지 않잖아."

부전자전이라더니 엎드려서 자는 잠버릇부터 상대를 배려하지 않고 독설을 내뱉는 말버릇까지 상연을 쏙 빼닮았다. 나쁜 녀석. 맞다, 미연은 상연이 없다는 사실을 인정하고 싶지 않았다. 인정하고 나면 함께한 모든 것이 사라질 것 같아서 받아들일 수가 없었다. 이것이 치매 걸린 시어머니를 찾아오는 이유였다. 비록 볼 수는 없지만 시어머니와 함께 있으면 상연과 함께하는 느낌이니까.

"상연아! 상연아!!"

시어머니가 휴대폰을 향해 소리쳤다. 미연은 흐르는 눈물을 닦으며 시어머니를 달랬다.

"어머니, 그만하세요. 어머니 울리는 아들 뭐가 그리 좋다고 찾아요……."

…

오전 열 시. 태만은 거실 바닥에 길게 엎드려 만화책을 읽고 있었다. 온몸 위로 쏟아지는 아침 햇살이 따뜻해 게으름 부리기에 딱 좋았다. 마침 걸레로 거실 바닥을 훔치며 청소하던 지수는 태만의 다리에 걸려 넘어질 뻔했다.

"여보, 나 청소하는 거 안 보여?"

지수가 목소리에 힘을 주며 말했다. 화가 났으니 조심하라는 뜻이었다. 피하는 게 상책이었다. 태만은 몸을 굴려 거실 한쪽으로 이동했다. 걸레질이 안 된 곳이었다. 지수가 걸레질을 하며 쫓아왔다. 태만은 두세 번 더 몸을 굴려 피했다. 지수가 발끈하며 소리쳤다.

"아니, 청소하는 거 거들지는 못할망정 방해는 하지 말아야지. 왜 자꾸 걸레질 안 한 쪽으로 뒹굴어? 눈 없어?"

지수의 말에 날이 섰다. 태만은 대답 없이 반대편으로 몸을 굴렸다. 급기야 지수가 소리쳤다.

"고만 일어나라고!!"

"아, 진짜, 모처럼 독서 좀 하려고 했더니."

태만은 자리에서 일어나 소파 위로 올라앉았다. 지수가 못마땅한 표정으로 소파를 닦으며 중얼거렸다.

"독서는 개뿔. 만화책 읽는 것도 독서야? 자기 편하자고 소파 위에 올라가면 내가 안 닦을 줄 아나, 이기적인 인간."

태만은 지수에게 미안했던 마음이 싹 사라졌다. 그래서 소파를 사수하기로 마음먹었다. 지수가 비키라며 엉덩이를 툭툭 치자 태만은 엉덩이만 살짝 들었다. 엉덩이를 든 곳만 닦으라는 뜻이었다. 결국 지수가 폭발했다.

"이 인간이 보자 보자 하니까 보자기로 보이나. 정말 이럴 거야? 나 미치는 꼴 보고 싶어?"

"알았어, 알았다고. 비켜주면 되잖아."

태만은 자리에서 일어나며 말했다. 소파 사수 작전은 언제나 그렇듯 지수의 승리로 끝났다, 젠장. 그때였다. 태만의 휴대폰이 울렸다.

"여보세요."

"저…… 아빠가 필요해서요……."

전화기 너머로 여자 목소리가 들렸다. 아빠가 필요하다니 신종 보이스피싱인가?

"잘못 거셨습니다."

태만은 전화를 끊고 청소가 끝난 거실 중앙에 자리를 잡았다. 휴대폰이 또 울렸다. 설마 하며 태만은 전화를 받았다. 그 여자다, 아빠가 필요하다는 여자. 요즘 꽃뱀은 이런 식으로 사람을 꾀나, 오만 생각이 다 들었다.

"아, 글쎄 잘못 거셨다니까요. 예, 잘못 거셨어요!"

태만이 신경질적으로 전화를 끊었다.

"누군데?"

"몰라, 아빠가 필요하대."

"아빠가 필요하다고?"

지수도 믿기 어려웠는지 재차 물었다. 태만은 고개를 끄덕였다. 세상이 어떻게 돌아가려는지. 지구촌 곳곳에서 벌어지는 일을 보면 걱정스러울 정도였다. 이러다 정말 지구 종말이 오는 건 아닌가 싶었다. 다시 휴대폰이 울렸다. 또 그 여자다, 아빠를 빌려달라는 여자. 태만은 휴대폰 배터리를 빼버렸다.

"안 받으면 되지, 배터리는 왜 빼?"

"시끄럽잖아. 아, 집중 안 돼!"

태만은 자리에서 일어나 현관 쪽으로 걸어갔다. 아빠를 빌려달라니 도대체 뭐하는 사람들이야? 보이스피싱이라면 정말 무섭게 진화하고 있다. 지수가 태만을 향해 물었다.

"어디 가?"

"가긴 내가 어딜 가. 요 앞에 바람이나 쐬고 올게."

"가게 문이나 열어줘!"

지수가 소리쳤다. 태만은 지수의 청을 무시했다. 하나를 들어주면 열을 요구하는 지수였다. 그러니 처음부터 들어주지 말자는 게 태만의 전략이었다. 백수도 자신의 시간을 가져야 한다. 그렇지 않으면 노예로 전락할 뿐이다.

…

달리 갈 곳이 없었다. 나이가 들수록 행동반경은 넓어지지만 마음 둘 곳은 어째 점점 사라지는 느낌이다. 단골 술집들도, 단골 만화방도 하나둘씩 사라졌다. 태만은 집 주위를 몇 바퀴 돌다 결국 가장 만만한 승일의 피시방으로 향했다.

몇 년 전만 해도 아이들의 꿈은 피시방 사장이었다. 부모님 눈치 보지 않고 게임을 할 수 있기 때문이라고 했다. 그렇게 잘나가던 피시방이 요즘은 존폐 위기에 빠졌다. 스마트폰이 국민폰이 되면서 피시방을 가지 않고도 손안에서 게임을 할 수 있게 된 것이다. 그것이 승일의 피시방이 지하로 옮긴 이유였다.

피시방으로 내려가는 지하 계단에선 눅진한 곰팡이 냄새가 났다. 태만은 문 앞에서 망설였다. 며칠 전 싸운 기억 때문에 선뜻 들어가지 못하고 서성이는데 마침 승일이 쓰레기봉투를 들고 나왔다.

"아침부터 무슨 일이야?"

"일은 무슨…… 그냥 지나가는 길에……. 그럼 나 간다."

피시방 왔다는 말은 곧 죽어도 할 수 없었다. 태만은 자존심을 지키는 편을 택했다. 승일이 물었다.

"라면 줄까?"

승일이 아무 일 없었던 듯 평소처럼 대해주었다. 얼었던 마음이 봄눈 녹듯 녹았다. 역시 승일뿐이다, 내 친구 승일이. 태만은 세상을 다 얻은 듯 기뻤다. 태만이 물었다.

"삼양라면 있어?"

"당근, 라면하면 삼양이지."

승일이 대답했다. 이건 둘만의 암호 같은 거였다. 변치 않는 우정, 뭐 그런 의미를 담은 암호. 승일이 피시방으로 들어갔다. 태만이 그 뒤를 따르며 말했다.

"계란 넣지 마. 국물 맛 사라진다."

"한두 번 끓이냐. 게임 하고 있어."

승일이 주방으로 향했다. 마누라는 싸우면 밥을 안 주지만 친구는 싸워도 밥을 준다. 학교 성적이 전부가 아니라는 평범한 진리를 깨달으면서 오늘따라 승일이 대단해 보였다. 태만은 피시방 한쪽 빈자리에 앉아 윷놀이 게임을 시작했다. 자고로 게임은 단순하면서도 승부욕을 자극하는 게 좋다. 윷놀이는 그 모든 조건을 충족시켰다.

휴대폰이 또 울렸다. 낯선 번호였다. 최근 걸려오는 전화는 죄다 아빠를 빌려주느냐고 묻는 내용이었다. 태만은 망설였다. 그러다 전화를 받았다. 아니나 다를까 아빠를 빌려달란다.

"당신 누구야? 도대체 뭐하는 사람인데 자꾸 전화를 걸어 아빠를 빌려달래? 입장 바꿔 생각해봐. 누가 아빠를 빌려주느냐고? 당신 변태야? 번호도 맞고! 나도 아이 키우는 사람이지만 '빌려드리지' 않는다고! 나 그런 거 모르니까 다신 전화하지 마!"

태만이 신경질적으로 전화를 끊었다. 잠시 후 벨이 울렸다. 이번엔 확인도 안 하고 전화를 끊었다. 입에서 쌍소리가 절로 튀어나왔다. 마침 라면을 갖고 나오던 승일이 물었다.

"뭐야? 왜 욕을 해?"
"아, 진짜. 자꾸 전화해서는 아빠를 찾잖아."
"아빠를 찾아? 왜?"
"몰라, 나도. 아침부터 기분 나쁘게……."

태만은 승일에게 라면을 받았다.

"너 솔직히 말해봐. 누구야? 누구 새끼야?"

"누구 새끼라니? 너 나 의심하냐?"

"아님, 왜 너한테만 전화해서 빌려달라는 거야? 솔직히 털어놔, 내 지수에게 말 안 할 테니. 그간 네가 울린 여자가 한두 명이냐? 미자, 현진이, 소정이 그리고 또 누가 있더라?"

승일이 손가락을 꼽으며 여자 이름을 나열했다. 가뜩이나 전화 때문에 신경 쓰이는데 승일이 녀석까지 사람 속을 박박 긁었다. 짜증이 올라왔다.

"아니야, 난! 난 지수밖에 없다고!"

"왜 이래? 내가 본 여자만 해도……."

또다시 휴대폰이 울렸다. 아, 진짜 이놈의 번호를 바꾸든지 해야지. 승일이 빙그레 웃으며 부추겼다.

"받아봐. 진짜 네 새끼일지도 모르잖아."

정말이지 미치고 팔짝 뛸 것 같았다. 태만은 휴대폰 전원을 끄고 일어섰다.

"나쁜 자식, 그래도 옛정을 생각해서 찾아왔더니. 뭐? 내 새끼? 뚫린 입이라고 아무 소리나 지껄이지 마. 내 여길 다시 오면 니 아들이다, 니 아들."

"야, 라면 안 먹어?"

승일이 물었다. 태만은 무시하고 출입문으로 향했다. 쳇, 라면 따위에 돌아설 채태만이 아니다. 사람을 뭐로 보고. 태만은 단단히 삐쳤다.

"너 좋아하는 챠우 넣었는데……."

돼지고기에 간장 넣고 졸인 일본 라면 토핑, 일본으로 어학연수를 다녀온 승일이 제일 잘 만드는 음식이었다. 녀석의 챠우는 다른 라면 가게에서는 맛볼 수 없는, 차원이 다른 토핑이었다. 당연히 그냥 갈 수가 없었다. 태만은 자리로 돌아가 앉으며 말했다.
 "그냥 돌아가고 싶지만 네 놈 정성을 생각해서 참는다."
 승일이 다 이해한다는 듯 웃었다. 태만은 허겁지겁 라면을 먹었다. 아, 승일이 라면은 진짜 맛있다. 지수가 끓인 것보다 백배 천배 맛있다. 태만이 라면을 먹다 말고 승일에게 물었다.
 "너 나랑 결혼할래?"
 "미친."
 승일이 한심하다는 듯 고개를 흔들며 카운터로 걸어갔다. 진심 맛있다. 녀석과 결혼하는 여자는 행운이다, 정말. 태만은 국물까지 깨끗이 비웠다.

…

 "〈개콘〉 틀어, 〈개콘〉."
 태만이 집 안으로 들어서며 소리쳤다. 〈니모를 찾아서〉를 보던 아영은 모른 척했다. 이제 막 니모가 아빠를 찾으러 가는 중이었다. 태만이 리모컨을 빼앗더니 채널을 돌렸다. 아영은 짜증 나서 소리쳤다.
 "아빠! 아직 안 끝났어!"
 "그건 언제든지 볼 수 있잖아. 〈개콘〉은 본방 사수해야지."

텔레비전을 보는 태만의 얼굴에 웃음꽃이 폈다. 다른 건 몰라도 〈개콘〉만은 시간 맞춰 보는 태만이었다. 그중에서도 제일 좋아하는 코너가 '생활의 달인'이었다.

겨자 맛의 달인 ***선생님을 모셨습니다. ***선생님은 이십오 년 동안 쭉 겨자만 드셨다고 하는데요.

사회자가 달인을 소개했다. 달인은 곧 무표정한 얼굴로 숟가락 위에 겨자를 잔뜩 짜 올렸다. 흐미, 보기만 해도 침이 고였다. 달인이 표정 없이 한입에 삼켰다. 우아! 대단했다. 어떻게 표정 하나 바뀌지 않는지. 게다가 달인은 아무렇지도 않다며 여유롭게 웃었다.

그러나 시간이 흐를수록 얼굴이 일그러지기 시작했다. 겨자 맛이 천천히 올라오는 모양이었다. 결국 끝까지 참지 못한 달인이 무대 뒤로 뛰쳐나갔다. 태만은 배꼽을 쥐고 웃기 시작했다.

"달인이라고 큰소리치더니, 깔깔깔. 그거 먹고 멀쩡하면 이상하지. 아 웃겨, 아 웃겨. 아영아, 진짜 웃기지 않냐?"

태만의 물음에 아영이 새초롬하게 말했다.

"하나도 안 웃겨. 난 〈니모를 찾아서〉가 더 재밌어."

"〈니모〉는 전에도 봤잖아. 본 걸 뭣하러 또 보냐. 자 봐봐. 아빠가 달인 흉내 낼게. 지리산에서 이십오 년간 수련하고 내려온 채태만입니다. 저는……."

태만은 달인 흉내를 냈다. 아영의 눈에는 하나도 똑같지 않았다.

오히려 달인 흉내나 내는 태만이 한심하기만 했다. 이런 태만이 뭐가 좋다는 건지 아영은 진태를 이해할 수 없었다.
"하나도 안 똑같아! 그리고 하나도 안 재밌어!"
아영이 소리쳤다. 다른 집 딸들처럼 까르륵 웃어주면 좋으련만. 아영은 꼭 바른 소리를 했다. 누구를 닮았는지 나 원 참, 태만도 마음이 상했다.
"됐어. 아빠도 안 해."
태만이 토라진 척하며 돌아앉았다. 눈치 있는 딸이라면 애교를 부릴 만도 했다. 그러나 아영은 오히려 뚱한 표정으로 자리에서 일어나더니 가방에서 흰 봉투를 꺼내 태만에게 건넸다.
"뭐야?"
태만이 물었다. 지난번 화이트 엘리펀트 사건 이후로 아영이 건네는 모든 것이 두려워졌다. 아영이 뚱하게 말했다.
"진태가 줬어. 진태 엄마가 고맙대."
진태 엄마, 아니 미연이 건넨 봉투란다. 봉투를 쥔 손이 떨리고 심장이 요동치기 시작했다. 두근두근.
'뭘까? 연애편지? 어휴, 미연 씨 너무 빠르시다. 이러면 부담스러운데.'
태만은 내심 핑크빛 내용의 편지를 기대하며 봉투를 열었다. 그러나 내용물은 돈이었다. 다시 확인해도 돈이었다. 돈이라니, 돈을 달라고 한 건 아닌데. 태만과 미연의 관계가 돈으로 사고파는 관계로 규정된 것 같아 기분이 언짢았다. 열기구를 타고 하늘을 날다 갑자기 땅으로 곤두박질친 느낌이었다.

"이런 걸 왜 받아 와."

"주는 걸 어떡해."

마침 태만의 휴대폰이 울렸다. 또 시작이다. 전화번호를 확인하니 모르는 번호였다. 뻔했다, 아빠를 빌려달라는 전화. 태만은 무시했다. 그리고 편지봉투를 아영에게 건네며 말했다.

"다시 돌려줘."

"난 몰라. 돌려주고 싶음 아빠가 돌려줘."

"아빠가 가면 엄마가 싫어하잖아. 넌 학교에서 진태 만날 수 있고."

휴대폰이 신경질적으로 계속 울렸다. 아영이 참견했다.

"아빠, 전화 왔어. 안 받아?"

이놈의 전화번호를 바꾸든지 해야지. 태만은 전화를 받았다.

"여보세요. 아닙니다. 예, 아니에요. 도대체 제 전화번호는 어떻게 안 겁니까? 예? 인터넷요? 인터넷 어디요?"

태만은 전화를 끊고 컴퓨터 앞에 앉았다. 컴퓨터가 켜지는 일 분이 마치 십 년같이 길게 느껴졌다. 태만은 중고매매사이트에 접속해 '아빠를 빌려드립니다'를 입력했다. 잠시 후 '아빠를 빌려드립니다'라는 제목의 포스팅이 떴다.

아빠의 손길이 필요하신 분.
형광등을 갈거나 못질을 하거나 아이들과 잘 놀아줄 친구 같
은 아빠가 필요하신 분.

언제든지 연락 주세요.

010 - **** - ****

 태만은 자신의 눈을 의심했다. 진짜 게시물이 있었다.
 "아빠를 빌려드립니다? 아빠의 손길이 필요하신 분…… 뭐야? 진짜잖아, 내 전화번호까지. 도대체 어떤 놈이 이따위 짓을 한 거야?"
 태만이 소리쳤다. 옆에서 태만의 눈치를 살피던 아영은 깜짝 놀랐다. 태만이 정말 화가 난 것 같았다.
 "이놈 잡히기만 해봐라. 이놈을…… 그래, 회원정보…… 회원정보……."
 태만이 회원정보를 클릭했다. 아이디 니모, 나이 아홉 살, 성별 여, 회원정보를 하나둘씩 알아갈수록 떠오르는 얼굴이 있었다. 태만은 아영을 바라보았다. 설마? 말도 안 돼. 아영이 한숨을 내쉬며 고개를 끄덕였다. 그리고 고백했다.
 "내가 만들었어."
 "정말 네가 만든 거야?"
 태만은 믿을 수가 없었다. 기가 막혔다, 아영이 게시물을 올리다니. 이제 겨우 아홉 살이다. 태만이 아영을 보며 물었다.
 "너 이게 뭔지 알아?"
 "응, 아빠가 필요한 사람에게 빌려주는 거야."
 아영이 고개를 끄덕이며 말했다. 학교에서 그런 꼴을 당한 것도 억울한데 이젠 아주 전국적으로 망신을 주었다. 화가 머리끝까지 솟구쳤다. 태만은 아영의 어깨를 잡고 흔들며 소리쳤다.

"아빠를 빌려주는 게 무슨 뜻인지 아느냐고! 너 이거 범죄야! 중범죄!"

아영은 태만이 화내는 모습을 처음 보았다. 무섭고 당황스러워 말을 더듬었다.

"어, 엄마가 빌려주는 건 좋은 거랬어. 그래서 아가에게 내 모자도 빌려주고……."

"와, 진짜 사람 돌겠네. 내가 니 모자야? 모자냐고! 넌 도대체 누굴 닮아서 이 모양이냐?"

아영은 아무 말도 못했다.

"어휴, 이걸 그냥 콱!"

태만이 아영의 머리에 꿀밤을 먹였다. 아영이 울먹이며 소리쳤다.

"내가 뭘?"

"내가 너 때문에 미친다! 미쳐!"

태만이 아영을 향해 휴대폰을 던졌다. 끝내 아영이 울음을 터트렸다. 으앙~

"내가 나가야지. 내가 이 집을 나가야 조용해지지."

태만은 휴대폰을 챙겨 집을 나섰다. 휴대폰이 보기 좋게 깨져 있었다. 하, 꼴도 보기 싫었다. 아영도, 지수도, 이 집도. 아오, 저 조그마한 머리에 뭐가 들었는지. 아오, 진짜.

…

"누님, 소주랑 닭똥집."

태만은 단골 포장마차에 들어서며 음식을 주문했다. 도저히 맨 정신으로 있을 수가 없었다. 늦은 시간이라 포장마차 안은 사람들로 북적였다. 태만은 손수레 앞 빈자리에 앉았다. 후덕한 인상의 정숙이 소주와 기본 안주를 건네며 물었다.

"승일이는?"

"몰라, 그 자식 이야기 꺼내지도 마."

"싸웠어?"

"어린앤가, 싸우긴."

태만은 술잔에 술을 따르기가 무섭게 정신없이 들이켰다.

"나쁜 지지배, 쓸모없는 물건 취급하더니 이젠 날 빌려줘? 내가 지를 어떻게 키웠는데. 이가 없어 밥 못 먹을 땐 꼭꼭 씹어 넣어 줘, 다리 아프다면 안아줘, 다방에도 데려가 그 귀했던 요구르트 먹여……. 나쁜 지지배, 배은망덕한 지지배."

태만은 아영이 원망스러웠다. 때마침 한 무리의 양복쟁이들이 술을 마시러 왔다가 자리가 없어 그냥 돌아갔다. 단 한 번도 양복쟁이들을 부러워한 적 없었는데 오늘은 부러웠다. 저 양복이 나 쓸모 있어, 라고 말하는 것 같았다.

젠장, 도대체 무슨 생각을 하는가. 태만은 저 양복이 싫어 회사를 그만두었다. 그런데 저런 놈들을 부러워하다니. 이게 모두 아영이 탓이다. 지지배, 아빠를 비참하게 만들다니. 태만은 머리를 흔들며 생각을 털어냈다.

"누님, 소주 한 병 더!"

"그만 마셔!"

"한 병만~~ 더~ 줘요~~"

"외상값이나 갚아."

"누님, 나 못 믿어?"

정숙이 소주를 건네며 말했다.

"널 어떻게 믿어. 그리고 난 남자란 족속은 믿지 않아."

"누님, 오늘 까칠하시다. 무슨 일 있어?"

"일은 무슨."

정숙이 애써 태만을 외면하며 애꿎은 오뎅국만 휘저었다. 태만은 정숙에게 소주를 따라주며 말했다.

"누님, 한잔해."

"근무 중이야."

"근무 중은 개뿔. 한잔해, 술 한 잔에 쓰러질 누님 아니잖아."

"됐어."

정숙은 끝내 거절했다. 그녀의 단호한 모습에 이곳만 찾게 된다. 정숙이 말을 이었다.

"그래도 여자애가 나아. 우리 재형이 사고 친 거 생각하면 아직도 치가 떨린다, 치가 떨려."

"됐어. 차라리 밖에서 치고받고 싸우는 게 낫지. 지 애비 귀한 줄 모르고 빌려준다 만다 해? 괘씸한 것."

"어린 게 얼마나 답답했으면 그랬겠어."

"됐다구요."

마침 태만의 휴대폰이 울렸다. 낯선 번호다. 태만이 정숙을 보고 웃으며 말했다.

"정말 웃긴 게 뭔지 알아? 세상에 아빠 찾는 놈이 진짜 많다는 거야. 도대체 아빠들 다 어디로 간 거야?"

"그러니까 한번 해봐. 돈 되겠네!"

"미쳤어! 그런 일을 하게!"

"왜 승질이야? 아무것도 안 하는 것보다 낫잖아."

"여태 무슨 이야길 들은 거야? 안 해, 안 한다고!"

"널 보면 죽은 애 아빠 생각나서 그런다. 마누라 앞세워 돈 벌게 하고 정작 자신은 빈둥빈둥."

태만은 듣기 싫어 자리에서 일어나 포장마차를 나섰다. 술에 취해서인지 기분 탓인지 세상이 빙글빙글 돌았다. 세상이 이 모양이니 딸이 아빠를 중고시장에 내놓지. 망할 세상.

"나 가우."

"돈은?"

"누가 떼먹어? 적어놔!"

"그러니까 해보라고! 언제까지 외상 술 마실 거야?"

태만은 포장마차 문을 소리 나게 닫고 나왔다, 젠장. 거리의 네온사인마저 모두 돈! 돈! 돈!! 하는 것 같았다. 숨 쉬는 것조차 돈이 필요한 더러운 세상. 그때였다. 문자가 왔다.

아, 빠, 가…… 필……요……합니다.

태만이 한숨을 내쉬며 말했다.
"너만 필요하냐? 나도 아빠가 필요하다. 나부터 빌려주라, 응?"
 태만은 휴대폰에 대고 소리쳤다. 아우, 열 받아. 흥분한 마음이 쉽게 가라앉지 않았다. 태만은 전화를 끊다 말고 휴대폰 창에 난 흠을 보았다. 순간 아영이 떠올랐다.
"당장 지워!"
"싫어! 진태처럼 아빠가 필요한 애들에게 도움을 주는 게 뭐가 나빠! 게다가 돈도 받을 수 있잖아!"
"너까지 아빠를 무시하는 거냐?"
 흥분한 태만은 손에 들고 있던 휴대폰을 내던졌다. 겁먹은 아영이 끝내 울음을 터뜨렸다.
"아빠 미워!"
"아빠 취직할게. 취직하면 되지!!"
 태만은 호기롭게 큰소리쳤다. 그러나 이 나이에 무엇을 할 수 있을까. 솔직히 태만은 자신이 없었다.

진태 아빠가
되어주세요

미연의 전화를 받은 날, 태만은 이력서를 오십 통이나 보내고도 몇 주째 아무 연락이 오지 않아 절망하고 있었다. 전화기 너머 들려오는 미연의 목소리는 눈물에 젖어 있었다.

"저 좀 도와주세요."

미연의 한마디에 태만은 무작정 달려갔다. 부자 동네로 유명한 평창동 언저리였다. 미연은 붉게 충혈된 눈을 감추기 위해 시선을 피하며 말했다.

"어려운 걸음 해주셔서 감사합니다."

"아닙니다. 어려울수록 돕고 살아야죠. 그런데 무슨 일로……."

"안으로 들어가시죠."

미연은 태만을 커다란 대문 안쪽으로 안내했다. 잔디가 깔린 마당을 지나 이 층 건물로 들어섰다. 입이 벌어질 정도로 멋진 집이었다. 태만은 촌놈처럼 자꾸만 집을 살폈다. 세계 각국의 가면들이 한쪽 벽을 장식하고 있는가 하면 다양한 도자기들이 진열되어 있었다. 박물관을 연상하게 하는 집 안 분위기에 압도당해 태만은 소파 끝에 엉덩이만 걸쳐 앉았다. 몹시 불편했다. 잠시 뒤 미연이 차를 내오며 말했다.

"드세요, 지금 마시기 좋은 차예요."

"아, 네. 감사합니다."

태만은 차를 마셨다. 윽! 쓰고 떫었다. 차를 마실 때마다 느끼는 거지만 왜 이런 걸 마시는지 이해할 수 없었다. 태만 입맛엔 자판기 커피가 최고였다.

"좋은데요."

태만은 애써 웃으며 말했다. 미연은 미소로 대답을 대신하고는 이내 표정이 어두워졌다.

"어떻게 말씀드려야 할지……"

"편하게 말씀하세요. 제가 도와드릴 수 있는 한에서 무조건 도와드리겠습니다."

상대를 배려하는 순간 이상하게 초조해졌다. 태만은 미연이 무슨 말을 할지 궁금했지만 보채지 않고 기다렸다. 떫은 차 맛이 입안을 감돌았다. 한참을 망설이던 미연이 말했다.

"진태 아빠가 되어주세요."

"에?"

소스라치게 놀란 태만이 찻잔을 떨어뜨렸다. 뜨거운 차가 무릎에 쏟아졌다.

"앗 뜨거! 뜨거!!"

태만은 자리에서 벌떡 일어나 찻물을 털어냈다. 미연 역시 깜짝 놀라 태만의 상태를 살피며 허둥지둥 손에 잡히는 대로 화장지를 건넸다.

"괜찮으세요?"

"네, 괜찮습니다. 괜찮아요."

태만은 화장지를 받아 닦으며 말했다. 아빠가 되어달라니 프러포즈라고 하기엔 갑작스럽고, 아니라고 하기엔 너무나 직접적인 말이고. 태만은 최대한 천천히 손을 닦으며 미연의 눈치를 살폈다. 미연은 조용히 태만의 말을 기다리고 있었다. 태만이 조심스럽게 말을 꺼냈다.

"아시다시피…… 전 이미 결혼한 몸이고…… 직업도 없고…… 그런 제가 진태 아빠가 되는 건……"

"아, 다른 뜻이 있는 게 아니라. 진태에게 들었어요, 아빠를 빌려준다고."

미연이 잘라 말했다. 내심 미연이 자신을 좋아한다고 고백하기를 바랐던 태만은 실망했다. 한껏 부풀었던 가슴이 푹 하고 꺼졌다.

"그게 어떻게 된 거냐면요……"

태만은 그간의 사정을 이야기했다. 아영이 인터넷 게시판에 올린 것이고 자신의 의지와는 전혀 상관없다고. 고로 자신은 그 일을 하지 않을 것이며 그렇지 않아도 불러주는 곳이 있어 곧 취업을 할 거라고. 이야기를 듣는 미연의 얼굴이 점점 어두워졌다. 미연이 조심스럽게 말을 꺼냈다.

"실은 시어머님이 치매에 걸리셨어요. 남편을 자꾸 찾는데…… 돌아가실 때까지만이라도 맘 편하게 해드리고 싶어요."

시어머니를 위해 아들이 되어달라는 이야기였다. 사정이 안타까운 건 알겠지만 태만은 선뜻 대답을 할 수 없었다.

"말도 안 되는 일이라는 거 알아요. 말도 안 되는 일이라는 거 아는데……"

끝내 미연은 눈물을 보였다.

"돈은 얼마든지 드릴게요."

미연의 마지막 말이 비수처럼 태만의 가슴에 꽂혔다. 물론 태만은 돈이 필요했다. 그러나 잘 보이고 싶은 여자에게 돈을 받고 싶지는 않았다.

"돈 때문이라면 거절하겠습니다. 그러나 순수하게 도움을 청하신다면 그렇게 하겠습니다."

태만은 자신이 말하고도 참 멋있다고 생각했다. 그래, 사내대장부가 돈 때문에 움직인다는 것은 창피한 일이다. 태만은 미연 앞에선 멋진 사내이고 싶었다. 그러나 미연은 말이 없었다.

"그럼, 전 이만."

태만이 자리에서 일어나자 미연은 당황한 표정이었다. 태만이 화살을 던졌으니 다음은 미연의 차례였다. 미연은 어떤 선택을 할까.

제발 잡아주길 바라며 태만은 마음속으로 숫자를 셌다.

'하나…… 둘…… 세……'

"잠깐만요!"

셋을 다 세기 전에 미연이 다급하게 태만을 불러 세웠다. 그럼 그렇지, 태만은 미연이 자신을 잡을 줄 알았다. 태만은 의미심장하게 웃으며 걸음을 멈추었다.

"돈을 받지 않으면 부인에게 뭐라고 하실 건가요? 그냥 불쌍해서 도와줬다? 부인은 그 말을 믿을까요?"

아차, 태만이 미처 생각하지 못한 부분이었다. 미연 앞에서 멋있는 척만 하려고 했지 지수는 까마득히 잊고 있었다. 태만이 말했다.

"믿지 않을까요?"

그러나 말이 끝나기가 무섭게 생각나는 대로 지껄인 자신의 입을 저주하고 싶었다.

"안 되겠군요. 전 도움이 필요할 뿐, 남자가 필요한 건 아닙니다."

미연이 냉정하게 잘라 말했다. 무서운 여자였다. 단 한마디로 사람의 마음을 읽어내다니 소름이 끼쳤다. 이상한 건 그런 미연에게 더 끌린다는 사실. 상황이 이렇다면 태만도 물러설 수밖에 없었다.

"제 생각이 짧았습니다. 그럼, 일단 어머님 뵙고 말씀 나누죠."

미연은 태만의 생각을 읽기라도 하듯 뚫어져라 쳐다보았다. 그러더니 이내 태만을 이 층 계단으로 안내하며 말했다.

"살아생전 남편은 좋은 아들, 좋은 남편, 좋은 아빠였어요. 주위의 기대에 부응하기 위해 부단히 노력하던 사람이었죠."

그렇게 힘들게 살았으니 일찍 죽지. 태만은 가슴 저 밑바닥에서 흘러나오는 말을 꾹 눌렀다. 대신 마음에도 없는 말을 했다.
"훌륭한 분이셨네요."
"네, 다시 태어나도 그이와 함께 살고 싶어요."
좋아하는 여자의 다른 마음을 듣는 건 언제나 아프다. 태만은 화제를 돌렸다.
"그런데…… 남편분은 어떻게……"
미연의 표정이 더 어두워졌다. 금방이라도 눈물을 흘릴 것 같았다. 어째 미연 앞에만 서면 자꾸 허튼 소리를 하게 되는지, 태만은 애써 수습했다.
"괜한 걸 물었네요. 대답하지 않으셔도 됩니다."
"사고였어요, 단순한 교통사고."
미연이 애써 시선을 피하며 대답했다. 미연의 눈빛이 흔들렸다. 뭔가 숨기는 듯했지만 태만은 더 이상 묻지 않았다.

…

진태 할머니의 방은 거실과는 달리 오래된 자개장이 전부일 정도로 소박하고 검소했다. 예스러운 방 분위기와는 달리 방 안에는 역한 냄새가 진동했다. 태만은 숨을 쉴 수가 없었다. 마침 머리를 풀어헤친 진태 할머니가 쓰레기통을 뒤지며 소리를 질렀다.
"밥 줘! 배고파! 배고프다고!!"

텔레비전에서 종종 치매 노인의 모습을 보긴 했지만 직접 맞닥뜨린 건 처음이었다. 충격을 받은 태만은 얼음이 되었다. 반면 미연은 진태 할머니에게 다가가 익숙한 손놀림으로 쓰레기통을 빼앗으며 말했다.

"어머니, 조금 전에 밥 드셨잖아요."

"밥 줘! 배고파! 내 밥 달라고!"

"조금 전에 드셨다고요. 여기 보세요, 먹었잖아요."

미연이 진태 할머니를 달랬다. 그러나 흥분한 진태 할머니는 억지를 부리며 미연을 때렸다. 퍽퍽! 제법 큰 소리가 났다. 그런데도 미연은 묵묵히 주먹을 견뎠다. 놀란 태만이 미연에게서 진태 할머니를 떼어놓으며 말했다.

"어르신, 그만하세요!"

"악! 사람 살려! 이놈이 날 죽인다! 죽인다고!!"

진태 할머니가 소리를 질렀다. 몸이 아플 때 우리가 견딜 수 있는 건 사랑하는 사람들에 대한 믿음과 기억, 기도 덕분이다. 그런데 치매는 그 모든 기억을, 믿음을, 기도를 잊게 했다. 치매 환자는 익숙하지만 낯선 세상에서 철저하게 이방인이 되어야 했다. 이 얼마나 끔찍한가. 태만은 진태 할머니가 안쓰러웠다.

"지금 뭐하는 거예요?"

미연이 화를 냈다. 도와주려고 했던 건데 미연이 화를 내자 태만은 당황해 말을 더듬었다.

"아, 아니, 전 그쪽이 다칠 거 같아서요……."

"제가 다치는 건 괜찮아요. 연약한 어머니를 그렇게 잡으면 어떡해요? 손 빨개진 거 봐! 아파하시잖아요!"

미연이 소리쳤다. 그제야 태만은 진태 할머니를 보았다. 태만의 손에 잡혀 바들바들 떨고 있는 할머니를. 치매에 걸리긴 했지만 그녀는 연약한 노인이었다. 태만이 손을 놓자 진태 할머니가 잽싸게 미연의 등 뒤로 숨었다. 미연이 할머니를 달랬다.

"어머니, 아들 보고 싶다고 하셨죠? 상연 씨예요. 어머니 아들 기억나세요?"

"내 아들? 내 아들이라고?"

진태 할머니가 미연의 등 뒤에서 얼굴을 내밀었다가 태만과 눈이 마주치자 움찔하더니 이내 또 숨었다. 미연이 동의를 구하듯 물었다.

"어머니, 자꾸 숨고 이러시면 상연 씨 그냥 간대요. 그렇죠?"

뭐야, 연기라도 하라는 건가? 태만은 당혹스러웠다. 진태 할머니가 믿을까도 의심스러웠다. 하지만 미연이 차려놓은 밥상에 재를 뿌릴 수는 없었다.

"그럼요, 어머니. 어머니 뵈러 왔는데 자꾸 숨고 피하시면 가야죠, 뭐."

태만은 미연의 말을 받아 연기를 시작했다. 그리고 정말 일어서서 나가려고 하는데 진태 할머니가 태만의 손을 잡았다. 뜻밖의 반응에 태만이 놀라 돌아보았다. 그 순간 진태 할머니의 눈에서 눈물을 보았다. 할머니가 태만의 손을 당기며 말했다.

"가지 마. 여기서 나랑 살자."

이상하게 가슴이 먹먹해져왔다. 정말 어머니를 만나면 이런 느낌일까? 태만은 마음이 한결 편해졌다. 미연이 말했다.

"아무 데도 안 간대요. 어머니랑 같이 산대요."

"그럼, 그래야지. 나랑 살아야지. 나랑 같이 살아요, 상연 아버지."

진태 할머니가 태만의 얼굴을 어루만졌다. 진태 할머니는 태만을 남편으로 생각하는 듯했다. 이거 상황이 어떻게 돌아가는 건지 일이 자꾸만 커지는 것 같아 불안했다. 무엇보다 치매 걸린 진태 할머니를 속인다는 게 마음에 걸렸다.

"죄송합니다. 저는 못할 것 같습니다. 이상하게 어머니와 눈이 마주칠 때마다 제 속을 다 꿰뚫어보는 것 같아 죄책감이 듭니다."

집으로 돌아오는 차 안에서 태만은 어렵게 말을 꺼냈다. 운전을 하던 미연이 룸미러로 태만을 힐끔 보았다.

"어머님이 정말 좋아하시던데……. 돈 때문이라면 돈은 더 드릴게요."

미연이 또 돈 이야기를 했다. 압축기에 넣은 캔처럼 태만의 자존심이 찌그러졌다.

"여기서 세워주십시오."

"아직 집까지는 멀었는데……."

"여기 세워주십시오. 집에 들어가기 전에 생각을 정리해야 할 것 같아서요."

태만은 잘라 말했다. 미연은 태만의 눈치를 살피다 천천히 차를 세웠다.

"진태 아빠 죽고 처음이에요, 어머니 웃는 모습."

슬픈 표정으로 말하는 미연의 모습에 태만은 또다시 마음이 흔들렸다. 미연이 다시 부탁했다.

"다시 한 번 생각해주세요. 어머니께 기쁨을 드리고 싶어요."

미연만 생각하면 할 수 있다. 그러나 어머니의 사람을 꿰뚫는 눈을 보면 자신이 없었다. 태만은 확실하게 거절했다.

"죄송합니다."

미안하지만 안 되는 건 안 되는 거다. 차에서 내린 태만은 마음이 바뀔까 두려워 뛰기 시작했다. 그리고 주문처럼 외웠다.

안 되는 건 안 되는 거다. 안 되는 건 절대 안 된다.

답답하냐?
나도 답답하 다

 미연의 제안을 거절하고 태만은 또다시 수십 곳에 이력서를 냈다. 다행인지 불행인지 그중 한 곳에서 연락이 왔다. 수많은 거절 끝에 받은 연락이라 정말이지 눈물 나게 고마웠다. 태만은 조금도 망설이지 않고 한걸음에 달려갔다.
 열 평 남짓한 작은 사무실엔 사무용 책상이 두개 놓여 있었고, 젊은 여직원들이 책상에 앉아 전화를 받고 있었다. 사무실에 도착해서야 대리운전 회사라는 걸 알게 되었다. 모집 당시에는 개인사업을 도와준다고 했는데, 태만은 기대했던 것과 달라 당황스러웠다. 마른 멸치처럼 생긴 사무장이 대리운전 조끼를 건네며 말했다.
 "오늘부터 근무하지 뭐."
 "잠깐만요, 잠깐만. 얘기가 조금 다른 것 같은데요."

"다르긴 뭐가 달라? 내가 사기라도 쳤다는 거야?"

마른 멸치가 큰 소리로 말했다. 생긴 것에 비해 목소리 하나는 끝내주게 컸다. 여직원들이 힐끔거리며 쳐다보았다. 목소리 큰 사람에겐 왠지 자꾸 주눅이 들었다. 태만은 쭈뼛거리며 말했다.

"그런 이야기가 아니라 전 개인사업 도와주는 일이라고 해서……."

"이거 개인사업이야. 수습 끝나면 당신 앞으로 차 한 대 배당받을 거고……."

"하지만 그 차 값을 제가 지불해야 한다면서요."

"당연하지 개인사업인데."

마른 멸치 말에 태만이 물었다.

"그럼 차 있는 사람은 차를 가져오면 됩니까?"

"그야 안 되지, 똑같은 차로 나가야 하는데."

뭔가 이상했다. 왜 똑같은 차로 나가야 하는지, 차 값을 왜 태만이 내야 하는지 알 수가 없었다. 마른 멸치가 한마디 했다.

"싫으면 말아. 이것도 못해서 안달인 사람도 많아. 어떻게 할 거야?"

태만은 선뜻 대답을 하지 못했다. 자신을 유일하게 불러준 곳이었다. 더 이상 핑계 대지 말고 할 수 있는 데까지 무조건 하기로 결심했던 차였다. 그런데 마음이 여전히 흔들렸다. 전화벨이 경고음처럼 계속 울렸다. 통화를 하던 젊은 여종업원이 마른 멸치를 불렀다.

"사무장님, 전화요!"

"생각 있으면 저기 양머리 미스 고한테 가봐. 참, 우린 시간 엄수가 생명이야, 생명! 전화 바꿨습니다."

뭘 기대했던가. 태만은 대리운전 조끼를 보며 현재 자기 위치를 가늠해보았다. 이것이 구 년간 아무 일도 하지 않은 대가다. 인정한다. 하지만 그 대가치고는 너무 가혹하다고 생각했다. 그래도 학창시절에 늘 전교 일등에, 명문대 사 년…….

"이쪽으로 오세요."

곱슬곱슬 양머리 미스 고가 태만을 불렀다. 아무리 생각해도 대리운전 하기에는 아까운 스펙이다. 태만의 마음은 계속 소용돌이치고 있었다. 이를 아는지 모르는지 양머리 미스 고가 설명했다.

"운전은 할 줄 아시죠? 여기 차 키하고……"

태만은 미스 고가 건네는 차 키를 한참 보았다. 하, 모르겠다. 일단은 하자! 하다가 정 안 되면 그만두면 된다! 태만은 차 키를 받았다.

…

집주인이 미용실에 나타나면 그날은 장사를 공친 날이다. 오늘이 그랬다. 지수는 집주인이 가게로 들어설 때부터 긴장했다. 오늘은 또 무슨 말을 하려나. 미용실을 한 바퀴 둘러본 집주인은 드라이를 해달라고 했다. 휴, 다행이다. 오늘은 그냥 넘어가는 모양이다. 지수는 정성껏 드라이를 했다.

"결혼식 가세요?"

"아니."

"아니면 무슨 행사라도 있으세요?"

"아니, 그냥 심심해서."

지수가 부러워하는 사람들 중 하나다. 심심해서 머리하는 여자들. 도대체 전생에 무엇을 했기에 심심하면 머리를 한단 말인가. 누구는 평생 남의 머리 해주는데. 지수가 말했다.

"기분 전환으론 머리 다듬는 게 최고죠. 다 됐습니다."

마지막으로 헤어 에센스를 뿌려 깔끔하게 마무리했다. 단골손님에게만 뿌려주는 비싼 에센스였다. 그걸 아는지 모르는지 집주인은 못마땅한 표정으로 물었다.

"앞머린?"

"말씀 안 하셔서 손 안 댔는데…… 다듬어드릴까요?"

"됐어!"

집주인이 화를 내며 벌떡 일어났다. 지수가 애써 웃으며 말했다.

"앉으세요. 금방 해드릴게요."

"됐고. 얼마야?"

집주인이 지갑을 꺼내며 물었다. 말 참 짧다. 가진 자의 여유겠거니 싶다.

"됐어요. 드라이만 잠깐 했는데요, 뭘."

"그래? 참, 이번 달 월세 십만 원 아직 안 들어왔어."

"무슨 말씀이세요, 다 드렸는데?"

"그럼 다 받고 딴소리한다는 거야, 내가?"

"아뇨, 그렇다기보다는 분명 제가 집세 채워 보냈는데……."

순간 지수의 눈앞에 태만의 얼굴이 떠올랐다. 백만 원도 아니고 십만 원을 가져갈 사람은 오직 한 사람, 태만뿐이었다. 어휴, 이 인간을. 집주인이 말했다.

"못 믿겠으면 애기 아빠한테 물어보고. 다음 달이 재계약이지?"

"예."

"재계약 안 해. 가게 빼줘."

지수는 자신의 귀를 의심했다. 가게를 빼라니. 지난달에 연장하자고 하지 않았던가.

"연장하기로 했잖아요."

"일이 그렇게 됐어."

"사모님, 갑자기 그러시면 어떡해요?"

하늘이 무너지는 듯 눈앞이 캄캄했다. 새 가게를 알아보고, 인테리어 다시 하고, 이사하고…… 생각만 해도 끔찍했다.

"난 좋아서 그러는 줄 알아? 나도 괴로워. 암튼 그런 줄 알아."

집주인은 자기 말만 끝내고 미용실을 나섰다. 마침 태만이 미용실로 들어섰다. 태만과 마주친 집주인이 한마디 했다.

"십만 원 어떻게 된 거야? 애기 엄마는 다 줬다고 하던데?"

"제가 금방 드릴게요, 금방."

태만이 어색하게 웃으며 말했다. 집주인이 못마땅한 표정을 짓더니 미용실을 나갔다. 찌릿찌릿. 지수의 시선을 온몸으로 느꼈다. 불같이 화를 낼 것이다. 이럴 땐 아무 일도 없었던 것처럼 태연하게 행동해야 했다.

"뭐야, 언제 봤다고 어깨를 쳐? 기분 나쁘게. 아 배고프다. 아영 엄마, 밥 먹자."

순간 지수의 눈에서 눈물이 떨어졌다. 지수는 잘 우는 여자가 아니었다. 태만이 놀라 물었다.

"왜 그래? 십만 원 때문에 그래? 내가 갚는다니까! 꼭 갚을게."

"가게 빼래. 재계약 안 하겠대."

"이건 또 무슨 소리야. 지난달에는 재계약하기로 했잖아."

"마음이 바뀌었대. 어떻게 하지, 우리?"

지수가 흐느껴 울기 시작했다. 차라리 화를 내면 속이라도 시원하지. 지수가 우는 모습을 보니 가슴 한쪽이 무너져 내렸다.

"당신 대리운전으로 우리 먹고살 수 있을까?"

태만은 아무 말도 하지 못했다. 어젯밤 대리운전 갔다가 가벼운 접촉사고를 내고 잘리고 말았다. 다시 돌아가서 애원이라도 해야 하나. 태만은 고민이 많아졌다. 지수가 재촉했다.

"왜 대답을 안 해? 먹고살 수 있을까?"

"차 값만 갚으면 조금은 여유롭다고 하더라."

태만은 사실대로 말할 수가 없었다. 차 수리비로 돈을 더 물어줘야 한다는 말은 더더욱 할 수 없었다. 지수가 울며 말했다.

"그럼 앞으로 오륙 년은 고생해야 한다는 거야? 아이고, 내 팔자야. 전생에 무슨 죄를 지었기에 요 모양 요 꼴이야. 나보다 못생긴 경자도 잘난 서방 만나 잘 먹고 잘사는데……."

또 경자 이야기다. 지수의 베스트프렌드 경자, 얼굴이 못생겨 결혼이나 할 수 있을까 싶었는데 좋은 남자 만나 손에 물 하나 안 묻히고 산다고 했다. 태만은 지수가 경자 이야기를 할 때마다 속이 뒤틀렸다.
"그만 울어! 운다고 해결되는 것도 아니고! 어떻게 되겠지!"
"어떻게 되긴 뭘 어떻게 돼. 결국 내가 다 해결해야 하는데……."
지수가 어깨를 들썩이며 흐느껴 울었다. 아, 젠장, 일이 왜 이리 꼬이는지. 지수의 작은 등을 보자 미안함에 가슴이 먹먹해졌다.

…

저녁 밥상에 제육볶음이 올라왔다. 이것은 일종의 선전포고와 같다. 나 오늘 힘들다, 말 걸지 말고 조용히 밥 먹자, 이거 먹고 힘내서 싸우러 가자, 뭐 그런 의미.
"엄마, 나 학교에서……"
아영이 노트를 들고 걸어 나오다 밥상의 제육볶음을 보고 순간 얼어붙었다. 그러고는 지수의 눈치를 살피며 태만에게 다가갔다.
"싸웠어?"
"안 싸웠어."
"근데 제육볶음은 뭐야?"
아영이 물었다.
"밥이나 먹어."

태만이 아영의 머리를 꽁 때리며 밥을 먹었다. 지수가 상추를 들고 밥상 앞에 앉으며 말했다.
 "아는 변호사 없어?"
 태만은 변호사 따위 키우지 않았다. 법대로 살면 변호사 따위는 필요 없을 줄 알았다. 사돈의 팔촌, 친구의 친구, 그리고 그 친구의 친구를 뒤져봐도 변호사는 없었다.
 "없어. 있음 벌써 연락했지."
 태만의 목소리가 점점 작아졌다.
 "어떻게 된 인간이 능력만 없는 게 아니라 인맥도 없냐?"
 얼굴이 벌겋게 달아오른 지수가 소리쳤다. 그러고는 상추쌈을 싸서 꾸역꾸역 밀어 넣었다. 아, 진짜, 이 여자 남자 기 죽이는 데는 챔피언감이다. 태만의 삼십구 년 인생을 한 방에 훅 날려버렸다. 태만이 버럭 소리를 질렀다.
 "무슨 말을 그렇게 해?"
 "왜 내가 틀린 말 했어?"
 지수가 눈을 부릅뜨고 대들었다. 오늘만은 지수를 배려하려고 했다. 그런데 왜 입만 열면 싸우는지, 이건 아닌데 싶으면서도 멈출 수 없는 감정의 롤러코스터를 탄 것처럼 태만과 지수는 싸우기 시작했다.
 "변호사 모르는 게 내 잘못이야?"
 "응, 당신 잘못이야."
 "아니 이 여자가!! 말이면 다야!!!"

갑자기 아영이 눈을 감고 귀를 막더니 노래를 부르기 시작했다.
"따르릉 따르릉 비켜나세요. 자전거가 나갑니다 따르르르릉~"
태만과 지수는 싸움을 멈추고 아영을 돌아봤다. 아영이 노래를 이어 불렀다.
"저기 가는 저 사람 조심하세요~"
아차 싶었다. 어린 시절 유난히 자주 싸우던 아버지와 어머니, 두 분이 싸울 때면 태만은 어두운 방에 홀로 앉아 두 분이 영영 헤어지지 않을까 몹시 두려워했다. 그래서 아영이 태어났을 때 다짐했다, 딸아이 앞에선 절대 싸우지 않겠다고.

그러나 싸움이 시작되면 아영에 대해선 전혀 생각도 못한 채 서로 '내가 옳다!' 게임을 계속했다. 그리고 결과는 언제나 '내가 더 옳다!'로 합의점 없이 끝나버렸다. 누군가 연애를 에피소드의 나열로 끝나는 단막극에, 결혼을 네버엔딩 스토리 같은 막장 연속극에 비유한 것이 떠올랐다. 젠장, 이 얼마나 적절한 비유인가. 태만은 숟가락을 던지고 집을 나섰다. 사무실에 가서 애원이라도 해야겠다.

…

사무실에선 이미 새로운 사람을 뽑은 상태였다. 태만이 사정을 이야기하자 마른 멸치는 기다리라고 했다. 혹 사람이 빠지면 넣어주겠다고. 그러나 해가 뜰 때까지 빠지는 사람 하나 없었고 태만은 밤새 의자에 앉아 기다리다 집으로 돌아왔다. 몸도 마음도 천근만근 무거웠다.

"아영이는?"

태만은 가게 문을 열고 있는 지수에게 물었다. 지수와 화해하는 데 가장 효율적인 방법은 딸 이야기였다. 아직 화가 안 풀렸는지 지수가 퉁명스럽게 말했다.

"학교."

"아영이 앞에선 조심하자."

태만이 조용히 타이르듯 말하자 기다렸다는 듯 지수가 대답했다.

"당신만 조심하면……."

"또, 또 내 탓이야! 그냥 알았다고 하면 되잖아!"

태만은 화가 났다. 밤새 잠 한숨 못 자고 허탕 치고 들어온 사람에게 어디 갔다 왔는지 물어보진 못할망정 또 남 탓을 한다. 이러니 아무것도 하고 싶지 않는 거다, 아무것도. 태만을 기다리다 밤새 뒤척인 지수도 뚜껑이 열렸다.

"왜 나만 알아야 하는데! 왜 나만!!"

더 이상 싸우기 싫었다. 태만은 한숨을 내쉬며 말했다.

"알았다, 알았어. 다 내 탓이니까 아영이 앞에선 싸우지 말자."

"내가 할 소리야!"

지수가 큰소리쳤다. 말해 무엇하리. 태만은 한숨을 내쉬며 집 안으로 들어갔다. 지수가 물었다.

"밥은 먹었어?"

"아니."

"먹을래?"

"아니."

"대리운전 얼마나 받아? 이백은 받지?"

잘렸다는 말을 해야 했다. 그러나 할 수가 없었다. 그건 태만의 마지막 남은 자존심이었다.

"갑자기 월급은 왜?"

"계획 좀 세우려고. 여기보다 조금은 넓은 데로 가고 싶어······."

지수가 계산기를 두드리며 말했다.

"아마 그쯤 받을 거야."

태만은 대충 얼버무렸다. 이때까지만 해도 곧 다른 자리를 구할 수 있을 거라 생각했다. 암 구할 수 있고말고. 태만이 자리를 피하며 말했다.

"어제 무리했더니 정말 피곤하다. 일단 한숨 자고 나올 테니까 이따 이야기해, 이따."

"잠깐만 가게 좀 봐주면 안 돼? 자주 이야기하는 것도 아니고."

지수가 간절하게 잡았지만 태만은 도망치듯 미용실을 빠져나왔다. 더 이상 함께 있다간 남아 있는 희망마저 빼앗을 것 같았다. 휴, 무엇이 잘못이었을까? 증권회사를 더 다닐 걸 그랬나? 하지만 목을 죄어오는 넥타이와 양복을 견딜 수가 없었다.

게다가 이 대리, 사사건건 꼬투리를 잡으며 괴롭혔던 이 대리를 생각하자 치가 떨렸다. 그래, 잘 그만뒀어. 그곳에 더 있다간 암으로 죽었을 거야. 그러나 어쩨 그런 위로도 오늘은 전혀 도움이 되지 않왔다. 태만은 승일에게 전화를 했다.

"나다. 술이나 한잔하자."

"미친. 지금 몇 신 줄 알아? 오전 아홉 시야, 오전 아홉 시."

"우리한테 시간이 중요했냐?"

"난 중요해. 시간이 돈이니까. 너 혼자 마셔."

승일이 태만의 말을 다 듣지도 않고 전화를 끊어버렸다. 나쁜 자식, 승일이 힘들다고 SOS를 치면 태만은 한걸음에 달려가 술 먹어줘, 안주 먹어줘, 같이 욕해줘, 매번 위로해주었다. 그런데 정작 태만이 SOS를 치면 승일은 묵묵부답이었다. 화가 난 태만이 다시 승일에게 전화를 했다.

"왜?"

"야, 너 돈 좀 벌었다고 옛 친구를 무시하냐? 너 그러면 안 돼. 친구란 돈으로 살 수 없는 거라고, 알아? 너 얼마나 잘 사나 지켜보겠어. 알았냐? 지켜보겠다고!"

이번엔 태만이 승일보다 먼저 전화를 끊었다.

"짜식, 내가 먼저 끊어 약 오를 거다. 약이 오를 대로 올라 전화하겠지."

태만은 휴대폰을 보며 흐뭇하게 웃었다. 전화를 하면 너그럽게 용서하고 같이 술이나 마실 생각이었다. 태만은 집으로 들어가던 발걸음을 돌려 편의점으로 향했다. 편의점에서 맥주를 사 아무도 없는 공원에서 맥주를 마시며 승일의 전화를 기다렸지만 전화벨은 울리지 않았다.

승일의 예상 밖 행동에 태만은 애가 타기 시작했다. 전화를 해서 물어볼까? 아니다. 그건 모양새가 너무 빠진다. 그럼 문자를 보낼까? 태만이 전화기를 들고 동동거리고 있을 때 전화벨이 울렸다. 승일이 미끼를 물었다. 태만은 의기양양하게 전화를 받았다.
"여기로 와."
대답이 없었다. 승일이 아닌가?
"여보세요?"
"아빠, 언제 들어올 거야?"
전화기 너머로 아영이 목소리가 들렸다. 태만은 실망했다, 승일이 아니라서. 태만이 퉁명스럽게 말했다.
"곧 들어갈 거야."
"그럼 올 때 니모 좀 사다줘."
"니모? 니모는 왜?"
"기르고 싶어서."
"아빤 몰라. 엄마한테 사달라고 해!"
"엄만 아빠한테 말하라고 하던데? 아빠가 물주라고."
  태만은 알았다며 전화를 끊고 맥주를 마저 마셨다. 지수가 지능적으로 압박을 가해왔다. 물주라니, 하. 어떡하지, 마음 같아서는 물주 아닌 물주 할애비라도 되고 싶었다. 태만은 급하게 맥주를 마셨다. 한 캔 더 비울 때까지 승일은 대답이 없었다. 태만은 승일에게 전화를 걸었다.
"야, 그러고도 니가 친구냐? 네가 힘들 때 제일 먼저 달려간 사람이 누구냐? 나야, 나. 그런데 넌 내가 힘들 때 외면해?"

태만이 전화기에 대고 고래고래 소리를 질렀다. 전화기 너머로 뚜뚜뚜 통화음이 들리는데도 계속 악을 썼다.

"승일이 이놈, 이 나쁜 자식, 넌 친구도 아니다. 오늘부로 절교야. 절교!"

태만이 전화를 끊고는 그대로 벌렁 드러누웠다. 화창한 봄날이었다. 태만은 푸른 하늘을 보며 말했다.

"너도 답답하냐? 나도 답답하다."

푸른 하늘은 답이 없었다. 태만은 땅이 꺼져라 한숨을 내쉬었다.

"심으면 돈 열리는 나무는 없나? 내가 개발해볼까? 아니야, 아냐. 돈비가 내리는 구름을 만드는 거지…… 그럼 비가 올 때마다 돈이 떨어지는 거야……. 크크크크."

상상만으로도 기분이 좋았다. 태만은 큰 소리로 웃었다. 그러나 허전한 마음을 달랠 수는 없었다. 증권회사를 그만둘 때만 해도 자신만만했다. 당시 애견시장이 크게 활성화되고 있었고 전문가들이 앞다투어 전망도 좋을 것이라고 예견했다. 태만은 멍멍야옹몰을 열기만 하면 대박 날 줄 알았다. 그러나 세 달 만에 장사를 접어야 했다.

그 뒤에도 이것저것 손 안 대본 장사가 없었다. 그러나 족족 다 망했고 지수마저 가만히 있는 게 도와주는 거라며 아영을 돌봐달라고 했다. 그렇게 일 년이 이 년이 되고, 이 년이 삼 년이 되더니 어느새 구 년이란 시간이 흘렀다. 자신감은 점점 떨어졌다.

"돈을 자르면 두 배로 늘어나는 돈은 어때? 그래, 만 원짜리를 이렇게 자르면 여기 만 원 한 장, 여기 또 만 원 한 장. 이렇게 이만 원이 되는 거지. 어때? 괜찮지?"

태만은 한숨을 내쉬었다. 자신이 한없이 초라해 보였다. 도움이 필요했다. 누군가의 도움이 간절히 필요했다. 태만은 휴대폰에서 미연의 번호를 확인했다. 전화를 할까, 이 기회에 진태의 아빠가 되어 준다고 할까? 태만은 망설이다 이내 휴대폰을 껐다.

…

아영은 한 달에 한 번 있는 글짓기 시간이 너무 싫었다. 두세 줄 쓰고 나면 쓸 말이 없어 고민해야 했다. 게다가 오늘은 오월 가정의 달을 맞이하여 '우리 가족'에 대해 쓰라고 했다. 우리 가족이라…… 엄마, 아빠 그리고 둘을 하나도 닮지 않은 나, 채아영이 끝이다. 아무리 머리를 굴려봐도 쓸 말이 없었다. 주위를 둘러보니 다른 아이들은 열심히 쓰고 있었다.

왠지 열심히 쓰고 있는 아이들의 가족은 행복할 것 같았다. 행복하니 쓸 말도 많겠지. 아영은 진심으로 부러웠다. 그때 아영과 같은 고민을 하고 있는 듯 멍하게 앉아 연필을 돌리는 진태가 눈에 들어왔다. 진태도 쓸 말이 없어 보였다. 그런 진태를 보자 아영은 조금은 안심했고 조금은 반가웠다. 자신과 같은 고민을 하는 사람이 있다는 것에 없던 동질감도 생겼다. 담임이 물었다.

"아영이 다 썼니? 다 썼으면 읽어볼까?"

"아뇨! 아직 멀었어요."

아영이 허둥지둥 대답했다. 그러고는 책상에 머리를 박고 글 쓰는 시늉을 했다. 하지만 갑자기 글감이 떠오를 리가 없었다. 아영은 빈 노트 위에 '우리 가족, 우리 가족'이란 말만 반복해서 썼다. 그러다 불현듯 생각이 났는지 글을 쓰기 시작했다.

엄마 아빠는 저를 보면 늘 하시는 말씀이 있습니다.
"넌 도대체 누구 닮았냐?"

잠시 뒤 아영은 담임의 추천으로 아이들 앞에서 글을 낭독했다.
"엄마 아빠 말씀처럼 전 누구도 닮지 않았습니다. 그래서 거울을 볼 때면 가끔 궁금해집니다. 나의 진짜 엄마 아빠는 누굴까? 엄마가 자주 보는 아침드라마처럼 나에게도 출생의 비밀이 있는 건 아닐까? 어쩌면 우리 아빠는 장동건 아저씨처럼 잘생기고, 박지성 아저씨처럼 공도 잘 차고, 삼성 할아버지처럼 돈도 잘 버는 사람이 아닐까……?"

여기저기서 아이들의 웃음소리가 터져 나왔다. 주위의 소란에도 굴하지 않고 아영은 끝까지 침착하게 낭독했다.
"그래서 아빠에게 물었습니다. 아빠, 내 출생의 비밀을 말해줘. 심각한 제 기분을 아는지 모르는지 아빠는 꿀밤을 먹이며 '공부나 해!'라고 소리쳤습니다."

아이들이 웃기 시작했다. 담임마저 웃었다. 그러나 진태는 사뭇

진지한 표정으로 아영의 낭독을 경청했다.

"친부모님을 만나는 게 소원입니다. 그분들은 제발 싸우지 않고 행복하셨으면 좋겠습니다."

마침 수업 종이 울렸다. 담임이 농담으로 친부모님을 찾게 되면 자신에게도 알려달라고 했다. 하지만 선생님 생각엔 지금 계신 두 분이 친부모님 같다는 말도 했다. 아영에겐 어떤 말도 위로가 되지 않았다. 수업이 끝나고 아영은 진태에게 다가가 물었다.

"아빠가 안 한다고 했다며?"

진태가 대답 대신 고개를 끄덕였다.

"그것 때문에 시무룩한 거야?"

"시무룩하긴, 내가 뭘."

진태가 벌떡 일어나 가방을 메고 교실을 나갔다. 아영이 그 뒤를 쫓아갔다.

"그럼 왜?"

"그냥. 가족에 대해 쓰라고 하는데 할 말이 없어서."

아영이 피식 웃으며 말했다.

"나도 그랬는데."

"그래도 넌 썼잖아. 발표도 하고."

진태는 아영의 말이 의외였다. 진태는 아영이네만큼 화목한 집을 보지 못했다. 자신이 가진 것이 얼마나 훌륭하고 좋은지 모르는 아영이 답답하기까지 했다. 아영이 투덜거렸다.

"매일 싸우는 게 가족이냐?"

"매일 싸우더라도 가족이 있었으면 좋겠다."

진태의 말에 아영은 당황했다. 아영이 싫어하고 피하고 싶은 것을 진태는 간절하게 원하고 있었다. 바보 같은 녀석, 그게 뭐가 좋다고. 아영은 앞서 가는 진태를 쫓아가며 물었다.

"네가 몰라서 그래. 싸울 때마다 엄마 아빠가 헤어지는 건 아닐까, 얼마나 불안한데."

"그건 그렇겠네."

진태가 아영의 말에 고개를 끄덕였다. 진태가 자신의 말에 동의하자 아영은 신이 났다.

"너 애완동물 키운다고 하지 않았어?"

"고양이 키워. 왜?"

"고양이? 무섭지 않아?"

"무섭긴, 얼마나 순한데."

"피, 그럼 고양이 이야기 쓰지. 고양이도 가족이잖아."

아영의 말에 진태가 환하게 웃으며 말했다.

"맞다. 그 생각을 못했네. 우리 샤샤 이야기도 쓸걸. 담엔 꼭 써야겠다."

"너희 아빤 어땠어?"

아영은 궁금했다. 도대체 진태 아빤 어떤 아빠였을까? 어떤 아빠였기에 이토록 그리워하는 걸까? 아영의 질문에 진태는 신이 나 마구마구 떠들어댔다.

"일요일이면 야구도 하고 엄마 몰래 피시방에 가서 게임도 하고……."

 좋은 아빠였다, 진태네 아빠는. 아영은 진태 이야기를 들으면서 자연스럽게 태만을 떠올렸다. 아영의 과자를 빼앗아 먹던 태만, 삼 년 동안 모은 아영의 저금통을 몰래 훔쳐 간 태만, 툭 하면 심부름 시키고 그것도 모자라 심심하면 꿀밤을 때리던 태만. 이 정도면 태만은 아빠가 아니었다. 아영은 출생의 비밀이 있을 거라고 더욱 확실하게 믿게 되었다.

"다녀왔습니다."

 아영이 집 안으로 들어가려는데 태만이 앞을 막아섰다. 태만의 갑작스러운 등장에 아영은 깜짝 놀랐다.

"짜잔. 아영아, 이게 뭐게?"

 태만은 투명 비닐에 포장된 금붕어를 들고 있었다. 태만이 '짜잔' 하며 나타날 땐 뭔가 부탁할 게 있다는 거였다. 그리고 대부분 아영이 할 수 없는 일이었다. 이럴 땐 무조건 무시하고 피하는 게 상책이었다. 아영은 태만을 피해 집 안으로 걸어 들어갔다. 태만이 아영을 쫓아가며 금붕어를 보여주었다.

"아영아, 니모."

"이거 니모 아닌데, 금붕언데."

 태만은 늘 자기 식으로 해석했다. 니모를 금붕어로 해석하는 것처럼. 그러고는 우겼다.

"야, 니모나 금붕어나 같은 물고기잖아."

 물고기도 물고기 나름이지. 니모는 바다에 살고, 금붕어는 민물에 산다. 엄연히 다른 물고기다. 아영이 금붕어를 태만에게 건네며 말했다.

"칫, 난 니모를 키우고 싶어, 금붕어가 아니라."

"알았어. 담에 니모 사다 줄게."

태만이 순순히 대답했다. 아영이 이상한 듯 태만을 돌아봤다. 분명 '싫으면 관둬!'라고 화를 내야 하는데 다음에 사준다니 태만답지 않게 너무나 달콤했다. 태만은 금붕어를 다시 아영 손에 쥐어주고는 음흉하게 웃으며 말했다.

"글 지웠냐?"

"글? 무슨 글?"

"아빠를 빌려준다 어쩐다 했던 글."

태만이 아영의 눈치를 보며 말했다. 아, 용건이 이거였구나. 아영은 며칠 전 길길이 날뛰며 아빠를 우습게 본다는 둥 이젠 참지 않겠다는 둥 화를 내던 태만이 떠올랐다. 또 화를 낼 거 같아서 거짓말을 했다.

"당근 지웠지."

"얌마, 벌써 지우면 어떡해?"

어라, 이건 뭐지? 확실히 이상했다. 이번엔 왜 지웠느냐고 화를 냈다. 도대체 어느 장단에 춤을 춰야 할지 아영은 상황 파악이 전혀 되지 않았다.

"아빠가 지우라고 했잖아?"

"지우란다고 벌써 지우냐?"

늘 이런 식이다. 뭘 하면 한다고 투덜대고 하지 않으면 하지 않는다고 투덜대고. 짜증이 솟구쳤다.

"아, 어쩌라고!"

그러자 태만이 아영을 달래며 부드럽게 말했다.

"아빠랑 피시방 갈래? 왜 승일 아저씨네 피시방 하잖아. 거기 라면 얼마나 맛있는지 알지? 라면 먹고, 그 아빠 빌려주는 사업에 대해 이야기도 하고……."

"학원 가야 돼. 그럼 그렇지, 부탁할 게 있으니까 살갑게 굴지."

아영은 퉁명스럽게 대답했다.

"오늘만 빠져. 아빠가 책임질게."

"책임은 무슨. 엄마한테 맨날 지면서."

"얌마! 내가 왜 엄마한테 져!! 엄마는 엄마고, 여자니까 봐준 거지."

태만이 흥분해 소리쳤다. 그러거나 말거나 아영은 비닐봉지 속에서 유영하는 금붕어를 보았다.

"정말 안 갈래?"

"위(Wii) 사주면."

"위? 스토먹?"

태만이 배를 가리키며 되지도 않는 영어를 썼다.

"무식하긴."

아영이 태만을 흘겨보며 방으로 들어갔다. 다급해진 태만이 아영을 쫓아오며 말했다.

"사줄게. 위인지 배인지, 사준다고!"

"좋아."

아영은 그제야 배시시 웃으며 말했다. 반면 태만은 못마땅한 표정이었다. 세상은 시소의 법칙처럼 내가 하늘에 오르면 다른 사람은 땅으로 내려가는 법이다. 내가 좋으면 다른 사람은 좋지 않기 마련이다. 오늘은 아영이 이겼다.

아빠
렌털 사업

아빠를 빌려드립니다
결손가족에게 완전한 사랑을!
위기에 처한 가족에게 따뜻한 위로와 도움을!!

　태만은 컴퓨터 모니터를 보며 흡족한 표정을 지었다. 아영의 도움으로 '아빠를 빌려드립니다' 카페를 개설했다. 아직 회원이라곤 아영과 태만, 그리고 승일 셋뿐이지만 태만은 자신 있었다.
　생각해보면 위대한 모성은 자주 회자되는 반면 위대한 부성에 대한 이야기는 매우 드물었다. 그만큼 아빠 역할을 제대로 하는 놈들이 적다는 것이다. 한 예로 자신을 봐도 그렇다. 솔직히 아영에게 좋은 아빠는 아니었다. 고로 이 사업은 유망했다.

"완전한 사랑? 따뜻한 위로? 이 사기꾼, 너 정말 할 거야?"

승일이 태만의 뒤에서 카페 로고를 보며 물었다.

"당근이지. 세상엔 제대로 된 아빠가 없어. 그러니까 대박 날 거야. 대박 나면 울고불고 매달리지나 마라."

태만이 거드름을 피우며 말했다.

"팔아먹을 게 없어서 제 자신을 파냐? 그리고 세상에 아빠를 빌려달라는 미친놈들이 어디 있어?"

마침 태만의 휴대폰이 울렸다. 태만이 빙그레 웃으며 말했다.

"여기 있네."

태만이 신이 난 듯 전화기를 흔들어대더니 이내 목소리를 깔고 받았다.

"예, 채태만입니다. 어? 여보. 나? 놀긴, 고객 좀 만나느라고……. 그럼, 일찍 가야지. 그래, 알았어."

지수 전화였다. 거짓말을 하면 말을 더듬는 태만이었다. 겨우 전화를 끊는데 승일이 태만을 비웃으며 말했다.

"네 고객은 지수뿐이구나?"

휴, 태만은 깊게 한숨을 내쉬었다. 사실 카페를 개설하고 내심 불안했다. 하루에 서너 통이 넘게 오던 전화가 요즘은 거의 오지 않았다. 홍보 부족이라고 자신을 위로하긴 했지만 이대로 끝날 것 같아 두려웠다. 그때 또 휴대폰이 울렸다.

"간다고."

태만이 퉁명스럽게 전화를 받았다. 전화기 너머에서 잠시 침묵했다. 그러더니 이내 억세고 강한 여자의 목소리가 들렸다.

"아빠를 빌리고 싶습니다."

순간 기대고 의지할 곳 없이 혼자 살아온 여자의 억척스러운 삶이 파노라마처럼 눈앞에 펼쳐졌다. 여자가 말을 이었다.

"만나서 이야기하죠."

태만은 여자가 알려주는 카페 주소를 받아 적었다.

…

여자가 알려준 카페는 대학가의 허름한 전통 찻집이었다. 3040들을 위한 흘러간 가요가 흐르고 전통찻집 고유의 약초 냄새가 가득했다. 태만은 조금 일찍 도착해 커피를 마셨다. 여자는 칼로 잰 것처럼 약속 시간에 맞춰 나타났다. 삼십대 중반의 정장 차림을 한 여자가 명함을 내밀며 말했다.

"삼 년 전 이혼을 했습니다. 아이는 제가 키우고 있어요. 물론 주위에선 이혼 사실을 모릅니다."

명함엔 외국계 기업 헤드헌터 금소연이라고 쓰여 있었다. 소연이라는 여성적인 이름과는 달리 여자는 짧은 머리에 쌍꺼풀 없이 찢어진 눈, 우뚝 솟은 광대 때문에 억세 보였다.

"다음 주가 아이 급식 당번이라 꼭 참석해야 하는데 회사에 중요한 일이 생겼습니다. 아이 아빠에게는 연락이 안 돼서요."

"아이 이름이?"

"아름이요, 이아름."

아이의 이름을 말하는 여자의 표정에 여유가 생겼다. 그러더니 지갑에서 사진을 꺼내 보여주었다. 여자 품에 여자아이가 안겨 있었다. 어떻게 보면 어두운 인상이고 어떻게 보면 티 없이 맑은 인상, 그 때문인지 조금 불안해 보였다.

"아름이에게 말씀하셨나요?"

"뭘요?"

"그러니까…… 엄마가 바빠서 못 간다는 것과 아빠에게 연락이 안 된다는 것. 그래서 아빠를 대신할 사람이 갈 거라는 걸요."

"아뇨, 아름이에겐 말하지 않을 겁니다. 어차피 급식 때만 잠깐 얼굴 비추고, 다녀갔다는 도장만 찍어주시면 돼요."

태만은 소연의 말도 옳다고 생각했다.

"알겠습니다. 원하시면 그렇게 하죠."

소연이 흰 봉투를 건넸다.

"일단 반 넣었습니다. 나머지 반은 마지막 날 드리겠습니다."

태만은 기꺼이 봉투를 받아 돈을 확인했다.

"몇 살이죠? 아니, 그러니까 몇 학년인지 알아야……."

"오 학년이에요. 오 학년 이 반."

"우리 아름이는 이 학년인데. 애들은 초등학교만 들어가면 다 키운 것 같더라고요."

태만이 사람 좋게 웃었다. 그러나 소연은 긴장을 풀지 않고 경계하는 눈빛으로 태만을 보며 말했다.

"다시 한 번 말씀드리지만 급식만 해주고 오시면 돼요. 아름이에게 아는 척하거나 말 걸지 마세요."

태만은 그렇게 하겠다고 약속하고 여자와 헤어졌다. 뭔가 딸을 과잉보호하는 태도가 마음에 걸렸지만 어차피 태만이 상관할 일이 아니었다. 이 일을 시작하면서 나름 세운 규칙은 오지랖 떨지 말자, 고객이 원하는 만큼만 하면 된다, 였다. 봉투 안의 돈을 확인하자 절로 웃음이 나왔다.

"호호호"

그날 저녁 태만은 첫 계약 기념으로 아영과 피자를 먹었다. 맛있게 피자를 먹는 아영을 보자 마음 한편이 뿌듯해졌다. 이런 맛에 돈을 버는구나 싶었다.

…

시간에 맞춰 출발했는데도 이십 분이나 늦었다. 태만은 급식을 준비하고 있는 학부모들에게 양해를 구했다.

"죄송합니다. 차가 막혀서요. 아름이 아빠예요."

"호호, 아름이가 아빠를 쏙 빼닮았네요."

학생회장 딸을 둔 엄마가 머릿수건과 앞치마를 건네며 말했다. 예의상 하는 말이라는 걸 알면서도 알지도 못하는 녀석과 닮았다고 하니 묘한 기분이었다. 급식을 준비하면서 알게 된 건 학부모 모임이 자식들의 감투에 의해 운영된다는 사실이었다. 아무런 감투 없이 공부만 열심히 하는 아름 덕에, 그리고 남자라는 이유로 태만은 어려운 일을 맡았다.
"아름이 아빠는 오늘 청일점이니까 배식을 맡아주세요."
"네!"
태만은 씩씩하게 대답했다. 식당 일은 어려움의 연속이었다. 머릿수건을 어떻게 써야 하는지, 앞치마는 어떻게 입어야 하는지 난감했다. 태만이 앞치마 앞에서 쩔쩔매자 학생회장 엄마가 다가와 도와주었다.
"아름 아빠, 집에선 아무것도 안 하시나 봐."
"잘나가는 학원 강사님인데 집안일 하면 그게 더 이상하지."
학부모들이 태만이 앞치마 두르는 걸 재미있게 지켜보며 까르륵 웃었다. 여자들 세계는 정말 신기했다. 여자들이랑 하루만 함께 있어도 사돈의 팔촌까지 뭘 하는지 알 수 있었다. 덕분에 좋은 정보를 얻었다. 아름 아빠가 학원 강사라는 것, 그것도 강남에서 잘나가는. 태만이 눈치껏 대충 얼버무렸다.
"네, 제가 워낙 바빠서요."
"그나저나 물어보고 싶었는데요. 아름이 교육은 어떻게 시키세요? 학원 보내시나요? 아님……."
"직접 가르치시겠지. 그렇죠?"
학부모들이 일제히 태만을 쳐다보았다. 어딜 가나 학부모들의 관심은 아이들 성적이다. 강남에서 제일 잘나가는 학원 강사를 만나면 궁금한 게 당연했다. 그러나 태만은 당황스러웠다, 알 수 없었으니.

결국 거짓말을 했다.

"네, 제가 가르칩니다."

"그럴 줄 알았다니까. 그러니까 아름이가 전교 일등을 한 번도 뺏기지 않지."

또 다른 정보, 아름은 줄곧 전교 일등이었단다. 그러니 이렇게 관심을 보이는 거겠지. 태만은 아름을 한 번도 보지 못했지만 어쩐지 오래전부터 잘 알고 있었던 것 같은 느낌이 들었다. 태만 역시 전교 일등의 외로움이나 고통을 잘 알고 있었기에 아름을 만나면 잘 통할 거라 생각했다.

"저기요, 우리 해철이가 아름이랑 제일 친한데 같이 과외받으면 안 될까요?"

해철 엄마라는 사람이 태만에게 은근하게 물었다. 태만이 당황하자 학생회장 엄마가 끼어들었다.

"해철 엄마도 참, 지금 해철이네 과외해준다고 하면 여기 다른 엄마들은 어떡해? 너도 나도 다 해달라고 할걸?"

"그럼 다 같이 받으면 되겠네. 돈은 드릴 테니까 해주세요, 네?"

해철 엄마가 떼를 썼다. 학부모들은 기다리고 있었다는 표정으로 일제히 태만을 쳐다보았다. 아, 진짜, 급식만 해주면 된다고 해서 왔더니 이거 과외까지 해주게 생겼다.

"그게······."

태만의 등 뒤로 식은땀이 흘러내렸다. 못한다고 해야 정답이지만 왠지 잘난 척하는 것 같기도 하고, 행여 이것 때문에 아름이 왕따를 당하거나 하면 어쩌나 걱정이 되었다. 그렇다고 하겠다고 하면 태만의 정체가 탄로 날 테고 그럼 아름 엄마와의 약속도 깨지는 것이다. 도대체 어떻게 해야 하는지, 아줌마들은 왜 이리 남의 일에 관심이 많은지, 태만은 도망치고 싶었다. 그때였다. 머리에 흰 모자를 쓴 영양사가 학부모들을 향해 말했다.

"여기들 계시면 어떻게 해요! 급식 안 해요?"

"어머! 시간이 이렇게 됐네. 아름이 아빠, 우리 끝나고 이야기해요, 끝나고."

학부모들이 우르르 영양사 쪽으로 걸어갔다. 그리고 영양사의 지시대로 분주하게 움직였다. 영양사가 아니었다면 거짓말이 들통 났을 것이다. 영양사가 태만을 살렸다. 태만은 안도의 한숨을 내쉬며 학부모들을 쫓아가 급식 준비를 도왔다.

...

누군가 세상에서 가장 힘든 일이 무엇이냐고 묻는다면 태만은 조금의 망설임도 없이 밥 짓는 일이라고 말할 것이다. 밥 한 끼 짓는 것이 이렇게 번거롭고 수고스러운 일인지 태만은 처음 알았다. 새삼 매일 세끼 차려주는 지수가 고맙게 느껴졌다. 학생회장 엄마가 불렀다.

"아름 아빠, 배식이요."

"예."

태만은 식기 정리가 끝나자마자 배식구 앞에 섰다. 마침 점심시간을 알리는 벨이 울리고 아이들이 몰려왔다.

"천천히, 새치기하지 말고."

태만이 아이들 식판에 감자조림을 올려주며 말했다. 뚱뚱한 녀석이 태만 앞으로 식판을 쑥 내밀었다.

"아저씨 감자 하나 더 주세요."

"다 먹고 또 와. 다음."

"하나 더 주지······."

뚱뚱한 녀석이 투덜대며 갔다. 그 뒤로 키가 크고 삐쩍 마른 아름이 태만 앞에 섰다. 태만은 아름의 얼굴을 알아보지 못했다. 태만이 아름의 식판에 감자를 올려주는데 학생회장 엄마가 한마디 했다.

"아름이 아빠 와서 좋겠네."

순간 태만과 아름의 눈이 마주쳤다. 아름의 눈은 감정을 담고 있지 않아 묘하게 오싹했다. 그렇다고 모른 척할 수 없는 일, 태만은 애써 웃음 지으며 말했다.

"많이 먹어라."

"우리 아빠 아닌데요. 누구세요?"

이런 녀석들을 태만은 잘 알고 있었다. 거짓말은 죽어도 못하는 고지식한 녀석들. 군에서 이런 녀석들 때문에 엄청 고생했다. 그래서 태만은 너무 반듯하고 정직한 사람을 좋아하지 않았다.

사람이 살다 보면 상황에 따라 거짓말을 할 수도 있지. 아니, 꼭 거짓말을 하라는 게 아니라, 임기응변이 뛰어나야 한다는 것이다. 식당 안이 쥐 죽은 듯 조용해졌다. 너무 조용해서 자신의 생각이 다른 사람에게 들렸나 싶을 정도였다. 태만이 당황해 어색하게 웃으며 말했다.
"이 녀석이 원래 농담을 잘해요. 맛있게 먹어."
태만이 말을 끝내기가 무섭게 아름이 소리를 지르기 시작했다.
"악!!! 당신 누구야!! 우리 아빠 아니라고! 아니야!!!"
태만은 당황했다. 아름이 이렇게 나올 줄 몰랐기 때문이다. 소연이 아름을 아는 척하지 말라고 했던 당부가 뒤늦게 떠올랐다. 식당 안은 금세 소란스러워졌다. 몇몇 여자 선생님들은 아름을 달래기 시작했고, 남자 선생님들은 태만을 끌어냈다. 태만은 영문도 모른 채 교장실로 끌려갔다.

…

"아름이와는 어떤 관계라고요?"
교장이 돋보기를 머리 위로 올리며 말했다. 대머리 위에 올려둔 돋보기가 자꾸만 흘러내려 눈에 거슬렸다.
"그러니까…… 전……"
뭐라고 말을 해야 할지, 긴장한 태만은 말을 더듬었다. 태만에게서 멀찍이 떨어져 앉은 아름이 말했다.
"처음 보는 사람이에요."
"사실대로 말하지 않으면 경찰을 부르겠소."
아름의 담임이라는 자가 태만을 위협했다. 경찰 이야기까지 나오다니 더 이상 아름 엄마를 위해 감출 수만은 없었다.

"소연 씨가 도와달라고 해서 왔어요."

교장과 아름이 의심의 시선으로 쳐다보았다.

"생각하시는 것처럼 소연 씨, 아니 아름 엄마와 그런 사이는 아니고요. 그러니까…… 소연 씨, 아니 아름 엄마가 바빠서 급식 당번을 할 수 없다고 대신 아빠 노릇을 해달라고……."

교장과 아름의 눈이 점점 더 커졌다. 태만은 미칠 것 같았다. 말을 하면 할수록 자신의 의도와는 전혀 다르게 받아들였다. 태만은 이 상황에서 빨리 도망치고 싶었다.

"아니, 그러니까…… 전 돈을 받고 아빠 대행을 해주는 가짜 아빠로…… 아, 그러니까 몇 년 전 소연 씨, 아니 아름 엄마가 이혼을 했거든요……."

"이혼? 전 처음 듣는 소린데요."

아름의 담임이 말했다. 아름이 흥분해 소리쳤다.

"이혼 안 했어! 울 엄마 아빠 이혼하지 않았다고!!"

태만은 한숨을 내쉬었다. 말하지 않기로 했는데 결국 모두 말해버렸다. 마침 소연이 교장실로 뛰어 들어왔다.

"어떻게 된 거예요?"

소연이 태만에게 물었다. 태만은 소연을 보자 이상하게 안도감을 느꼈다. 뭐랄까, 학창 시절 못된 장난으로 선생님께 혼나고 있을 때 엄마가 찾아온 느낌이랄까. 교장이 소연에게 그간에 벌어진 일에 대해 이야기했다. 소연은 길게 한숨을 내쉬었다. 그러고는 능숙하게 일을 처리했다.

"심려 끼쳐 죄송합니다. 이혼이 자랑도 아니고 떠들고 다녀봤자 제 얼굴에 침 뱉는 것 같아서 말씀드리지 않았습니다……. 이분은 도우미예요……."

소연이 조용히 고개를 숙였다. 뜻밖의 말에 아름은 충격을 받은 모양이었다. 아름의 몸이 사시나무 떨리듯 떨렸다. 소연이 떨고 있는 아이의 손을 잡았다. 그러나 아름은 냉정하게 손을 뿌리쳤다. 소연과 아름 사이에 팽팽한 긴장감이 흘렀다. 금방이라도 터질 듯 위태로웠다. 이들을 지켜보는 태만은 초조하고 불안했다.

...

"무슨 일을 그 따위로 해요! 아는 척하지 말랬죠!"

소연이 운전을 하며 소리쳤다. 화가 나는 건 이해하지만, 전후 사정을 듣고도 태만을 탓하는 건 이해할 수 없었다. 태만은 불끈불끈 올라오는 화를 누르며 천천히 말했다.

"저도 아는 척하고 싶지 않았는데…… 그 뭐야 학생회장 엄마가…… 급식하러 온 아름이한테 '아빠 오니 좋지?'라고 묻는 거예요. 거기서 그럼 모른 척해요? 모른 척하면 더 이상한 사람 되지."

태만은 구차하게 변명을 늘어놓았다. 마지막 돈은 받아야 했다. 그 순간 아름과 눈이 마주쳤다. 아름의 눈은 두려움에 떨고 있었다. 사냥꾼을 본 토끼처럼 바들바들. 그런 아름을 보자 억울했던 감정이 조금은 사그라졌다. 말해 뭣해, 태만은 한숨을 내쉬었다.

"됐고, 아름이부터 챙기세요."

"제 일은 제가 알아서 해요."

자존심이 상했는지 소연이 선을 그었다. 네가 나설 일이 아니야, 라고 말하는 듯했다. 암튼 고집은, 그러니까 이혼을 했지. 태만은 이상하게 화가 났다.

"애가 겁먹었잖아요!"

소연은 그제야 아름을 보았다. 아름이 떨고 있었다. 흥분한 태만이 말을 이었다.

"당신이 진짜 해야 할 일은 왜 당신이 이혼을 했으며, 왜 아빠가 아닌 다른 사람을 불러 급식 당번을 시켰는지에 대해 아름이에게 설명하는 겁니다."

"지금 나한테 설교하는 거예요?"

소연이 소리쳤다. 아이가 떨고 있는데 여전히 자신이 옳다고 주장하는 소연에게 태만은 화가 났다.

"설교고 나발이고 그딴 거 난 잘 모르겠고, 내가 아는 건 당신의 역할입니다. 당신은 두려워 떨고 있는 아름이에게 상황이 변해도 아름이를 사랑하는 마음은 변치 않을 거라고 말해줘야 한다고요!"

솔직히 이렇게까지 흥분할 이유는 없었다. 아니, 태만은 이런 말할 자격이 없다. 그러나 떨고 있는 아름을 보니 참을 수가 없었다. 게다가 엄마라는 사람이 딸의 상황을 알려고도 하지 않고 자기 멋대로 판단하고 자르는 꼴이라니. 답답한 모녀였다. 끽, 갑자기 차가 멈춰 섰다.

"내려요."

소연이 태만을 노려보며 말했다. 아차 싶었다. 태만은 아빠 역할을 하러 온 거지 진짜 아빠가 되려고 한 게 아니었다. 흥분한 나머지 너무 멀리 왔다. 아쉽게도 마지막 돈은 포기해야 했다. 이왕 포기하게 된 거 태만은 끝까지 큰소리쳤다.

"아이가 불안해하면 왜 불안해하느냐고 화를 낼 게 아니라 안아주는 것이 부모입니다. 당신은 엄마 자격 없어요!"

태만은 의기양양하게 차에서 내렸다. 소연의 차가 떠나고 나서야 이곳이 한강을 가로지르는 마포대교라는 걸 알아차렸다.

"아, 진짜. 여기서 세워주면 어떡해. 젠장, 젠장, 젠장."

태만은 마포를 향해 걸어갔다. 오월인데도 강바람이 제법 찼다. 강바람이 뜨거운 머리를 식혀주었다. 왜 화가 났을까? 자신의 일도 아닌데 굳이 화를 낼 필요까지는 없었다. 그럼에도 태만은 화가 났다.

"왜일까? 도대체 왜?"

순간 겁먹은 아름의 모습 위로 어릴 적 태만의 모습이 겹쳐졌다. 어릴 적 부모님은 걸핏하면 싸웠다. 특히 아버지는 술만 마시면 집안 살림을 부수었는데 가장 값나가는 것부터 던졌다. 어머니는 어떻게든 막아보려고 몸을 던지다 다치기도 했다. 저러다 어머니가 죽으면 어쩌나 불안했다. 그러나 태만이 할 수 있는 일은 없었다. 그저 큰일이 생기지 않도록 몸을 숨긴 채 지켜볼 뿐이었다.

그러던 어느 날 어머니가 사라졌다. 옆에서 곤히 잠을 자던 어머니가 거짓말처럼 사라졌다. 부엌에도, 안방에도 없었다. 마치 처음부터 없었던 듯 흔적도 없이 사라졌다. 태만은 아버지에게 물었다.

"아버지, 어머니는요?"

아버지는 대답 없이 오랫동안 신문만 읽으셨다. 그 시간 동안 태만이 느낀 건 세상이 그에게 등을 돌렸다는 기분이었다. 그만큼 어머니의 갑작스러운 부재는 태만을 외롭고 두렵게 했다. 아름도 그렇게 느끼고 있는 것 아닐까. 갑자기 사라져버린 아빠, 그에 대해 침묵하는 엄마를 보고 아름은 외롭고 두려웠을 것이다. 태만은 그래서 아버지에게 하고 싶은 이야기를 소연에게 퍼부었는지도 모른다.

아니다. 태만은 겁먹은 어린 태만에게 하고 싶은 이야기를 했는지도 모른다. 어머니가 떠난 건 태만의 잘못이 아니라 그녀의 선택이었다는 것, 어머니는 그 누구보다 태만을 아끼고 사랑했지만 안타깝게도 이별을 선택할 수밖에 없었다는 것, 세상의 모든 사랑이 같은 색깔일 수 없듯이 표현 방법이 달랐다는 것을 이제는 이해하라고 말하고 싶었는지도 모른다. 그렇게 태만은 처음으로 상처 입은 어린 태만을 만나 그와 오랫동안 걸었다. 몸은 천근만근 힘들었지만 머릿속은 명료해졌다.

태만은 미용실 안으로 들어갔다. 마침 지수가 뒷정리를 하고 있었다. 태만은 지수에게 다가가 등 뒤에서 꼭 껴안았다. 지수가 질색을 하며 태만의 손을 뿌리쳤다.

"뭐하는 짓이야! 아영이 보면 어쩌려고!"
"아영이 보라고 하는 짓이야. 너 우리 두고 가면 안 된다."

태만이 처음으로 진심을 이야기했다. 지수는 이상했다. 태만의 행동이 너무 낯설었다.
"무슨 일 있어?"
"아니, 없어."
아니라고 하는 태만이 더욱 이상했다. 지수가 몸을 돌려 태만을 바라보았다.
"무슨 일인데 안 하던 짓을 하고 그래? 말해봐. 다 용서해줄게."
"그런 거 아니야. 하…… 종일 걸었더니 힘들다. 밥이나 줘."
"종일 걸어? 대리운전이?"
"응, 대리운전도 종종 걸어. 그럼 나 먼저 씻는다."
태만은 무거운 몸을 이끌고 집으로 향했다. 지수가 등 뒤에서 소리쳤다.
"당신 언제 쉬어? 쉬는 날 맞춰서 집 보러 가자."
"알았어. 사무실에 물어볼게."
태만은 욕실에 들어가 뜨거운 물에 몸을 담갔다. 어린 태만이 욕조로 따라 들어왔다. 태만이 어린 태만에게 말했다.
"좋은 여자지? 저 여자는 널 버리지 않을 거야."
어린 태만이 부끄러운 듯 배시시 웃었다. 그제야 마음이 놓였다. 태만은 빙그레 웃으며 어린 태만의 머리를 쓰다듬었다. 묵혀두었던 오랜 상처가 조금은 치유되는 느낌이었다.

…

태만은 지수와 함께 복덕방을 찾았다. 대머리 복덕방 사장은 예산에 맞는 가게라며 협소하고 허름한 가게들을 보여주었다. 이곳도 그중 한 곳이었다. 가게를 살펴보는 지수는 못마땅한 표정이었다. 태만도 마뜩하지 않았다. 지수가 가게 안쪽에 설치된 수도꼭지를 틀었다. 물이 똑똑 떨어졌다.

"물이 안 나오네요. 고장인가요?"

"아, 아래층에서 쓰면 물이 안 나오는데 안 쓰면 잘 나와."

대머리 복덕방 사장은 문제 될 게 없다는 태도였다. 기가 막혔다. 지수가 수도꼭지를 잠그며 말했다.

"아저씨, 미용실은 물이 생명이에요. 다른 건 몰라도 물은 잘 나와야죠."

"그럼 돈을 많이 가져오든가. 당신들 예산으론 여기밖에 안 돼."

대머리 사장은 귀찮은 듯 말했다. 또 돈이다. 언제부터 돈이 모든 가치를 대변하게 되었는지, 자존심이 상한 태만은 발끈했다.

"돈 걱정 말고 다른 곳도 보여주십시오."

"당신 왜 그래? 돈 있어?"

지수가 쿡 찌르자 태만이 말했다.

"걱정 마. 근사하게는 못 차려줘도 미용실답게는 차려줄 수 있어."

진심이었다. 마음만은 지수가 원하는 걸 들어주고 싶었다. 지수가 걱정스럽게 쳐다보았다. 태만은 빙그레 웃었다.

"그럼 갑시다."

대머리 복덕방 사장이 앞장서며 말했다. 지수는 태만을 꼬집으며 말했다.

"대리운전이 잘도 차려주겠다. 차 값도 갚아야 한다며."

"무시하지 마. 언제까지 대리운전 할 건 아니니까."

"뭐야? 당신 나 몰래 다른 꿍꿍이 있는 거야?"

지수가 의심스러운 듯 물었다. 마침 태만의 휴대폰이 울렸다. 태만은 지수에게 조금만 기다리라고 하며 자리를 피해 전화를 받았다.

"채태만입니다. 예, 그럼요. 잘 알고 있습니다. 예, 이따 뵙겠습니다."

지수의 레이더에 빨간불이 켜졌다. 뭐라 콕 집어서 말할 수는 없지만 뭔가 수상했다. 예전에 지수 밑에서 일하던 미스 김을 보고 자꾸만 웃던 태만에게서 받은 느낌이었다. 나중에 미스 김이 미용실을 그만두고 나서야 태만은 그녀에게 흔들렸다고 자수했다. 전화 통화가 끝나기가 무섭게 지수가 물었다.

"누구야?"

"거래처."

"근데 왜 입이 귀에 걸려?"

"그럼 돈 주는 사람인데 화를 내야겠니?"

태만의 말이 옳다. 그러나 사람 마음이 참 간사하다고, 태만이 종일 집에서 뒹굴거릴 땐 돈을 벌어 오지 않는 것이 그렇게 미워 보였는데, 막상 일을 한다고 나다니는 꼴을 보니 불안했다. 마음 한편으로는 돈 벌지 말고 집에 있으라고 할 걸 그랬나 싶었다.

한 가지를 의심하자 모든 것이 의심스러웠다. 며칠 전 백허그를 하며 떠나지 말라고 한 것도 그렇고, 이렇게 지수를 위해 집을 보러 다니는 것도 그렇고. 평소의 태만답지 않았다. 바람을 피우면 평소답지 않게 행동한다는데, 한번 의심을 하게 되니 끝없이 의심이 이어졌다.

"스톱!"

지수가 소리쳤다. 앞서 걷던 태만이 멈춰 섰다.

"왜? 무슨 일이야?"

"당신 잘 들어. 다른 건 다 용서해도 바람은 용서 못해. 바람피우는 순간 당신 죽고 나 죽고 아영이 죽어. 알았지?"

지수가 도끼눈을 뜨고 무섭게 말했다. 태만이 웃으며 말했다.

"지금 질투하는 거야?"

"질투는 무슨. 바람피우지 말라고."

"지수야, 너나 쓸데없는 생각 하지 마. 가만히 보면 아영이가 널 닮은 것 같단 말이야. 엉뚱한 상상이나 하고. 가자, 대머리 기다린다."

태만이 앞장섰다. 의심은 하는 순간 눈덩이처럼 불어난다. 장난스럽게 말하는 태만의 모습을 보자 지수는 더 의심스러웠다. 저 인간이 저거…….

…

아빠를 빌려달라는 두 번째 사람은 백화점 쇼핑을 함께 해달라고 했다. 백화점 쇼핑에 왜 아빠가 필요한지는 모르겠지만 태만은 백화점으로 향했다. 고객을 따라다니면서 느낀 건 정말이지 백화점 쇼핑처럼 바보 같은 짓도 없다는 것이었다.
 아니, 뷔페에 간다고 모든 음식을 먹을 필요는 없는 것처럼 백화점에 간다고 모든 물건을 확인할 필요는 없다. 그런데도 여자는 십층에서부터 지하 일 층까지 꼼꼼히 살폈다. 사지도 않는 물건에 왜 관심을 갖는 건지. 정말이지 쇼핑은 미친 짓이다. 백화점 쇼핑을 마치고 나오니 해가 저물었다. 피곤했는지 집에 도착하기가 무섭게 태만은 잠이 들었다.
 "아빠!"
 아영이 태만을 불렀다. 귀찮았다, 피곤하기도 했고. 태만은 몸을 뒤척이며 말했다.
 "피곤해, 나중에."
 "빨리 와봐. 빨리."
 아영이 태만을 흔들어 깨웠다. 태만은 눈만 겨우 뜨고 물었다.
 "뭔데?"
 "이거, 이거 봐봐."
 아영이 게시물을 가리키며 말했다. '아빠를 빌려드립니다' 카페 게시물이었다. 아름 엄마, 소연이 쓴 글이었다.
 "뭐? 이제 와 도움이 필요하다고? 날 한강 다리 위에 세워두고 가버린 아줌마가? 장난하는 것도 아니고. 됐어, 나 안 해."
 태만은 만나고 싶지 않았다. 모든 것을 통제하고 관리하려는 소연을 생각만 해도 몹시 피곤했다. 아영이 게시물을 가리키며 말했다.

"여기 좀 봐봐."

아영이 천천히 게시물 내용을 읽었다.

"그날 이후 아름이는 학교를 가지 않았습니다. 충격이 완화되면 가겠지 싶어 보채지도 않았습니다. 그런데…… 아름이가 자살을……."

"무슨 소리야? 아름이가 자살을 했다고? 그래서 어떻게 됐어? 도대체 왜?"

태만은 깜짝 놀랐다. 워낙 강해 보이는 애라 자살을 하리라곤 꿈에도 생각하지 않았다. 태만은 컴퓨터 앞에 앉아 게시물을 찬찬히 읽어 내려갔다. 아영이가 말했다.

"아직 병원이라는데?"

병원이라면 아직 살아 있다는 걸까? 태만은 자리에서 일어나 병원을 향해 달려갔다.

…

태만은 소연이 알려준 병실을 찾았다. 병색이 완연한 아름이 침대에 누워 있고 그 옆에는 며칠 사이 수척해진 소연이 앉아 있었다. 소연이 태만을 보고 공손하게 인사를 했다.

"기다리고 있었습니다. 와주셔서 감사해요."

며칠 전 만났을 때와는 달리 차분한 느낌이었다. 삶의 큰 고비를 넘긴 사람들에게서 느낄 수 있는 여유로움이었다. 태만은 가볍게 목

인사를 하며 침대로 다가갔다. 아름은 자고 있었다. 태만이 소연에게 물었다.
"뭐래요?"
"위험한 고비는 넘겼대요. 안정을 취하면 된다고."
"다행이네요."
태만은 안도의 한숨을 내쉬었다. 그날 괜한 말을 해서 아름이 아픈 건 아닐까 싶어 미안해졌다. 소연이 조용히 말했다.
"커피 한잔하실래요?"
"네."
태만은 소연을 따라 병실을 나섰다. 강한 이미지와는 달리 소연의 뒷모습은 너무나 작고 왜소했다. 태만은 그날 일이 자꾸만 마음에 걸렸다.
"죄송해요. 제가 괜한 소리를……."
태만은 소연이 건네는 커피를 받으며 사과부터 했다. 소연이 빙그레 웃으며 고개를 저었다.
"아뇨, 제가 어리석었어요."
자존심 센 소연이 자신의 잘못을 인정했다. 아름의 자살이 큰 충격이었나 보다. 소연이 말을 이었다.
"아직 어리니까, 우리 딸 아직 많이 어리니까 나중에 알려주자 생각했어요. 그런데 아름이가 제 생각보다 어리지 않더라고요. 아니, 오히려 절 걱정해줄 만큼 많이 컸더라고요. 그게 참 고마웠어요."
태만은 소연이 태만 때문에 아이가 자살을 시도했다며 자신을 탓

할 줄 알았다. 그런데 생각하지 못한 일이 일어났다. 태만은 당혹스러웠다.

"오늘 뵙자고 한 건 진심으로 고맙다는 인사를 하고 싶어서예요. 선생님께서 말씀해주시지 않았다면 아름이를 영영 잃었을 겁니다."

"아뇨, 제가 한 일이 뭐가 있다고."

"아름이가 제일 소중하다는 걸 알려주셨잖아요."

"하지만 저 때문에 아름이가······."

태만은 목이 메어 말을 끝까지 잇지 못했다. 단 하루 봤을 뿐인데 이상하게 내 아이처럼 느껴졌다. 태만의 마음이 전달되었는지 소연이 흐르는 눈물을 닦았다. 잠시 후 소연이 숨을 고르며 말했다.

"처음엔 저도 선생님 탓이라고 생각했어요. 그날 선생님 때문에 모든 사실이 밝혀졌고······ 그것 때문에 창피해서······ 학교를 안 가는 줄 알았어요. 그 뒤에도 선생님 때문에 아름이가 단식 투쟁을 하고······ 선생님 때문에······ 뛰어내린 줄 알았어요······. 그래서 이를 갈며 복수해야겠다고 다짐했죠."

태만은 할 말이 없었다. 자신이 아름 엄마라도 그랬을 것이다.

"그런데 며칠 전 우연히 아름이 일기장을 보게 되었어요. 아름이가 꽤 오랫동안 힘들어했더라고요. 죽고 싶다는 말도 자주 하고. 학교에서 왕따를 당하고 있었대요. 그때 깨달았죠. 선생님이 아니었어도 아파트에서 뛰어내렸겠구나, 선생님이 아니었어도 학교를 그만두려고 했었구나. 문제의 핵심이 선생님이 아니라 저라는 걸 뒤늦게 알았어요."

맞다. 태만은 현상, 소연은 본질. 태만은 조용히 소연의 말을 들었다.

"아이가 투신자살을 시도하고 병원에 누워 있는 동안 여러 이야기를 했습니다. 얘기를 나누면서 깜짝 놀랐어요. 선생님 말씀대로 아름이가 두려웠다고 하더라고요. 아빠처럼 엄마도 떠날 거냐고……."

"그래서 뭐라고 하셨어요?"

태만의 질문에 소연이 웃으며 말했다.

"당연히 안 떠난다고 했죠. 절대 떠날 일 없다고. 그런데 어떻게 아셨어요? 혹시 아동 심리도 공부하신 거예요?"

"아뇨, 그냥 알았어요. 그냥."

태만은 대답을 얼버무렸다. 아름이 자신의 어린 시절 모습과 같다는 말은 하지 못했다. 아니, 그런 말을 하지 않아도 알게 될 거라 생각했다. 소연이 알겠다는 듯 고개를 끄덕이며 말했다.

"이 일로 아름이에게, 아니 저 자신에게 좀 더 솔직해져야겠다고 생각했어요. 주변에 이혼했다고 알리고 도움을 청하기도 하고 도움을 주기도 하고, 그렇게 살려고요. 저 많이 변했죠?"

정말이지 며칠 사이, 소연은 놀라울 정도로 변해 있었다. 태만은 대답 대신 고개를 끄덕였다. 소연이 말했다.

"저 부탁이 있는데……."

"부탁이라뇨?"

태만이 긴장하며 묻자 소연이 웃으며 말했다.

"가끔 아빠를 빌려도 될까요?"

순간 가슴 저 아래에서 뜨거운 것이 올라왔다. 돈을 벌기 위해 시작한 일이었다. 돈만 벌면 되는 거였다. 그런데 예상치 못한 일이 벌어졌다. 소연이 자기 삶의 여정에 태만을 초대한 것이다. 아름의 멘토이자 소연의 조력자로. 비록 서툰 태만이지만 그들은 그의 방식을 존중해주었다. 태만은 진심으로 기뻤다.
"그럼요, 저도 아름이 같은 딸이 생겨서 든든합니다."

마늘 먹은 햄과
그냥 햄의 차이

 수업이 끝난 아영은 집으로 돌아왔다. 집 앞에서 아영을 반기는 건 택배였다. 며칠 전 쇼핑 채널을 열심히 보던 태만이 또 지른 모양이었다. 지수가 알기 전에 얼른 치워야 한다. 아영은 쇼핑에 빠져 필요도 없는 물건을 사는 태만이 걱정이었다. 택배 상자를 막 옮기려던 찰나, 아영은 상자에서 익숙한 그림을 보았다. 내용물을 알 수 있는 그림, 위(Wii)였다.
 "뭐야, 위잖아! 아빠가 진짜 사줬네!"
 아빠는 말로만 사주는 사람이었다. 갖고 싶었던 미미의 집도 말로만, 금색 은색이 들어간 크레파스도 말로만 사주었다. 돈을 꺼내는 건 늘 엄마 몫이었다. 그래서 위를 사준다고 큰소리쳤을 때 솔직히 믿지 않았다. 그런데 위가 배달되었다. 아빠에게 받은 첫 선물이었다.

 아영은 기쁜 마음에 빛의 속도로 상자를 뜯었다. 우아! 어쩜 이렇게 예쁜지. 아영은 태만에게 전화를 했다. 고맙다는 말도 하고 싶었고 빨리 연결해달라고 하고 싶었다. 그런데 어찌 된 영문인지 태만은 전화를 받지 않았다. 그럼 그렇지, 아빠는 늘 필요할 때 없었다. 칫, 사용설명서를 꺼내 읽어봐도 뭔 소리인지 하나도 모르겠다.
 "뭐야, 왜 이리 어려워. 가만 이대로 하면 되나?"
 아영은 그림 설명을 보며 똑같이 따라 했다. 생각보다 어렵지 않았다. 그때 문 열리는 소리가 요란하게 들렸다. 이렇게 문을 여는 사람은 단 한 사람밖에 없다. 엄마다. 게임기를 보면 불같이 화낼 것이 뻔했다. 아영은 서둘러 게임기를 내려놓고 책가방에서 책을 꺼내 들었다. 집 안으로 들어오던 지수는 아무렇게나 버려진 상자를 보고 말했다.
 "어휴, 이건 뭐야? 웬 상자가 이렇게 많아? 돼지우리가 따로 없네, 돼지우리."
 "엄마, 돼지우리라는 표현은 잘못된 거래. 왜냐하면 돼지는 우리가 생각하는 것보다 훨씬 깨끗한 동물이거든. 돼지는 돼지우리가 더러우면 스트레스를 받기 때문에 언제나 청결하게……"
 아영이 잘난 척하며 말을 했다. 어디서 지적질이야. 못마땅한 지수가 아영을 보았다. 아영이 책을 거꾸로 들고 읽는 척하고 있었다.
 "돼지가 깨끗한 동물인지 아닌지는 몰라도 네가 책을 안 읽는 건 알겠다. 이건 다 뭐야?"

지수가 소리를 질렀다. 당황한 아영이 책을 바로 들며 말했다.
"암것도 아니야."
"암것도 아니면 이거 버려도 돼?"
지수가 게임기를 가리켰다. 버리면 안 된다, 절대. 하지만 게임기라고 하면 버릴 것이 분명했다. 아영은 고개를 흔들며 말했다.
"난 몰라. 아빠한테 물어봐."
"아빠 또 홈쇼핑에서 뭐 샀어?"
"난 몰라, 정말 몰라. 나 숙제하러 간다."
지수가 못마땅한 표정으로 상자를 살폈다.
"도대체 이건 뭐야? 뭐야, 이거 게임기야? 채아영, 이거 네가 사달라고 한 거지?"
"아냐, 난 모른다고."
아영이 허둥지둥 방 안으로 들어갔다. 도둑놈 제 발 저린다고 아영이 놀라 도망치는 폼이 꼭 그랬다.
"모르긴 뭘 몰라. 너 아니면 누가 사달라고 했겠어? 지지배 한 달이면 싫증 나 쓰지도 않을 거면서. 이 사람은 어딜 갔어? 며칠 반짝 도와주는가 싶더니 또 시작이야? 돈은 바라지도 않아. 집안일 도와주면 좀 좋아? 원수 같은 인간, 도대체 어딜 간 거야?"
지수가 투덜거렸다. 양반은 못 되는지 때마침 태만이 들어왔다.
"여보~ 나 왔어~"
기분이 좋은지 태만은 입을 귀에 걸고 한 손에는 통닭까지 들고 서 있었다. 지수는 그런 태만이 얄미워 들고 있던 상자를 던졌다. 상자가 원만한 포물선을 그리며 떨어지더니 태만의 얼굴을 정통으로 때렸다. 퍽.

"뭐하는 짓이야!"

태만은 얼굴을 감싸 쥐며 소리쳤다. 마른하늘에 날벼락도 유분수지 날아오는 상자에 맞다니. 상자를 던질 정도로 화가 난 이유라도 이야기를 해줘야지. 아픈 것도 아픈 거지만 태만은 억울했다. 화가 난 지수가 소리쳤다.

"새 가게 알아보러 다니랴 대출 알아보랴, 하루 이십사 시간이 모자라. 그뿐인 줄 알아? 차비 구백 원 아끼겠다고 세 정거장은 기본으로 걸어 다닌다고."

"당신 고생하는 건 알겠는데, 갑자기 왜 그래?"

지수가 고생하는 걸 모르는 건 아니다. 하지만 하루 이틀도 아닌 일에 갑자기 화를 내는 건 이해할 수 없었다. 게다가 태만도 오늘만은 열심히 일하고 왔는데 그걸 알아주지 않으니 속상했다. 지수가 소리쳤다.

"한 푼이라도 아껴야 하는 마당에 필요도 없는 게임기를 사줘?"

게임기라니, 태만은 주변을 둘러보았다. 그러고 보니 연결하다 만 위(Wii)가 텔레비전 진열대 위에 놓여 있고, 빈 상자와 비닐들이 바닥에 떨어져 있었다. 아영이 방문 사이로 빠끔히 얼굴을 내밀며 눈치를 주었다. 무슨 일인지 알 것 같았다. 태만은 아영에게 안심하라며 고개를 끄덕였다.

"아, 이거 게임기 아니야. 운동기구야, 운동기구. 볼래? 이걸로 볼

링도 칠 수 있고……."

"이 사람이 누굴 바보로 아나. 환불해, 당장!!"

"환불하라니. 내 돈 주고 산 물건을 왜 환불해!"

"당신이 무슨 돈이 있어 샀다는 거야?"

지수가 지지 않고 소리를 질렀다. 태만이 여유로운 표정으로 지수 손에 봉투를 쥐어주며 말했다.

"여기, 나 첫 월급 받았다. 나머지는 차차 갚을게."

놀라는 지수의 표정이 압권이었다. 태만은 애써 태연한 표정으로 지수를 지나쳤다. 아영과 눈이 마주친 태만은 윙크를 했다. 지수를 속인 게 재미있었다. 아영이 쿡 하고 웃었다.

"이게 얼마야? 대리운전 생각보다 괜찮네."

지수가 태만을 쫓아 안방으로 들어갔다. 그제야 아영은 거실로 나왔다. 게임기를 마저 연결하고 싶었다. 아빠가 도와주면 좋으련만. 아영은 굳게 닫힌 안방 문을 보았다. 방문 너머로 지수의 콧소리가 들렸다. 지수는 기분이 좋으면 유난히 콧소리를 냈다.

"왜 이래 징그럽게. 아영이 들으면 어떡하려고……."

쪽, 하고 뽀뽀 소리가 들렸다. 방금 전까지 잡아먹을 듯 싸우던 사람들 맞나? 못 말려. 아영은 고개를 흔들었다. 그래도 엄마 아빠가 싸우는 것보다는 뽀뽀하는 게 훨씬, 훨씬 좋았다. 아영은 닭살처럼 돋은 소름을 걷어내고 게임기를 연결했다.

...

소연의 일을 계기로 태만은 아빠 렌털 사업을 본격적으로 시작했다. 아빠를 빌려주는 일이 부끄러운 게 아니라 반드시 필요한 일이라 확신했다. 그리고 그의 확신을 뒷받침하듯 아빠를 빌려달라는 요청이 점점 많아졌다. 그즈음 미연에게서 연락이 왔다. 아빠 렌털 사업 하는 걸 알고 있다며 저녁 장을 봐달라고 했다. 태만은 진태 할머니 일도 사과할 겸 흔쾌히 허락했다.

백화점, 대형할인마트, 아웃렛 등등 사람들이 많은 곳은 딱 질색이었다. 하지만 이 일을 시작하면서 조금씩 익숙해지고 있었다. 아니, 오히려 사람 많은 곳에 가야 싼 물건을 사게 된다는 사실도 알게 되었다. 태만은 미연이 보내준 쇼핑 목록을 확인하며 물건을 카트에 담았다. 마지막은 마늘 넣은 햄, 태만은 햄 코너 앞에 멈춰 섰다.

"마늘 넣은 햄? 햄이 햄이지, 마늘을 넣은 게 있어?"

아무리 찾아도 마늘 넣은 햄은 보이지 않았다. 태만이 손에 잡히는 대로 무명의 햄을 카트에 넣었다. 마지막 점검을 끝낸 태만은 계산을 하고 진태네 집으로 향했다. 또다시 심장이 뛰기 시작했다. 두근두근, 두근두근.

지난 십 년간 죽은 듯이 살았다. 정말 죽은 듯이 밥만 먹고 살았다. 무엇을 원하거나 꿈꾸는 것은 사치라고 생각했다. 아영이 하나만 잘 키우고 싶었다. 그런데 원하는 게 생겼다. 그녀가 웃는 모습을 보고 싶었다. 그리고 그 웃음이 자신을 향한 것이기를 바랐다. 그게 전부였다. 태만은 벨을 눌렀다.

한참이 지나서야 문이 열렸다. 미연이 젖은 머리로 태만을 맞이했다. 여자의 젖은 머리는 늘 묘한 상상을 하게 한다. 태만의 시선이 머리에 닿자 미연이 정색하며 말했다.

"퇴근이 늦어져서 방금 씻었어요. 어디 물건 좀 볼까요?"

"아, 네."

여신을 보며 더러운 상상을 할 수는 없는 법. 태만이 주문한 물건을 식탁에 올려놓자 미연은 꼼꼼하게 확인했다.

"두부는 국산 콩으로 사달라고 했는데 이건 중국산 콩이고…… 계란은 유정란으로 부탁했는데 이건 그냥 제일 싼 계란이고……."

어라, 지수는 언제나 제일 싼 것을 원했다. 습관처럼 장을 본 것이 잘못일까?

"아닌데…… 사 오라는 대로 사 왔는데."

태만은 당황했다. 물건을 모두 확인한 미연이 마지막에 햄을 들고 물었다.

"이것도 마늘 넣은 햄이 아닌데요?"

"아, 그건 아무리 찾아도 없어서 그냥 햄 사 왔어요."

"없었다고요?"

"예, 아무리 찾아봐도 없던데요?"

미연이 잠시 고민하더니 물건을 전부 다시 장바구니에 담았다. 그리고 물었다.

"장 본 거 처음이시죠?"

"아뇨, 아영 엄마랑 늘 장 봐요."

틀린 말은 아니다. 다만 지수가 결정하고 태만은 짐꾼 노릇을 할

뿐이었다.

"그래요?"

믿지 못하겠다는 눈빛이었다. 늘 장을 본 사람이라면 국산 콩과 중국산 콩, 그냥 햄과 마늘 넣은 햄의 차이를 모르지 않을 것이다. 그게 아니라면 관심이 없거나. 미연이 웃으며 말했다.

"장을 다시 봐야겠어요."

"네?"

"목록대로 다시 봐주세요."

태만은 미연의 요구가 황당했다.

"아니 중국산 콩이면 어떻고, 무정란이면 어때요? 다 같은 두부고 다 같은 계란 아닌가? 그렇게 차별하면 안 되죠."

"달라요. 전 제 아이만큼은 건강하게 키우고 싶어요."

미연이 장바구니를 들어 보이며 다시 재촉했다. 아 진짜, 생긴 것만큼 까탈스럽네. 다시 마트에 갈 생각을 하니 태만은 걱정이 앞섰다.

"오늘만 그냥 먹으면 안 돼요?"

"그럼, 제가 갈게요."

미연이 장바구니를 들고 나섰다. 그녀는 자신이 무엇을 원하는지 정확히 아는 여자였다. 원하는 걸 얻기 위해 몇 번이고 같은 일을 할 게 분명했다. 태만은 미연에게 다가가 장바구니를 빼앗으며 말했다.

"알았어요. 다녀올게요."

"아뇨, 함께 가요. 그래야 다음에 같은 실수 안 할 테니."

미연이 따라나섰다. 마트 안은 여전히 사람들로 붐볐다. 태만은 구입한 물건을 취소했다. 물건을 하나하나 바코드에 찍을 때마다 얼굴이 화끈거렸다. 마치 선생님 앞에서 시험지를 채점하는 기분이었다.

그리고 시작된 쇼핑, 태만은 지루했다. 미연은 똑같은 국산 콩인데도 성분을 따지고 가격대를 비교하고 골랐다. 유정란을 살 때도 원산지가 어디인지 무게가 어떻게 되는지 꼼꼼하게 살폈다. 누가 쇼핑호스트 아니랄까 봐 엄청 까다롭게 상품을 구매했다. 마침내 햄 코너, 미연이 마늘 넣은 햄을 집으며 말했다.

"여기 있는데요, 마늘 넣은 햄?"

"어 이상하다. 아깐 없었는데……."

미연이 믿지 못하겠다는 표정으로 눈을 가늘게 뜨고 태만을 보았다. 억울했다.

"진짜 없었어요. 있었으면 그걸 샀죠. 진짜예요!"

"국산 콩 두부도, 유정란도 지금 들어왔군요?"

미연은 다 알고 있다는 표정으로 웃으며 말했다. 태만은 민망했다.

"그건, 제가 신경 쓰지 못한 부분이고요. 햄은 진짜예요. 진짜 없었다니까요."

"그렇다고 해두죠."

"그렇다고 해두는 게 아니라 진짜예요! 진짜!!"

태만이 강조했지만 미연은 빙그레 웃으며 걸어갔다. 쇼핑은 끝났다. 이제 집으로 돌아가면 된다. 그런데 갑자기 미연이 만두 시식 코너 앞에 걸음을 멈추고 물었다.

"만두 좋아하세요?"

"네…… 뭐 조금."

솔직히 만두를 좋아하지 않는다. 뭔가 속을 알 수 없어서 싫었다. 행여 속을 알고 먹어도 맛이 비슷비슷해서 별로 즐기지 않았다.

"어릴 적엔 제 나이만큼 만두를 먹는 게 소원이었죠. 근데 이상하게 꼭 한 개씩 못 먹겠는 거예요. 열 살엔 아홉 개 이상을 못 먹고 열두 살엔 열한 개 이상을 못 먹겠더니, 열다섯 이후엔 열네 개 이상을 못 먹겠더라고요. 이상하죠?"

미연이 웃으며 물었다. 태만은 자기 나이대로 만두를 먹으려고 했다는 미연이 신기하기만 했다.

"그때 알았죠. 나이를 먹어도 못하는 게 있구나. 어른이 되면 맘대로 해도 되는 줄 알았는데…… 못하는 게 있구나……."

"만두를 통해 인생의 한계를 깨달았군요."

태만이 참견했다. 미연이 고개를 끄덕이며 말했다.

"웃기죠?"

"네, 재밌네요."

미연이 빙그레 웃으며 만두를 먹었다. 직원이 태만에게도 만두를 권했다. 태만이 시식용 만두를 먹으며 물었다.

"진태 할머니는 잘 계세요?"

"네, 매일 아들 찾는 것만 빼면……."

사별한 남편의 어머니, 그것도 치매에 걸린 시어머니를 모신다는 게 쉽지 않을 텐데 미연은 조금도 불평하지 않았다. 지수가 같은 상황에 놓여 있었다면 어림도 없는 일이었다. 태만은 미연이 존경스러

왔다.

"한번 뵈러 가도 될까요?"

미연은 대답 없이 태만을 쳐다보았다. 그러고는 이내 촉촉한 눈으로 고개를 끄덕였다. 이런 작은 일에도 감동받는 여자라니. 미연은 알면 알수록 사랑스러웠다.

…

집 안으로 들어서던 미연과 태만은 눈앞에 펼쳐진 광경에 놀라 멈춰 섰다. 마치 눈이 소복이 쌓인 것처럼 집 안이 하얬다. 그리고 그 중심에는 진태 할머니가 있었다. 진태 할머니는 밀가루를 하늘 높이 뿌리며 어린아이처럼 해맑게 웃고 있었다. 미연이 놀라 진태 할머니에게 다가갔다.

"어머니! 여기서 뭐하시는 거예요?"

"호박전 해 먹으려고. 그런데 눈이 와, 눈이."

진태 할머니가 떨어지는 밀가루를 향해 혀를 내밀었다. 그 모습이 너무나 천진난만해 정말 눈이 오는 줄 알았다. 미연이 도우미 아주머니를 불렀다.

"아줌마! 어머니에게 밀가루 주면 안 된다고 했잖아요!"

"안 된다고 했죠. 그런데 갑자기 멀쩡해져서 호박전 먹겠다고 하시기에 만들어드리려고 하는데…… 갑자기 밀가루를 가져가서……."

도우미 아주머니가 말을 얼버무렸다. 미연은 한숨을 내쉬며 진태 할머니를 바라보았다. 태만이 할머니에게 다가가 물었다.

"어머니, 호박전 드시고 싶으세요?"

"응, 호박전 먹고 싶어."

"제가 금방 해드릴 테니까 샤워하고 오세요."

태만이 달래며 말했지만 할머니는 고개를 흔들었다.

"나 샤워 안 할 거야. 나 호박전 먹을 거야."

"호박전 드시려면 샤워하셔야 해요. 아니면 못 드세요."

태만은 미연에게 눈짓으로 도움을 청했다. 미연이 진태 할머니를 부축하며 말했다.

"어머니, 어머니 좋아하는 호박전 드시려면 씻으셔야 해요. 우리 씻고 먹어요. 알았죠?"

"호박전 좋아해. 호박전 먹자."

미연이 화장실로 안내하자 진태 할머니가 순순히 따랐다. 태만은 도우미 아주머니에게 부탁했다.

"제가 쓸고 닦을 테니 호박전 부쳐주실래요?"

"이걸 어떻게 혼자 해요. 호박전은 준비 다 해놨고 부치기만 하면 돼요. 같이 청소해요."

도우미 아주머니가 청소를 시작했다. 소파 위의 밀가루를 털어내고 청소기로 한차례 빨아들이고도 모자라 걸레질을 하고 또 했다. 청소만 도왔을 뿐인데 태만은 온몸이 결리고 아팠다.

"아이고, 팔다리 어깻죽지 안 아픈 곳이 없네."

태만은 거실 바닥에 털썩 주저앉으며 말했다. 도우미 아주머니가 태만을 힐끔 쳐다보며 물었다.

"보아하니 이런 일 할 것 같지는 않고, 사모님 남자친구예요?"

"아니에요, 남자친구라뇨. 저 가정 있는 사람입니다."

태만은 강하게 부정했다. 도우미 아주머니가 고개를 끄덕이며 말했다.

"아…… 그럼 우리 사모님한테 집적거릴 일 없겠네. 행여 허튼 수작 부리다간 나한테 혼날 줄 알아요. 착한 사모님 마음 다치게 하지 말라고."

도우미 아주머니가 주먹을 불끈 쥐었다. 주먹이 어린아이 머리통만 한 게 한 대 맞으면 나가떨어질 것 같았다. 미연을 좋아하긴 하지만 가족을 버릴 용기는 없었다. 태만은 말없이 고개를 끄덕였다.

그사이 미연은 샤워하고 깨끗해진 진태 할머니를 모시고 나와 할머니의 젖은 머리를 드라이어로 말렸다. 도우미 아주머니가 호박전을 부치며 한마디 했다.

"정말 대단한 분이야. 화를 낼 만도 한데 단 한 번도 화내는 걸 못 봤어. 병 앞에 효부 없다고 하는데 그거 사모님에겐 안 통해. 자, 이거 갖다 드려요."

도우미 아주머니가 태만에게 호박전을 건넸다. 태만은 호박전을 받아 들고 진태 할머니에게 다가갔다. 미연이 가벼운 목 인사로 미안함을 표시하자 태만은 미소로 화답했다. 그리고 진태 할머니에게 호박전을 권했다.

"어머니, 호박전이요."

진태 할머니가 태만을 빤히 쳐다보았다. 그리고 물었다.

"자네 누군가?"

"누구긴 누구예요? 어머니 아들, 상연이죠."

태만은 애써 웃으며 거짓말을 했다. 진태 할머니의 상태를 알 수 없었기에 처음 설정대로 갈 수밖에 없었다. 할머니는 태만을 무섭게 노려보며 말했다.

"넌 상연이가 아니야. 내가 내 아들도 못 알아볼 줄 알아?"

"어머니, 왜 그러세요. 상연 씨잖아요, 상연 씨. 기억 안 나세요?"

미연은 상황을 수습하기 위해 애써 웃으며 말했다. 진태 할머니가 미연을 향해 소리를 질렀다.

"이런 요망한 것! 네가 우리 아들 잡아먹고 가짜를 데려와 쇼를 하는 게냐?"

"어머니…… 정신이 드셨어요?"

"뭐라? 정신이 들어? 이젠 날 미친년 취급하는 거냐? 내 너에겐 일원 한 푼도 주지 않을 게다. 알겠냐!!"

정신이 돌아온 진태 할머니는 무서울 정도로 냉혹하고 차가웠다. 미연이 애원하며 말했다.

"미친년 취급이라뇨. 어머니가 자꾸 깜빡깜빡하셔서……"

"내가 깜빡깜빡한다고? 그 핑계로 내 돈을 가져가려는 게야? 내가 모를 줄 알아? 내 돈 때문에 내 아들에게 접근한 거!"

"어머니……"

"시끄럽고! 그만 돌아가!"

진태 할머니가 소리쳤다. 도대체 일이 어떻게 돌아가는지 태만은 진태 할머니와 미연 사이에서 안절부절못했다. 분한 듯 부들부들 떨던 미연이 자리에서 벌떡 일어나 집을 나갔다. 궂은 일을 혼자 다하고도 이런 대접을 받는 미연이 안타까웠다. 태만은 미연을 쫓아 나갔다.

…

"미연 씨!"

태만이 미연을 불렀지만 그녀는 돌아보지 않았다. 태만이 미연의 손을 잡아 세웠다. 미연은 울고 있었다. 여신이 우는 모습을 보니 가슴이 무너져 내렸다.

"커피 한잔할래요?"

"아뇨, 좀 걷고 싶어요. 혼자."

미연은 태만의 손을 뿌리치고 걷기 시작했다. 우는 여자를 혼자 둘 수는 없었다. 태만은 조용히 미연을 따라 걸었다. 청량한 칠월의 밤공기가 미연을 위로해주길 바라면서.

얼마나 걸었을까. 진태 할머니의 집은 더 이상 보이지 않았다. 흐느껴 울던 미연의 울음도 잦아들었다. 다행이었다. 태만은 안도의 한숨을 내쉬었다. 그제야 미연이 말했다.

"놀라셨죠?"

"아뇨, 아니 그러니까 좀 놀라긴 했지만……. 괜찮으세요?"

태만은 미연의 눈치를 살피며 조심스럽게 물었다. 미연이 애써 환하게 웃으며 말했다.

"그럼요, 저는 괜찮아요. 어머님이 걱정이지. 조금만 앉았다 갈까요?"

미연이 편의점 앞에 멈춰 섰다. 태만이 말없이 고개를 끄덕이자 미연은 빈 테이블에 앉으며 말을 이었다.

"무슨 생각 하는지 알아요. 답답하죠, 제가?"

태만이 미연 옆에 앉으며 고개를 끄덕였다. 미연이 빙그레 웃으며 말했다.

"어머니 말씀이 맞아요. 저 돈 때문에 그이 만났어요. 우리 집 찢어지게 가난했거든요. 그가 부자라는 걸 알고 접근해서 돈 좀 얻어 쓰고 버리자고 생각했는데…… 그 사람 너무 순수한 거예요."

순수한 남자라니, 그런 남자는 없다. 그렇게 보이는 남자만 있을 뿐이지. 태만은 이상하게 자꾸 화가 났다. 그때까지만 해도 그것이 질투라는 걸 몰랐다.

"그이랑 함께 살면서 많이 바뀌었어요. 돈이 전부가 아니다. 마음이 더 중요하다. 그리고 그 마음이 내가 아닌 타인을 향할수록 행복해진다."

미연이 말을 멈추었다. 미연의 어깨가 들썩이는가 싶더니 이내 흐느낌으로 바뀌었다. 불현듯 진태 아빠가 부러웠다. 비록 이 세상에 없지만 그는 참 행복한 사람이라는 생각이 들었다.

"그이가 너무 보고 싶어요. 아직 내 마음, 여기에 살아 있는데⋯⋯. 그이가 없다는 사실을 받아들일 수가 없어요. 그래서 어머님이 아무리 못되게 굴어도 저⋯⋯ 참을 수 있어요⋯⋯. 어머님도 힘들어서 그런 거니까⋯⋯ 저만큼 아들이 보고 싶은 거니까⋯⋯."

미연은 울먹이며 말했다. 또다시 가슴이 무너졌다. 그러나 태만은 해줄 수 있는 일이 없었다. 그저 말없이 미연이 울음을 그치기만을 기다릴 뿐.

…

혜령은 하루를 공원 산책으로 마무리했다. 오늘도 산책을 끝내고 목이 말라 편의점에 들렀다. 그러다 아영 아빠, 태만을 봤다. 혜령이 함께 운동 온 연희 옆구리를 찌르며 말했다.

"아영이 아빠다. 옆에 지수인가? 가서 인사하자."

혜령이 태만에게 걸어갔다. 연희가 놀라 혜령을 말리며 목소리를 낮춰 말했다.

"지수 아닌데?"

"지수가 아니라고?"

"응, 봐봐. 머리도 길고, 몸매가 아니잖아."

혜령이 여자를 보았다. 잘 손질된 머리에 가늘고 긴 몸매. 확실히 지수는 아니었다. 그런데 이상한 건 여자가 울고 있었다. 혜령이 연희를 쳐다보았다. 연희도 울고 있는 여자를 본 눈치였다. 혜령이 물었다.

"뭐야? 어떻게 된 거야? 왜 울어?"

"남자가 여자 울리는 거 딱 한 가지 이유지 뭐. 아영이 아빠 그렇게 안 봤는데, 우리 지수 불쌍해서 어떡해."

지수는 몇 년째 남편을 대신해 온종일 남의 머리를 만지면서 생활비에 교육비까지 감당했다. 혜령이 흥분해서 말했다.

"나쁜 놈, 내 저놈을 그냥……."

지수에게 알려야 했다. 혜령이 휴대폰을 꺼내자 연희가 휴대폰을 빼앗으며 말했다.

"뭐하는 짓이야! 남의 집 진짜 파투 낼 일 있어?"

"파투 내서 파투 날 집이면 파투 내는 게 좋아. 전화기 이리 줘."

"혜령아, 부부 일은 아무도 모른다고 했다. 너 함부로 나서면 안 돼. 행여 지수가 물어봐도 모른다고 해."

"무슨 소리야! 니가 친구냐? 어떻게 저런 걸 보고 이야길 안 해?"

"친구니까 더 이야기 못하지. 저런 건 현장을 잡아야 해. 여기서 일 벌이면 어쩌자고, 발뺌하면 끝인데. 그럼 지수만 고생해. 알겠냐?"

연희가 혜령에게 휴대폰을 돌려주며 말했다.

"하지만……"

"너도 알잖아. 이쪽으로는 내가 전문인 거."

"니 남편 아직도 그래?"

"손 씻었다고는 하는데 모르지. 그게 손 씻는다고 될 일이니. 암튼 지수한텐 절대 비밀이야. 정 걱정되면 나중에 지나가는 말로 귀띔만 해두자. 알았지?"

연희가 강하게 이야기했다. 혜령은 못마땅했지만 동의했다. 이 방면으로는 연희의 감을 믿어도 된다.

…

며칠 후, 태만은 모처럼 요리를 했다. 프라이팬에 기름을 두르고 마늘 넣은 햄을 구웠다. 온 집 안에 고소한 기름 냄새가 가득했다. 태만은 라디오에서 흘러나오는 음악에 맞춰 몸을 흔들며 노래했다.

"몸매는 에스라인~ 얼굴은 브이라인~"

마침 집 안으로 들어오던 지수는 뒤집개를 마이크 삼아 노래하는 태만을 보고 깜짝 놀랐다. 지독한 음치인 태만이 노래를 하다니 해가 서쪽에서 뜰 일이었다.

"아주 그냥 끝내줘요~"

음정, 박자는 모두 틀렸지만 필 하나만은 제대로 잡았다. 도대체 뭐가 좋아 노래를 하는지. 요 며칠 태만은 이상했다. 시도 때도 없이 걸려오는 전화들. 지수 몰래 받는 건 기본이고, 새벽이고 밤이고 일하러 나갔다. 일하는 건 좋다. 모처럼 활기차게 움직이는 건 좋다. 그러나 가끔은 일 때문인지 아니면 다른 이유 때문인지 헷갈릴 때가 있었다. 지수는 라디오를 껐다. 그런 줄도 모르고 태만이 열창을 했다.

"아주 그냥~~"

"시끄러워. 고만해!"

지수가 소리를 질렀다. 그제야 태만이 돌아보고는 지수와 눈이 마주치자 어색하게 웃으며 물었다.

"왔어?"

"지금 뭐하는 거야?"

질문에 대답하지 않고 또 다른 질문으로 답하는 건 지수가 화가 났다는 의미다. 태만이 부드럽게 말했다.

"요리하잖아."

"그러니까 요리는 왜 하냐고?"

"미용실 운영하랴 살림하랴, 힘든 당신 도와주는 거지."

"고양이 쥐 생각하고 있네."

지수가 퉁명스럽게 말했다. 말하는 꼬락서니하곤. 미연과 달라도 너무 달랐다. 이러니 미연에게 마음이 기울밖에. 그러나 오늘은 지수를 위한 날이었다. 태만은 다시 한 번 부드럽게 말했다.

"자기야, 이 햄이 어떤 햄인지 알아?"

"햄이 햄이지 어떤 햄이냐니?"

"아이고, 햄이 다 같은 햄이 아니에요. 이건 아주 특별한 햄이라고. 봐, 마늘 먹인 햄이야."

"그게 뭐?"

지수가 되물었다. 아, 이 여자 감각하곤. 이건 다른 정도가 아니라 비교 불능이었다. 태만은 퉁명스럽게 말했다.

"살림하는 여자가 그렇게 무뎌서 어쩌냐? 마늘 먹인 햄과 아닌 햄, 그 미묘한 차이를 모르겠어? 인생은 그 미묘한 차이, 디테일에서 달라지는 거라고."

"디테일은 무슨, 당신이나 디테일하게 저 좀 도와주세요. 이렇게 어지럽히지나 말고."

"어지럽히다니, 요리하고 있잖아, 요리."

"나 햄 싫어하는 거 몰라? 그것만 먹으면 체하잖아. 기억 안 나?"

아, 그랬다. 지수는 햄을 먹으면 꼭 체했다. 태만은 괜한 짓을 한 것 같아 미안했다.

"먹고 설거지나 해놓으세요. 난 혜령이가 맛있는 거 사준대서 옷 갈아입으러 왔어."

지수가 웃으며 방으로 들어갔다. 기껏 생각해서 요리했더니 오히려 타박만 들었다, 젠장. 태만이 햄을 뒤집으며 소리쳤다.

"맛있는 거 얻어먹어라! 난 마늘 먹은 햄이랑 밥 먹을 테니! 음, 맛있다! 정말 맛있어!!"

식지도 않은 햄을 뜯어 먹다 입천장이 데일 뻔한 태만이 햄을 뱉으며 소리쳤다.

"아, 뜨거. 아, 뜨거."

그나저나 이 많은 걸 언제 다 먹나. 태만은 햄을 보며 걱정했다.

나쁜 건
나쁜 거다. 그럼 약한 건?

아이 낳아 알콩달콩 살자던 남자친구가 얼마 전 도망을 갔습니다. 전화도 안 받고 저를 피해요. 분만예정일이 이 주 남았는데 무서워 죽겠어요. 가족도 친구도 없이 혼자 살고 있어서 부탁할 사람이 없거든요. 진통이 시작되면 분만실까지만 데려다 주세요.

아빠를 찾는 사람들은 저마다 절박한 사연이 있었고 그 사연엔 언제나 나쁜 남자가 등장했다. 같은 남자로서 부끄러울 정도로. 물론 그들의 심정을 이해 못하는 건 아니다. 그러나 세상에는 하지 말아야 할 일과 해야 할 일이 있다. 한때 사랑을 다짐했다면 더더욱 그래서는 안 된다.

태만은 글을 남긴 산모를 찾아갔다. 그녀는 방 한 칸에 작은 부엌이 딸린 원룸에 살고 있었다. 만삭의 산모가 태만을 반겼다.

"집 찾기 힘드셨죠."

"아닙니다. 말씀하신 대로 찾아오니 쉽던데요. 제가 길눈은 밝거든요."

태만은 애써 웃으며 산모를 안심시켰다. 방 한쪽에 걸린 사진에는 만삭의 산모와 아이 아빠로 보이는 남자가 웃고 있었다. 그 사진 아래, 아기 옷들이 가지런히 놓여 있었다. 아이 아빠를 기다리고 있는 걸까? 태만은 조심스레 입을 뗐다.

"아이 아빠에겐 아직도 연락이 없나요?"

산모의 표정이 어두워졌다. 연락이 없는 모양이었다. 하긴 책임질 생각이 있었다면 애초에 도망가지 않았을 것이다. 답답한 마음에 자꾸만 갈증이 났다. 산모가 화제를 전환했다.

"저…… 분만실 가보셨어요?"

"그럼요, 들어가봤죠. 우리 아영이가 예정일보다 한 주나 늦어져서…… 어찌나 노심초사했는지…… 아영 엄마도 분만실 들어가기 전에는 엄청 두려워했는데 막상 들어가니까 몇 번 소리 지르고 끝났어요."

태만은 두려워하고 있는 산모를 위해 거짓말을 했다. 지수는 일곱 시간 진통 끝에 아영을 낳았다. 당시 멍멍야옹몰을 운영하던 태만은 거래처 사람과 술을 마시느라 지수의 전화를 받지 못했다.

2차가 끝나고 병원에 갔을 땐 이미 모든 상황이 끝나 있었다. 지수는 태만을 보지 않겠다며 병실에 들어오지도 못하게 했다. 그 이야기를 산모에게 할 수는 없었다. 대신 아영을 처음 안았을 때 이야기를 해주었다. 이건 진짜였다.

"아영이를 안았을 때의 느낌은 말로 표현할 수가 없어요. 뭐랄까 작고 뜨거운 것이 온전히 내 팔에 의지하는 느낌이…… 뭔가 감동적이고…… 아, 그걸 뭐라 얘기해야 할지……."

"책임감 같은 거예요?"

산모가 물었다. 태만의 이야기를 듣는 사이 긴장이 풀린 산모는 조금 편안해 보였다.

"네, 그 비슷한 건데…… 뭐라 콕 집어서 표현할 수가 없네요……."

태만은 고개를 갸웃거렸다. 3.5킬로그램의 무게가 주는 묘한 기분을 뭐라 정의해야 할지 몰랐다. 그때 생각했다. 아빠가 된다는 건 아이의 무게를 짊어지는 건지도 모르겠다고. 때문에 아이들이 크면 클수록 그 무게가 점점 무거워지고 걱정이 느는 건지도 모르겠다고.

"선생님도 도망치고 싶으셨어요?"

산모가 태만을 빤히 쳐다보며 물었다. 산모가 태만을 부른 이유를 알 것 같았다. 버림받은 그녀는 궁금했을 것이다, 아이 아빠가 갑자기 변한 이유가 뭔지. 산모가 재촉했다.

"솔직하게 말씀해주세요."

모든 남자가 자신의 인생을 완벽하게 설계하며 사는 건 아니다. 지수를 만나 결혼할 때만 해도 태만의 계획엔 아이가 없었다. 생각할 수가 없었다. 그냥 지수와 함께 있는 게 즐거웠으니까, 그리고 일이 바빴으니까. 그걸로 끝. 그래서 지수가 임신했다고 했을 때 기쁨보다도 걱정이 앞섰다. 잘할 수 있을까라는 생각부터 내 인생을 망치고 있다는 생각까지. 그때 태만은 도망치고 싶었다.

"솔직히 말하자면 저는 아직도 도망치고 있어요."

"무슨 말씀이세요? 그럼 가족을 버리겠다는 건가요? 그러고도 아빠 역할을 할 수 있어요? 참 뻔뻔하시네요!"

얌전할 것만 같았던 산모가 불같이 화를 내며 무지하게 말을 빨리했다. 당황한 건 태만이었다.

"아뇨, 그러니까 제 말은 심정적으로 그렇다고요. 심정적으로는 저도 자유롭게 살고 싶어 늘 도망치고 싶다는 생각을 한다고요."

"그건 저도 마찬가지예요. 저라고 이 아이가 한없이 좋은 줄 아세요? 저도 무섭고 두렵다고요!"

산모의 목소리가 떨렸다. 아마도 도망친 남자친구에게 하고 싶은 말일 테다. 태만은 산모를 위로했다.

"분명 후회하고 있을 거예요."

"아뇨, 그 사람은 절대 후회하지 않을 거예요."

산모가 눈물을 훔치며 말했다. 태만은 말없이 고개를 끄덕였다. 산모의 말이 옳아서가 아니라 그를 원망하고 미워하는 심정을 이해할 수 있기 때문이었다. 미워하고 있는 걸 보니 아직 그를 사랑하는 게 분명했다. 물론 그 마음도 이해할 수 있었다. 더 사랑하는 사람이 더 많은 것을 바라는 법이니까.

...

 피시방엔 아무도 없었다. 태만은 언제나처럼 맨 안쪽에서 세 번째 컴퓨터에 앉았다. 태만의 일과는 '아빠를 빌려드립니다' 카페에 올라온 글을 확인하는 일로 시작되었다. 태만은 게시글을 확인하며 발가락 사이에 손가락을 넣어 때를 제거했다. 꼭 때가 있어서가 아니라 이상하게 발가락 사이를 만지면 기분이 좋았다.
 "아, 이 자식 더럽게."
 승일이 태만의 손을 소리 나게 때렸다. 아픈 것도 아픈 거지만 혼자만의 시간을 방해받은 것 같아 기분이 나빠졌다.
 "아침에 씻고 나왔거든. 그리고 내 발 내가 만지는데 뭐가 더러워?"
 "그 손으로 밥 먹을 거잖아."
 "왜 라면 끓여주려고?"
 역시 태만을 걱정해주는 건 승일뿐이었다. 승일이 시큰둥하게 대답했다.
 "이젠 끓여 드시죠."
 "이상하게 난 그 맛이 안 나더라고. 하나 끓여줄래?"
 태만이 승일을 바라보았다. 승일이 모니터를 힐끔 보며 말했다.
 "오래간다? 아빠……."
 "어째 비꼬는 소리처럼 들린다?"
 "비꼬긴, 축하해주는 건데."

"축하해줘서 고맙다. 그사이 방문객이 두 자릿수로 늘었다."
"그래서 말인데, 이제 임대료 좀 내야지? 너나 아영이나 여길 사무실처럼 쓰잖아!"
승일이 정색하자 태만이 웃으며 말했다.
"임대료는 무슨 임대료야. 내가 벌면 얼마나 번다고."
"진심이야. 너도 알잖아, 요즘 불황인 거. 손님이 너밖에 없어."
승일의 말대로 피시방에 눈에 띄게 사람이 줄었다. 그래도 그렇지 이제 막 시작하는 친구를 도와주지는 못할망정 벼룩의 간을 빼 먹으려고, 나쁜 녀석. 태만은 서운했다.
"얌마, 내가 여기 그냥 앉아 있어? 바닥 청소해주고, 쓰레기통 비워주고, 너 없을 때 가게 봐주고, 떠드는 녀석들 주의도 주고. 오히려 내가 돈을 받아야 해, 내가! 그런데 뭐? 임대료? 야, 지나가는 개가 웃겠다!"
"얌마, 그거야……"
마침 태만의 휴대폰이 울렸다. 태만은 자리를 박차고 나가며 소리쳤다.
"나쁜 자식, 다신 여기 오나 봐라!"
"오지 마! 오지 않는 게 날 도와주는 거다! 다신 오지 마!"
승일이 태만의 뒤통수에 대고 버럭버럭 소리를 질렀다. 태만은 소리 나게 문을 닫고 피시방을 나왔다. 나쁜 자식, 친구 잘되는 게 그리 배 아프냐. 어디 얼마나 잘되나 보자. 또다시 전화벨이 울렸다. 태만은 전화를 받았다.

"채태만입니다. 아, 네, 그럼요. 잘 알죠. 진통이 벌써 시작된 건가요?"

"아뇨, 아직."

전화기 너머의 산모는 어려운 결정을 앞둔 사람처럼 뜸을 들였다. 태만은 다음 말을 기다렸다.

"저…… 남자친구 있는 곳을 알아냈어요. 시간 되시면 함께 가주시겠어요?"

태만은 잠시 망설였다. 살면서 하지 말아야 할 게 몇 가지 있는데 그중 하나가 도망친 남자를 잡으러 가는 일이다. 특히 임신한 여자를 버리고 간 놈은 더욱 그렇다.

"제가 바보 같죠?"

산모가 조심스럽게 말했다. 바보 같은 게 아니라 정말 바보다, 진짜 바보. 왜 여자들은 사랑 앞에서 한없이 바보가 되는지 태만은 알 수 없었다. 하지만 돌려 생각해보면 바보 같은 사랑 때문에 인류의 역사가 이어지는지도 몰랐다.

"아닙니다. 정리하기 위해서라도 한 번은 만나야죠. 어디라고요?"

"안양에서 본 사람이 있대요."

산모가 기대에 찬 목소리로 말했다. 태만은 약속 시간을 정하고 지하철로 향했다. 녀석을 만나면 제일 먼저 한 대 때려주고 싶었다.

…

도망친 남자친구는 안양의 모 기계공장에서 일하고 있다고 했다. 태만은 산모를 데리고 공장을 찾아갔다. 공장 안에는 외국인 노동자들이 일을 하고 있었고 날카로운 쇳소리가 신경을 자극했다. 외국인 노동자 사이를 살펴보던 산모가 깡마른 체구의 남자를 가리켰다. 태만이 산모에게 물었다.

"이름이 뭐라고요?"

"기열 씨요, 김기열."

태만이 산모의 손을 잡고 힘을 주었다. 힘내라고. 잔뜩 긴장한 산모가 고개를 끄덕였다. 태만이 기열에게 다가갔다.

"기열 씨."

"누구세요?"

기열이 태만을 보며 물었다. 태만 뒤에 서 있던 산모가 앞으로 걸어 나오며 기열을 불렀다.

"기열 씨, 나야…… 경린이…….."

기열이 놀라 뒷걸음쳤다. 태만이 기열에게 다가가며 말했다.

"잠깐 시간 좀 내주시겠어요? 드릴 말씀이 있는데."

기열이 돌아서자 산모가 기열을 막으며 말했다.

"기열 씨…… 이야기 좀 해요…….."

놀란 기열은 산모를 밀치며 도망쳤고 산모가 균형을 잃고 넘어졌다. 저 자식이, 산모를 밀치다니. 다급한 마음에 태만은 기열을 쫓아갔다. 산모를 위해서라도 녀석을 잡아야 했다.

"얌마! 거기 서! 거기 서라고!"

"악!!"

산모가 비명을 질렀다. 놀란 태만이 걸음을 멈추고 산모를 돌아보았다. 바닥에 넘어진 산모가 겁에 질린 채 말을 더듬었다.

"양, 양수가…… 터졌나 봐요……."

젠장, 하필 이때 나오다니. 아이가 아빠를 보고 싶었나 보다. 태만이 산모에게 다가가는데 기열이 태만보다 빨랐다. 기열이 걱정스러운 표정으로 산모를 부축하며 물었다.

"괜찮아?"

"응, 괜찮아. 보고 싶었어."

산모가 애써 빙그레 웃으며 말했다. 기열의 얼굴이 일그러지는가 싶더니 이내 울음을 터트렸다.

"미안해. 나 겁이 났어. 그래서……"

"알아. 아~악!!!"

산모가 비명을 질렀다. 당황한 기열이 태만을 쳐다보았다. 도와달라는 표정이었다. 기열은 천성적으로 약한 놈이었다. 약해서 도망칠 줄밖에 모르는 놈. 기열이 미덥지 않았지만 아이를 위해서라도 옆에 있어주었으면 했다. 태만은 산모를 데려갈 차를 알아보았다. 다행히 공장장이 자신의 차를 선뜻 내주어 산모와 기열을 태우고 병원으로 향했다.

…

의료진들이 신속하게 산모를 분만실로 옮겼고 태만과 기열이 그 뒤를 다급하게 쫓아갔다. 분만실 앞에서 간호사가 물었다.

"누가 보호자세요?"

태만은 기열을 쳐다보았다. 기열은 태만을 쳐다보았다. 기열이 못마땅한 표정으로 태만에게 물었다.

"경린이랑 어떤 사이세요?"

"아무 관계도 아닙니다."

"아무 관계도 아닌데 절 찾아와요? 경린이가 아무에게나 부탁할 리는 없고. 혹시 두 사람 사귀어요?"

태만은 얼굴이 화끈 달아올랐다. 사귀다니, 딸뻘 되는 여자아이랑. 그것도 가족이 있는데. 태만은 고개를 흔들며 말했다.

"아뇨, 그런 관계 아닙니다."

"그럼 어떤 관계예요? 혹시 경린이에게 돈 주고……."

"그런 관계 아니래도!"

"그럼 어떤 관계인데요?"

기열이 집요하게 캐물었다. 순간 짜증이 나 태만이 되물었다.

"그럼 당신은 어떤 관계요? 도망쳤으니 남친은 아니고. 하지만 배 속에 있는 아이의 아빠이긴 하고……."

기열이 대답을 못했다. 그때였다. 분만실 안에서 산모의 비명이 들렸다.

"악!!! 나 죽어!!!"

"보호자분 누구세요? 누가 들어가실 거냐구요?!"

간호사가 재촉하자 태만이 기열을 가리키며 말했다.

"이쪽이 아이 아빠예요."

"자, 그럼 이쪽으로 오세요. 어서요."

간호사가 안내했다. 망설이던 기열이 갑자기 돌아섰다. 그러더니 그대로 도망치기 시작했다. 놀란 태만이 기열을 불렀다.

"얌마! 너 어딜 가는 거야? 아이 안 봐? 너 후회한다!"

기열은 뒤도 돌아보지 않고 도망쳤다. 자기 아이가 궁금해서라도 들어가볼 만도 한데. 바보 같은 놈, 겁쟁이, 찐따. 진짜 바보는 산모가 아니라 기열이었다. 그나저나 어쩌나, 태만은 간호사를 바라보며 말했다.

"아님 제가 들어갈까요? 아비 되는 사람입니다만."

"아버님은 여기서 기다리세요."

간호사는 황급히 분만실로 들어갔다. 분만실 안에서 산모의 비명이 들렸다. 삼십 분 간격에서, 십 분으로, 그리고 오 분 간격으로. 산모가 비명을 지를 때마다 태만은 자신도 모르게 두 주먹을 불끈 쥐며 기도했다.

"부디 건강하게 태어나다오, 건강하게만."

시간이 얼마나 흘렀을까, 갑자기 아기 우는 소리가 들렸다. 태만은 비로소 안도의 한숨을 내쉬었다. 마치 태만이 아이를 낳은 것같이 탈진 상태가 되었다. 그 순간 이상하게도 지수가 너무 보고 싶었다. 일곱 시간 동안 혼자 아영을 낳았을 지수에게 처음으로 미안했다. 태만은 지수에게 문자를 보냈다.

...

　아영이 건강하게 잘 낳아줘서 고마워.

　지수는 문자를 확인했다. 태만이 보낸 것이었다. 지수는 믿기지가 않아 천천히 다시 읽었다. '아영이 건강하게 잘 낳아줘서 고마워'가 맞았다. 이상했다. 지수가 아는 태만은 이런 문자를 보낼 사람이 아니었다. 확실히! 뭔가! 이상했다!
　"이 인간이 미쳤나? 왜 안 하던 짓을 하고 그러지?"
　지수가 전화를 내려놓으며 말했다. 거울 앞에 앉아 머리를 말고 있던 혜령이 지수의 눈치를 보며 물었다.
　"아영 아빠가 왜?"
　"아니, 아영이 낳아줘서 고맙다고 문자를 보냈어."
　지수가 고개를 갸웃거리며 말했다. 혜령이 놀라 연희를 쳐다보았다. 바람피우는 게 맞다고 눈치를 주었다. 연희는 아는 척하지 말라며 고개를 흔들었다. 그러고는 지수에게 말했다.
　"아영 아빠 정신 차렸나 보다. 너한테 그런 말도 하고."
　"그런가, 그런데 왜 이렇게 찜찜하지?"
　지수의 표정이 어두워졌다. 혜령이 참견했다.
　"아영 아빠 요즘 무슨 일 하는데?"
　"대리운전 하러 다녀."
　"아, 대리운전 힘들겠네. 그런데 요즘 대리는 낮에도 나가나 보지?"

혜령이 눈치껏 운을 띄웠다. 지수가 혜령 머리를 만지며 말했다.

"응…… 낮술 마시는 사람도 많고, 가끔 아이 딸린 여자들이 부를 때도 있대."

"애 딸린 여자가 왜?"

혜령이 놀라며 물었다. 연희가 말하지 말라고 연신 눈치를 주었지만 혜령은 무시했다.

"애 데리고 운전하기 힘드니까 그렇겠지. 나도 아영이 낳고 운전하려니까 힘들더라고."

"맞아, 나도 그랬어. 대리운전 우리 때도 있었으면 나도 종종 이용했을 거야."

연희가 급하게 정리를 했다. 순간 이상했다. 혜령과 연희가 서로 눈치를 주고받는 것이 보였다. 지수가 정색을 하고 물었다.

"무슨 말이야?"

분위기가 싸해지자 연희가 재차 말했다.

"무슨 말이라니. 우리 때도 있었으면 나도 도움을 받았을 거다, 그런 말이지."

"연희 말고 혜령이 너, 무슨 말이냐고?"

"내가 뭘?"

"낮에 대리 하는 게 이상해?"

"그럼 이상하지. 게다가 주부들 일 도와준다며? 요즘 이상한 여자들 얼마나 많은데……."

혜령이 입을 삐죽거리며 얄밉게 말했다. 불안한 연희가 혜령에게 눈치를 주었다. 지수는 연희가 더 이상했다.
"두 사람 왜 자꾸 서로 눈치를 줘? 내가 모르는 거 있어?"
"네가 모르는 걸 우리가 어떻게 아니? 그냥 궁금해서 물어본 거지, 그렇지?"
연희가 혜령을 쿡 찔렀다. 혜령이 쳇, 하고 외면했다. 지수가 혜령을 노려보며 말했다.
"머리 엉망으로 만든다."
"아, 안 돼! 나 오늘 학부모 모임 있단 말이야!"
"빨리 말해. 내 성질 알지?"
흥분한 지수가 소리쳤다. 당황한 혜령이 연희를 보자 연희가 절대 말하지 말라는 듯 고개를 저었다. 지수가 연희를 쳐다보며 소리쳤다.
"연희, 네가 말해!"
"아니, 그게……."
연희가 망설이자 혜령이 참지 못하고 나섰다.
"실은 어제 편의점에서 아영이 아빠 봤어. 여자랑 앉아 있었는데 여자가 울더라고. 남자랑 여자랑 사이에 울 일이 뭐가 있겠니?"
싹둑. 지수가 혜령의 앞머리를 잘랐다. 혜령이 놀라 소리쳤다.
"야! 너! 머리를 이렇게 자르면 어떡해!!!"
"다른 건 몰라도 우리 아영 아빠 바람피울 사람 아니야, 절대. 그러니 그 입 조심해."
"그럼 내가 거짓말했다는 거야?"

혜령이 지지 않고 대들었다. 눈에 눈물까지 고인 채 억울한 표정이었다. 지난 십 년을 태만보다 더 가까이 지냈던 친구들이었다. 그런 친구들이 괜한 소리를 한 건 아닐 테고, 지수는 혼란스러웠다.
 "그래, 아영 아빠 성실한 거 다 알지. 혜령아, 가자. 지수야, 우리 다음에 올게, 다음에."
 연희가 혜령을 달래며 데리고 나갔다. 혜령이 마지못해 끌려가며 소리쳤다.
 "내가 뭘 잘못했는데, 뭘! 내 머린 어쩌고……."
 "이상한 소리 지껄이면 가만 안 둬!"
 지수는 다시 한 번 못 박았다. 어쩌면 불안한 자신에게 하는 소리인지도 몰랐다. 때마침 문자가 왔다. 태만이다. 오늘 뭐 먹고 싶은지 묻는 문자였다. 정말 이상했다. 절대 이런 걸 묻는 사람이 아닌데. 불현듯 혜령의 말이 떠올랐다.
 "요즘 대리는 낮에도 일하나 보지?"
 그러고 보니 왜 가정주부가 일을 부탁하는 거지? 순간 진태 엄마의 얼굴이 떠올랐다. 둘이 잡고 있던 손도. 의심이란 늪과 같아서 한 번 빠지면 결코 제 힘으로 헤어 나올 수가 없다. 지수는 의심의 늪에 서서히 빠져드는 자신의 발을 지켜보았다.

···

 며칠 뒤 태만은 꽃다발을 들고 산모를 찾아갔다. 산모는 침대에 기대어 서류를 골똘히 보고 있었다. 태만이 산모에게 꽃다발을 건네며 말했다.

"출산을 축하합니다. 아이도 산모도 건강하니 이보다 더 큰 선물이 없네. 녀석의 떡 벌어진 어깨를 보니 완전 장군감이다, 장군감."

"아, 오셨어요?"

갑작스러운 태만의 방문에 놀란 산모가 허둥지둥하다 서류가 바닥에 떨어졌다. 태만은 서류를 주우며 물었다.

"무슨 서류인데 그렇게 골똘히 보고 있어?"

"아무것도 아니에요. 주세요."

산모가 서둘러 서류를 빼앗으려고 했다. 불길한 느낌에 태만은 서류를 확인했다. 입양서류였다.

"입양서류? 키우는 거 아니었어?"

산모가 서류를 빼앗으며 앙칼지게 말했다.

"신경 쓰지 마세요."

"아이 버리려고 낳은 거야?"

태만이 물었다. 산모는 대답 없이 가방에서 돈을 꺼내 태만에게 건네며 인사했다.

"그동안 고마웠습니다."

"잠깐만, 아이 아빠 찾아올 테니 그때 다시 이야기합시다, 네?"

"아빠 같은 거 이제 필요 없어요. 그만 돌아가세요."

산모가 눈을 감고 누웠다. 귀찮은 기색이 역력했다. 그녀가 아이를 손꼽아 기다렸다는 걸 알기에 태만은 당혹스럽기만 했다. 자신도 모르게 목소리가 커졌다.

"네, 어쩌면 아빠 같은 거 필요 없을지도 모르겠습니다. 그러나 엄마는 필요해요. 아이에게 엄마가 얼마나 중요한 존재인지 잘 알잖아요. 아이 이렇게 보내면 안 돼요!"

듣기 싫은 듯 산모가 돌아누웠다. 태만이 나설 일이 아니라는 걸 잘 알고 있었다. 아이를 낳은 것도, 아이를 입양시킬지 말지 결정하는 것도 오로지 산모의 몫이었다. 태만은 그녀의 선택을 돕기만 하면 된다. 그리고 이미 그 일은 끝이 났다. 돈을 받았으니 떠나면 된다. 그런데 쉽게 발이 떨어지지 않았다. 태만은 산모를 향해 소리쳤다.

"당신도 엄마 아빠 얼굴 모르고 자랐다면서, 그 힘든 거 아이한테 물려줄 거야? 힘들더라도 함께 살아야지!"

산모가 귀를 막았다. 태만이 소리쳤다.

"입양은 안 돼! 당신 힘들어. 그 아이 가슴에 묻고 잘 살 수 있을 것 같아?"

산모가 벌떡 일어났다.

"그만해요! 그만!! 아이 아빠도 버린 아이야! 나 혼자 어떻게 키우라고! 차라리 좋은 부모에게 입양돼서 아무것도 모르고 자라는 게 나아. 낳아준 부모 따위 모르고 사는 게 낫다고!!"

산모가 절규했다. 얼마나 외롭고 두려웠으면. 태만은 자신도 모르게 산모의 손을 잡았다. 그러나 산모가 태만의 손을 뿌리치며 악을 썼다.

"놔! 이 손 놔! 손 놓으라고!"

산모가 거세게 몸부림쳤다. 그럴수록 태만은 더 세게 쥐었다.

"놔!! 놓으라고!!! 당신은 진짜 아빠도 아니잖아!"

시간이 얼마나 흘렀을까 격렬하게 저항하던 산모의 몸에 힘이 빠졌다. 그리고 흐느껴 울기 시작했다. 그제야 태만은 손을 놓았다.

"네가 놓지 않으면 나도 절대 놓지 않을 거야. 강요하지는 않겠지만 아이에 대해서는 한 번 더 생각해봐."

산모가 어린아이처럼 큰 소리로 울기 시작했다. 아직 어린 소녀일 뿐인데, 아직 꿈 많은 소녀일 뿐인데……. 태만은 소녀를 울린 놈이 미웠다.

사랑한다면
혼내주세요

 며칠 동안 태만은 승일의 피시방에 가지 않았다. 다른 건 몰라도 임대료 운운한 것은 용서할 수 없었다. 결국 승일이 백기를 들었다. 승일이 전화해 피시방을 봐달라고 부탁하며 임대료 이야기한 건 미안하다고 했다. 진작 그럴 것이지. 태만은 승일의 피시방으로 향했다.
 "창업 준비하는 사람들을 도와주는 곳이야."
 승일은 창업 스쿨에 다녀온다고 했다. 세상 많이 좋아졌다, 창업을 도와준다니. 태만이 물었다.
 "어떤 종목으로 할 건데?"
 "아직 결정 안 했어. 결정하면 얘기해줄게."
 승일이 서둘러 피시방을 나갔다. 학창 시절에 저 열의로 공부했으면 서울대를 가고도 남았을 것이다. 물론 서울대 나온다고 잘 사는 건 아니지만. 태만은 언제나처럼 카페에 접속했다. 반가운 메일이 그를 기다리고 있었다.

아빠, 안녕하세요?
아빠라 불러도 되죠? 저에게도 아빠가 생긴 것 같아 든든하답니다. ^^;; 아빠가 가신 뒤에 생각하고 또 생각했어요. 아이에게 최선은 뭘까, 그리고 나에게 최선은 뭘까. 답을 찾기가 쉽지 않았어요. 그래서 시간이 걸렸고요. 암튼 저 결정했어요, 아이를 보내지 않기로.

산모였다. 아이를 보내지 않겠다고 했다. 태만은 너무 기쁜 나머지 자리에서 벌떡 일어나 만세 삼창을 했다.
"만세! 만세! 만세!"
피시방에 있던 사람들이 일제히 태만을 쳐다봤다. 아차, 사람들이 있다는 걸 깜빡했다. 흐흐, 가만있어도 웃음이 나왔다. 태만은 사람들에게 자랑했다.
"방해해서 죄송합니다. 실은 제 딸이 아이를 낳았어요. 어깨가 떡 벌어진 것이 완전 장군감이에요."
"오~ 축하드립니다~"
사람들이 박수를 치며 축하해주었다.
"고맙습니다. 고맙습니다."

사람들에게 인사하는 태만의 목에 절로 힘이 들어갔다. 뿌듯했다. 태만은 산모의 글을 마저 읽었다.

> 너무 좋아하지 마세요. 산후조리원에서 나가는 순간부터 아빠가 필요할 테니 시간 비워두셔야 해요.
> 고집쟁이 딸로부터

암튼 고집은. 태만은 답글을 썼다. 천천히, 독수리 타법으로.

> 정말이지 네 고집은 못 당하겠구나. 네가 필요하다고 하면 언제든 달려갈 아빠로 보였니? 그렇다면 제대로 봤구나. ^^ 언제든지 연락하렴. 아이 이름이 뭘까 궁금하다.
> 아빠가

글을 쓰고 나니 정말 손자를 본 것처럼 뿌듯했다. 아빠로 사는 삶이 이렇게 가슴 벅찬 것인지 예전에는 미처 몰랐다. 태만은 실성한 사람처럼 온종일 웃었다. 수업을 듣고 온 승일이 태만을 보고 한마디 했다.
"왜 자꾸 웃어? 정신 나간 놈처럼."
"이렇게 곱게 정신 나간 사람 봤냐? 흐흐, 오늘 무슨 일이 있었는지 알아?"
"또 무슨 일?"

승일이 물었다. 태만은 승일에게 산모에게 온 메일을 보여주며 그간의 사정을 이야기했다. 승일이 걱정스러운 표정으로 태만을 보았다.

"너 이러는 거 지수가 아냐?"

"모르지. 너만 입 닫으면 돼. 절대 아무한테도 말하지 마, 알았지?"

"세상에 비밀이란 없다. 어서 자수해서 광명 찾아라. 아무래도 너 불안하다."

"시끄럽고. 라면이나 끓여줘."

"니가 끓여 먹어."

"야, 이젠 치사하게 라면도 안 끓여주냐? 돈 준다, 돈."

태만은 주머니에서 돈을 꺼내 승일의 손에 쥐어주며 말했다.

"라면 하나, 거스름돈은 필요 없다."

"이게 웬일이야? 손주 봤다더니 이젠 정말 사람 다 됐구나."

승일은 돈을 확인했다. 육백 원이 전부, 순간 피가 거꾸로 솟았다. 요즘 라면 값이 얼만데 육백 원으로는 라면 하나도 사기 어렵다. 그런데 거스름돈은 필요 없다고? 한두 번도 아니고. 승일은 태만에게 받은 돈을 그대로 건네며 조용히 말했다.

"꺼져."

"야, 너 말이 심하게 짧다. 꺼지라니, 너 육백 원 무시하냐?"

"아님 그 돈으로 라면 사 와. 그러면 끓여줄게."

"치사하게, 내 이 돈으로 라면 사 온다. 너 여기서 조금만 기다려."

흥분한 태만이 자리에서 막 일어서는데 마침 메일이 도착했다는 알림이 떴다. 태만이 비굴하게 웃으며 말했다.
"승일아, 잠깐만. 나 메일 좀 확인하고."
쯧쯧, 승일이 혀를 차며 카운터로 걸어갔다. 태만이 소리쳤다.
"참, 승일아, 창업 아이템으로 라면 가게는 어떠냐? 네가 제일 잘하는 거 해야 승산이 있지!"
승일은 대답하지 않았다. 멋쩍어진 태만은 승일을 향해 메롱~ 혀를 내밀었다. 바보 같은 녀석, 좋은 아이디어를 줘도 몰라요. 태만은 메일을 확인했다.

어디서부터 어떻게 이야기를 시작해야 할지 모르겠습니다. 다만 지금 분명한 건 아버지라는 사람이 필요하고……. 아버지라는 사람을 이해하고 싶습니다.(…)
자세한 이야기는 만나서 하겠습니다.

태만은 메일을 두세 번 읽었다. 평소 글 읽는 걸 지독히 싫어하는 태만이 같은 메일을 두 번 넘게 읽은 건 아버지를 '아버지라는 사람'이라고 표현한 사람이 궁금해서다. 아버지 없이 자란 걸까? 그래서 아버지라는 사람을 이해하고 싶다고 한 걸까?
지금까지 태만은 아빠로서의 역할만 하면 되었다. 형광등을 갈아주거나, 분만실을 따라가거나, 아이와 놀아주거나. 그런데 메일을 보낸 사람은 아빠 역할을 원한 게 아니었다. 그러니까 그가 원하는 건 아버지라는 존재에 대한 이해였다. 그리고 그건 태만이 해줄 수 있는 일이 아니었다. 망설이던 태만이 답글을 썼다.

님이 원하시는 아버지라는 사람의 역할을 전 할 수 없습니다.
전 아버지들이 없는 곳에서 아버지 역할을 할 뿐입니다…….

정중한 거절이었다. 그러나 태만이 답신을 보내기가 무섭게 의뢰인의 메일이 왔다.

제 글이 서툴렀나 봅니다. 아버지가 필요합니다. 제게 아버지
가 되어주세요. 단 하루만.

모든 의뢰인들이 그러하듯 이 사람도 절실한 모양이었다. 잠시 고민하던 태만은 일단 의뢰인을 만나보기로 했다. 만나서 결정해도 늦지 않으리라. 태만은 약속 시간과 날짜를 정했다.

…

태만은 약속 시간에 맞춰 홍대역에 도착했다. 저녁 시간이라 홍대역은 사람들로 붐볐다. 이 많은 사람들 속에서 의뢰인을 찾을 수나 있을까 걱정되었다. 의뢰인은 노란 손수건을 들고 서 있겠다고 했다. 태만은 주위를 둘러보았지만 노란 손수건은 보이지 않았다. 그때 철 지난 겨울 양복을 입은 사내가 걸어왔다.

"안녕하세요. 박용민입니다. 아빠 채태만 씨죠?"

겨울 양복을 입은 사내가 주머니에서 노란 손수건을 꺼내며 인사했다. 사내는 생각보다 나이가 많아 보였다. 태만은 얼결에 인사를 했다.

"네, 채태만입니다."

"만나면 아버지라고 부르려고 했는데, 생각보다 나이가 어리네요. 나이가?"

사내는 말을 짧게 했다. 태만은 자신도 모르게 굽실거리며 말했다.

"76년생입니다. 서른아홉이요."

"아, 그럼 용띠네. 나도 용띠인데, 64년 용띠. 이거 띠동갑에게 아버지가 돼달라고 부탁하러 온 셈이네."

용민은 큰 소리로 웃었다. 태만 역시 어색하고 불편했다.

"저도 이런 경우는 처음이라…… 불편하시면 안 하셔도 상관없습니다."

"아니야, 일단 가지. 술이나 한잔하세."

용민이 앞장섰다. 나이 많은 사람이 아빠를 찾을 줄은 꿈에도 몰랐다. 태만은 괜히 나왔나, 이대로 도망칠까, 고민하며 그를 따라갔다. 용민은 기찻길을 따라 고깃집들이 즐비하게 늘어선 고기 골목으로 태만을 안내했다. 그중에서도 사람들로 가장 북적거리는 집에 들어가 생목살을 시켰다.

"아버지 단골집이었어. 늘 생목살을 드셨지."

태만은 자리에 앉으며 고깃집을 둘러보았다. 이삼십대부터 사오십대까지 다양한 연령대의 손님들이 고기를 먹고 있었다. 생목살이 나와 태만이 집게로 고기를 올리려고 하자 용민이 가로채며 말했다.
"아버지에게 이런 일을 시킬 순 없지."
"아닙니다, 제가 하겠습니다."
"아버지가 살아 계셨다면 꼭 한번 해드리고 싶었네."
"정말 어색하긴 하네요."
태만이 애써 웃으며 말하자 용민이 빙그레 웃었다.
"이런, 아버님께 하대하면 안 되지. 말씀 올리겠습니다."
"하하, 하하하. 이거 참 어색하네요. 편하신 대로 하세요, 편하신 대로."
"아버님이야말로 말 놓으세요."
하, 이런 역할극은 처음이었다. 태만은 어색해서 미칠 것 같았다. 용민이 자연스럽게 말을 이었다.
"아버지, 아버지 돌아가시기 전에는 생목살이 그렇게 싫더니 요즘은 이놈만 먹고 있습니다. 아버지와 함께 먹던 생목살이 그리워요."
"전 이놈입니다."
태만은 매운 고추를 들어 보이고 쌈장에 찍어 먹었다. 아, 맵다. 고추가 제대로 매웠다. 그러나 태만은 물을 마시지 않았다. 하, 하. 태만이 입안의 불을 손부채로 잠재우며 말했다.
"매운데도 아버진 물을 드시지 않았죠. 가끔 아버지가 생각날 땐 매운 고추를 먹습니다."

고추가 매워 눈물이 났다. 음식으로 아버지에 대한 추억을 공유한 탓일까 마음이 훨씬 편해졌다. 태만은 의뢰인을 만났다는 걸 잊을 정도로 편하게 술잔을 주고받았다.

용민의 말에 따르면 그가 운영하던 가게가 일명 대박집이 되었다고 했다. 정말이지 낙엽 긁어모으듯 돈을 긁어모았다고. 그땐 이 행운이 영원할 줄 알았다고 했다. 그러나 무리한 투자로 어느 순간 자금이 돌지 않으면서 부도가 났고, 설상가상 분양받은 상가 건물이 경매로 넘어가면서 주머니엔 단돈 십 원도 남지 않았다고.

이후 용민은 실패 원인을 찾기 위해 부단히 노력했는데 가장 근본적인 원인이 바로 자신에게 관심 없던 아버지라는 걸 알게 되었다고 했다. 아버지가 제대로 훈육해주지 않아서 무방비하게 자랐고, 그런 생활 태도 때문에 실패하게 되었다는 것이다.

여기까지가 소주 세 병을 마시면서 들은 그의 이야기였다. 그 뒤 포장마차로 자리를 옮겨서는 군대 이야기를 했다. 술에 취한 용민은 비장하게 말했다.

"만약 전쟁이라도 나서 다시 군대로 돌아가야 한다면 차라리 죽음을 택하겠어. 난 정말이지 군대가 싫어."

"에이, 개똥밭에 굴러도 이승이 좋다고 사는 게 낫죠. 전 절대 자살 같은 건 안 해요. 아니 못해요. 우리 아영이도 있고."

태만이 가볍게 말을 받았다. 그때까지도 용민이 왜 자신을 불렀는지 알 수가 없었다. 잠시 용민의 얼굴이 어두워졌다.

"실은 부탁이 있어."

"부탁? 아, 그렇지. 부탁이 있어서 연락하셨죠? 말씀하세요. 제가 할 수 있는 건 뭐든지 도와드릴게요."

태만은 기분이 좋았다. 술에 취한 탓이기도 했지만 용민처럼 말이 잘 통하는 사람은 처음이었다.

"아버지는 단 한 번도 날 혼내거나 때리지 않았네. 그렇다고 특별히 사랑한 적도 없었지. 난 아버지에게 칭찬받기 위해 죽어라 공부했어. 그 결과로 상장을 타 왔지만 단 한 번도 칭찬해주지 않았어. 아버지에게 난 장식장에 진열해놓은 상장과 다를 게 없었지."

용민은 아버지에 대해 이야기했고 자연스럽게 태만은 자신의 아버지가 떠올랐다. 사사건건 몽둥이를 들었던 아버지는 돈을 뺏기고 들어온 날에도, 밤늦도록 공부를 하는 날에도 몽둥이를 휘둘렀다. 밤마다 아버지가 돌아오지 않기를 얼마나 바랐던가. 용민이 말을 이었다.

"군대에 가서야 알았네. 사내들은 아버지와의 관계를 통해 규칙을 배우는데 난 그 어떤 것도 배우지 못했다는 걸. 그래서 군대 생활이 너무나 힘들었어, 생각하기 싫을 정도로."

그건 태만도 마찬가지였다. 이유 없이 몽둥이를 드는 아버지에겐 어떤 기준도, 규칙도 없었다. 오로지 아버지 기분에 좌우되었다. 때문에 태만은 늘 아버지 눈치를 봐야 했고 그런 태도는 사회생활에 그대로 드러났다. 눈치를 보다 제풀에 지쳐 그만둘 때가 많았다. 용민이 말했다.

"그래서 말인데 날 혼내줄 수 있나?"

"네?"

 태만은 자신의 귀를 의심했다. 혼내달라니? 도대체 무슨 말인가?

"나이가 들수록 혼내줄 사람이 없어. 내가 잘못해도 아무도 이야길 안 해. 물론 그 전엔 내가 듣지 않았어. 내 잘못이라고 말하는 사람들을 피했고, 그 결과 잘못된 길을 갔지. 그래서 요즘은 누가 야단쳐주고 혼내주길 바랄 때가 있어."

 용민이 연락한 이유가 이것 때문인가? 혼내줄 사람이 필요해서? 하지만 태만 역시 누굴 혼내주고 말고 할 처지가 못 되었다.

"혼내주세요, 아버지."

 용민이 진심으로 말했다. 태만은 더 이상 그 자리에 앉아 있을 수가 없었다. 삼촌뻘인 용민을 어떻게 혼낸단 말인가. 태만은 도망치듯 자리를 빠져나왔다. 용민이 소리쳤다.

"마지막 소원이네. 날 혼내줘!"

"미치려면 곱게 미칠 것이지, 나 참."

 태만이 낮게 말했다. 언젠가 승일과 몰래 보던 비디오가 생각났다. 벌거벗은 두 남녀가 서로 맞고 때리면서 흥분하던. 태만은 용민이 한없이 불결하게 느껴졌다. 집에 도착하기가 무섭게 샤워부터 했다. 비누칠을 하고 또 하고 또 했다. 그러나 거머리가 붙어 흡혈하는 것처럼 용민의 말이 떠나지 않았다.

"혼내주세요, 아버지. 혼내주세요, 아버지……."

...

"안 돼! 안 돼! 저리 가! 저리 가라고!!"

채찍을 든 용민이 태만을 쫓아왔다. 금방이라도 태만을 잡아 채찍을 내리칠 것 같았다. 도망쳐야 했다. 그런데 발이 떨어지지 않았다. 용민이 점점 가까워오는데 바닥에 발이 붙었는지 떨어지지 않았다. 용민이 음흉하게 웃으며 태만에게 다가와 커다란 채찍을 휘두르며 말했다.

"혼내주세요, 아버지."

"아악!!"

태만은 비명을 지르며 잠에서 깨어났다. 옆에서 자고 있던 지수가 몸을 뒤척이며 물었다.

"왜 그래? 나쁜 꿈 꿨어?"

"아냐, 더 자."

태만은 지수가 잠이 들 때까지 다독이고는 방을 나섰다. 냉장고에서 물을 꺼내 마시고 나서야 감각이 돌아왔다. 휴, 절로 한숨이 나왔다. 끔찍한 악몽이었다. 음흉하게 웃으며 다가오던 용민의 얼굴이 아직도 기억났다.

"혼내주세요, 아버지. 혼내주세요."

태만은 고개를 좌우로 흔들며 용민의 소리를 털어냈다. 그러나 '혼내주세요, 아버지'가 계속 쫓아다녔다. 태만은 찬물로 세수를 하고, 찬물을 벌컥벌컥 들이켜고, 거실을 서성이며 생각을 비웠다.

그러나 여전히 '혼내주세요, 아버지'가 쫓아왔다. 도저히 참을 수 없었던 태만은 냉동실 문을 열고 머리를 넣었다. 시원했다. 그제야 태만을 괴롭히던 소리가 사라지는 느낌이었다.

"뭐해? 전기세 많이 나와. 문 닫아."

마침 화장실을 가던 지수가 한마디 했다. 이상하게 그때부터 '전기세 많이 나와. 문 닫아'가 태만을 괴롭혔다. 아, 할 수만 있다면 냉동실 안으로 들어가 뜨거워진 몸을 식히고 싶었다.

"당신 정말 왜 그래? 전기세 많이 나온다고!"

지수가 다시 한 번 소리쳤다.

"아, 그놈의 돈! 돈!"

태만이 소리쳤다.

"돈이 중요해, 내가 중요해?"

"무슨 말 같지 않은 소리를 해? 당연 돈이 중요하지. 돈이 있어야 우리 아영이도 키우고."

지수에게 뭘 기대했던 걸까. 열이 더 오른 태만은 얼음통을 찾았다. 얼음이라도 물고 있어야 열이 식을 것 같았다. 얼음통에서 얼음을 꺼내려는 순간, 태만은 연분홍색 부리가 달린 노란 물체를 보았다. 이상했다. 얼음통에 연분홍색 부리가 달린 노란 물체라니? 태만이 노란 물체를 꺼내 확인하고는 비명을 질렀다.

"아, 악! 악!!! 악!!!"

"이 양반이 아침부터 뭘 잘못 먹었나. 도대체 왜 그래? 무슨 일이야?"

지수가 태만을 나무랐다. 태만이 노란 물체를 가리키며 말했다.

"저기 얼음통 안에 벼, 병아리가……."

"무슨 소리야. 병아리가 왜 얼음통에 있어."

지수가 얼음통 안을 들여다보았다. 순간 자신의 눈을 의심했다. 그러나 그건 분명 연분홍 부리에 노란 깃털의 병아리였다. 병아리가 얼어 있었다. 지수가 놀라 소리를 질렀다.

"엄마야!!! 저게 뭐야?"

아침부터 요란한 소리에 잠을 깬 아영이 거실로 나왔다. 아영이 바닥에 떨어져 있는 병아리를 보고 놀라 소리쳤다.

"노랑아!"

"노랑이?"

태만이 아영을 쳐다보았다. 아영이 노랑이를 품에 안으며 말했다.

"노랑이 벌써 깨우면 어떡해?"

"깨우다니. 아영이, 네가 얼린 거야?"

말도 안 된다. 아영이가 동물을 얼마나 사랑하는데. 태만은 반신반의하며 물었다. 아영이 천연덕스럽게 말했다.

"응, 노랑이가 자꾸만 졸고 아파해서, 긴 잠을 자고 나면 괜찮아진다고 하길래 얼렸어. 〈에이지 아이스〉 보면 얼어붙은 동물들이 녹으면 바로 살아나잖아. 우리 노랑이도 다시 활발하게 살아날 거야."

"그래서 살아 있는 노랑이를 얼렸다고?"

지수가 놀라 물었다. 아영이 해맑게 고개를 끄덕였다. 지수가 아영의 등을 때리며 말했다.

"어휴, 내가 못 살아. 그딴 이상한 만화 보지 말고 그 시간에 제발 공부 좀 해라, 공부 좀."

"그만해. 아영이가 잘 몰라서 그런 거지."

"모르긴 뭘 몰라, 아홉 살인데. 당신이 매번 쟤 편만 드니까 저 모양이지. 동물을 산 채로 얼리는 건 학대를 넘어서 살인이다, 살인!"

"노랑이 죽은 거 아니야!"

아영이 소리를 질렀다. 아영이 한 짓이 심하긴 했지만 악의가 있어 보이지는 않았다. 태만은 아영을 두둔했다.

"무슨 말을 그렇게 심하게 해? 살인이라니? 당신 딸이 살인자라면 좋겠어?"

"아이들은 흰 도화지 같아서 어떤 그림을 그리느냐에 따라 전혀 다른 인생을 산다고. 귀엽다고 오냐오냐하는 거, 그거 사랑 아냐. 안 되는 건 안 된다고 이야길 해야지 바르게 살아갈 수 있다고!"

지수가 발끈해 소리쳤다. 순간 용민의 말이 떠올랐다.

'아버지는 단 한 번도 날 혼내거나 때리지 않았네. 그렇다고 특별히 사랑한 적도 없었지.'

태만은 아영을 괴롭히며 장난치긴 했지만 단 한 번도 야단을 친 적이 없었다. 그건 어릴 적부터 맞고 자란 태만의 상처 때문이기도 했다. 하지만 그 탓에 아이가 잘못될 거라는 생각은 단 한 번도 하지 않았다. 태만은 용민을 오해한 것이 조금 미안했다.

그날 밤 태만은 용민에게 메일을 보냈다. '생각이 짧았습니다. 아직도 아버지가 필요하면 연락 주십시오. 당신을 위해 훈육하는 아버지가 되어드리겠습니다'라고. 그러나 용민에게서는 며칠째 대답이 없었다.

...

 산모에게 연락이 온 건 용민에 대한 기억이 흐려질 즈음이었다. 산모는 집에서 액세서리 만드는 일을 하게 되었다며 일주일에 한두 번 재료 파는 시장에 가야 하니 그때 아이를 봐달라고 했다.
 태만은 아영을 제외한 모든 아이들을 싫어했다. 말도 통하지 않고 빽빽 우는 아이를 돌보는 건 정말 자신이 없었다. 하지만 산모를 어려움에 빠트릴 수는 없었기에 아이를 보러 가겠다고 했다.
 "이름은 우주예요. 아빠 사랑은 못 받았지만 온 우주의 사랑을 받았으면 하는 마음에서 우주라고 지었어요."
 산모가 우주를 맡기며 말했다. 태만은 우주를 안았다. 이렇게 예쁜 아이를 버리고 도망치다니, 녀석은 분명 땅을 치고 후회할 것이다. 이 일을 하면서 깨달은 게 있다면 악행에도 질량보존의 법칙이 적용된다는 사실이었다. 지금 행한 악행은 언젠가 똑같이 나에게 돌아왔다. 그 법칙을 믿는다면 복수는 신에게 맡기면 된다. 녀석도 똑같이 당할 날이 올 것이기 때문이다. 산모가 걱정스러운 표정으로 말했다.
 "왔다 갔다 이동 시간에 쇼핑까지 고려하면 다섯 시간은 족히 잡아야 할 거예요. 두 시간마다 우유 먹이고 기저귀 갈아주면 돼요."
 "걱정 마. 우리 아영이 내가 키웠어."
 "흐흐. 네, 걱정 안 해요. 그럼 다녀오겠습니다."
 산모가 집을 나서자마자 우주가 빽, 하고 울었다. 걱정이 되었는지 산모가 다시 돌아오자 태만이 우주를 달래며 말했다.

"빨리 다녀와, 빨리."

"너무 울면 텔레비전 틀어주세요."

산모가 어렵게 발걸음을 뗐다. 우주는 계속 울어댔고 태만은 우주를 달래며 집 안을 서성였다. 그사이 우주의 짐이 더 늘어 방 안에는 온통 우주 살림뿐이었다. 이렇게 아이를 사랑하는 사람이 입양을 보냈으면 지금쯤 큰일 냈을 것이다. 한참을 울던 우주가 지쳐 졸기 시작했다. 태만은 우주를 조심스럽게 내려놓았다. 그러나 그 순간 또 빽, 하고 울어댔다.

"우주 왜 울어? 엄마 금방 온대, 금방."

태만은 우주를 다시 안아 달래며 텔레비전을 틀었다. 어린이 채널에 맞춰져 있었다. 신나는 노래와 함께 아이들이 율동을 하자 거짓말처럼 우주가 울음을 멈췄다. 그러고는 목이 돌아갈 정도로 텔레비전을 보았다. 참 별난 녀석이다. 텔레비전 소리에 울음을 멈추다니, 연예인이 되려나. 태만은 우주가 텔레비전을 편하게 보도록 바닥에 눕히고 어지러운 방을 정리하기 시작했다.

아무렇게나 벗어 던져둔 기저귀를 치우고 싱크대에 담가둔 젖병들을 씻고 밀린 빨래를 돌리고, 그것만 했는데도 두 시간이 훌쩍 지났다. 아영을 키울 땐 몰랐는데 아이에겐 아빠의 손길이 정말 많이 필요했다. 얌전히 텔레비전을 보던 우주가 또 울기 시작했다. 아이가 울 땐 이유가 두 가지였다. 배가 고프거나, 변을 보았거나. 태만은 우주를 안아 달래며 상태를 확인했다.

"오, 우리 우주 오줌 쌌어?"

기저귀는 뽀송뽀송했다. 배가 고픈 모양이었다. 두 시간마다 끼니를 챙기라던 말이 떠올랐다. 태만은 우주를 달래며 물을 끓이고 젖병에 우유를 탔다. 급한 마음에 뜨거운 우유를 먹였더니 우주가 또 울기 시작했다.

"미안해, 미안. 아빠가 정신이 없다."

태만은 젖병을 찬물에 담가 우유를 식혔다. 그리고 먹기 좋을 만큼 식은 우유를 우주에게 물렸다. 우주는 배가 고팠는지 엄청 빨리 받아먹고는 곤히 잠이 들었다. 평화롭게 잠든 녀석의 얼굴을 보자 마음이 놓였다. 잠깐 사이 십 년은 늙은 것 같았다. 태만은 휴식을 취하며 채널을 돌렸다.

> 어제 오후 한강에서 사십대 후반의 남자가 투신했습니다. 발견 즉시 구조되어 생명에는 큰 영향이 없으나……. 최근 남자는 사업 실패로 큰 빚을 지고 가족들과 뿔뿔이 흩어져…….

경찰들이 물에 빠진 남자를 건졌다. 그런데 물에 빠진 남자의 옷이 낯익었다. 한 번 보면 절대 잊을 수 없는 철 지난 양복, 분명 용민의 옷이었다. 그 짧은 시간에 어떻게 용민을 알아봤는지 모르겠다. 다만 용민이 자살을 선택했다는 사실에 크게 화가 났다. 태만은 용민이 실려 간 병원으로 전화를 했다.

"오늘 한강에서 투신한 사람을 알고 있는데요. 네, 거기 위치가 어떻게 되죠?"

 우주 엄마가 돌아오기가 무섭게 태만은 용민이 입원한 병원을 찾아갔다. 침대에 누워 있는 용민은 바람 빠진 풍선처럼 주름지고 무척 왜소해 보였다. 용민 옆에는 가족으로 보이는 중년 여자와 고등학생이 앉아 있었는데 그들을 보자 태만은 더 화가 났다. 가족을 두고 자살할 생각을 하다니 이해할 수 없었다. 태만이 버럭 소리를 질렀다.

"엄살 피우지 말고 그만 일어나요!"

 용민이 눈을 떴다. 그러나 눈앞에 서 있는 태만을 보고 이내 눈을 감았다. 흥분한 태만은 용민을 일으켜 세우며 말했다.

"정신이 있는 거야, 없는 거야? 사지 멀쩡해서 왜 죽으려고 해? 왜?"

"왜 이러세요? 우리 아버지 아세요?"

 용민의 딸이 태만을 말리며 물었다.

"알지, 아주 잘 알지. 모든 걸 아버지 탓으로 돌리고 자신은 전혀 책임지지 않으려고 하는 비겁한 겁쟁이지."

"당신 누구야? 누군데 그런 소리를 지껄여?"

 부인이 태만을 향해 소리쳤다. 태만이 용민을 노려보며 말했다.

"나 저놈 애비 되는 사람이오."

"뭐? 애비? 우리 시아버지는 오래전에 돌아가셨어. 나이도 한참 어린 사람이 무슨 소리야?"

"나가요, 좋은 말 할 때. 아님 사람 부르겠어요."

 용민의 부인과 딸이 태만을 쫓아내려고 했다. 태만은 물러서지 않왔다. 아니, 이번엔 절대 물러서지 않을 것이다.

"저분이 저를 찾아왔습니다. 아버지가 되어달라고, 아버지가 되어서 자신을 혼내달라고."

부인과 딸이 놀라 용민을 바라보았다. 용민은 아무 말도 하지 않았다.

"지금 자신이 이렇게 된 게 어릴 적 아버지 탓이래요. 아버지가 사회 규칙을 가르치며 혼내기도 하고 칭찬도 했어야 했는데 하지 않으셨다고요. 그래서 이렇게 되었다고 혼내달라고 찾아왔었어요."

"그만 돌아가."

용민이 만사가 귀찮은 표정으로 말했다. 태만은 소리쳤다.

"왜요? 또 뛰어내리게요?"

용민은 듣고 싶지 않은 듯 등을 돌렸다. 태만의 목소리가 더 커졌다.

"난 당신 아버지 이해할 것 같아. 당신처럼 태생적으로 약한 사람은 야단맞으면 죽네 사네 엄살 피울걸? 행여 칭찬해줘봐, 세상을 다 갖은 양 오만해져서는 사람을 무시할 테지."

용민은 이를 악물었다. 한계에 도달했다. 그런 줄도 모르고 태만이 흥분해서 말했다.

"나쁜 건 의지라도 있지. 약한 건 의지조차 없어. 그러니 최악이라고! 최악!!"

용민이 자리에서 일어나며 한마디 했다.

"나에 대해 뭘 안다고 지껄여? 지껄이길?"

"왜요? 찔려요? 너무 정곡을 찔렀나?"

"아니 전혀. 찔리지도 동요되지도 않아. 왜냐, 그 얘긴 내가 아니라 당신 이야기니까."

태만은 뜨끔했다. 돼지 눈에는 돼지만 보이고, 부처 눈에는 부처만 보인다고 했다. 타인은 자신의 거울이라던 말도 떠올랐다.

"한 가지만 알려주지. 약한 건 최악이 아니야. 약하기 때문에 우린 서로에게 관대할 수 있어. 내가 약하니까 타인의 약점을 볼 수 있어. 보듬어줄 수 있거든."

용민이의 말에 태만은 할 말을 잊었다. 잠시 흥분했던 용민이 숨을 가다듬고 말했다.

"내가 잘못 생각한 건 맞아. 극단에 몰리자 실수한 거야. 그 점은 가족들에게 미안해. 앞으로 살아가면서 갚을게. 지켜봐줘."

"여보……."

"아빠……."

부인과 딸이 눈물을 훔쳤다. 용민이 애써 감정을 누르며 말했다.

"실은 다리에서 뛰어내리는 순간 깨달았어. 아버지 때문이 아니라 결국 내가 선택한 일이라는 거. 그리고 만약 여기서 살아난다면 열심히 살아가겠다고 다짐했지. 어쨌건 날 혼내러 와줘서 고맙네. 가슴속 응어리가 풀린 것 같아."

용민의 눈이 촉촉하게 젖었다. 반성하는 용민을 보니 조금은 마음이 놓였다. 태만은 푹 쉬라는 말을 끝으로 병실을 나섰다.

며칠 뒤 용민이 태만을 찾아왔다. 둘은 예의 그 생목살집으로 향했다. 태만이 용민에게 소주를 건네며 물었다.

"몸은 괜찮으세요?"

"그럼, 괜찮아. 아니 예전보다 더 좋아진 것 같아, 흐흐."

"앞으로 어떻게 하실 거예요?"

"죽음의 문턱까지 다녀온 사람인데 뭔들 못할까. 걱정 마, 다신 내 목숨을 거는 멍청한 짓은 하지 않을 테니."

용민이 태만을 안심시켰다. 태만은 빙그레 웃으며 화제를 돌렸다.

"근데 여기 생목살 진짜 맛있는데요."

"그럼, 우리 아버지가 입맛 하나는 까다로웠어. 아버지가 알려준 맛집은 이십 년이 지난 지금도 맛있어."

용민이 처음으로 아버지를 칭찬했다.

"이번 일로 난 어떤 아버지로 기억될까 하는 생각을 하게 되더라고. 우리 딸에게 난 어떤 아버지일까?"

태만은 조용히 술잔을 비웠다. 아영이 떠올랐다.

"딸아이에게 좋은 아버지는 못 되더라도 자살한 아버지로 남고 싶지는 않더라고. 내 생애 아버지가 중요한 만큼 내 딸도 아주 중요하다는 걸 깨달았어. 이게 다 태만 아빠 때문이야. 고마워, 정말 고마워."

"아닙니다. 제가 고맙습니다. 아드님 아니었으면 약한 걸 최악이라 생각했을 거예요. 또 칭찬만 하는 아버지가 좋은 아버지라고 착각했을 거고요."

"그렇게 말해주니 고맙네. 그래서 말인데 가끔 날 혼내주겠나?"

용민이 어렵게 말을 꺼냈다.

"아드님이 원하시면 언제든지요."

용민이 환하게 웃었다. 태만이 술잔을 들며 말했다.

"아드님의 퇴원을 축하하며 건배!"

"아버님의 건강을 위해 건배!"

용민과 태만은 각각 술잔을 비웠다. 뜨거운 술만큼 가슴이 뜨거워졌다. 아버지는 술 같은 존재가 아닐까. 힘들 땐 위로가 되고 기쁠 땐 함께 기뻐해주는 존재. 태만은 용민에게 그런 사람이 되고 싶었다. 용민과 태만은 밤늦도록 술잔을 비웠다.

개점
휴업

 일을 시작하고 두 달 동안 단 한 차례도 쉬지 못했다. 평일은 평일대로 바빴고 주말이나 휴일엔 행사가 많았다. 태만은 오늘만은 쉬려고 스케줄을 조절했다. 모처럼 늦잠을 자는데 열 시가 조금 넘어 휴대폰이 울렸다. 태만은 잠결에 전화를 받았다.
 "여보세요."
 "안녕하세요, 강미연입니다. 주무시고 계셨나요?"
 미연이라는 소리에 태만은 잠이 확 달아났다. 일전에 진태 할머니가 태만을 내쫓은 이후 오랜만이었다. 무슨 일이 생긴 걸까? 태만은 자리에서 벌떡 일어나며 말했다.
 "아닙니다. 아침 일찍 일어났습니다. 말씀하십시오."
 "아, 네. 저 실은 어려운 부탁 좀 드리려고요."

미연의 목소리가 미세하게 떨렸다.

"제가 할 수 있는 일이라면 도와드릴게요."

"실은 몇 주 전부터 어머니가 손톱을 질근질근 씹으셔서 손톱이 많이 망가졌어요. 매니큐어를 발라야 할 텐데."

매니큐어를 발라야 하면 바르면 되지 않나? 그걸 왜 어려운 부탁이라고 하는 거지? 태만은 다음 말을 기다렸다.

"그런데 어머니께선 남편이 아니면 절대 다른 사람에게 손을 맡기지 않으세요. 그래서 아영이 아버님이 오셔서 도와주셨으면 해서요. 달리 부탁할 곳도 없고, 얼마 전에는 어머니가 상연 씨라고 믿기도 하셔서……."

"하지만 마지막엔 진태 아빠가 아니라는 걸 눈치채셨잖아요."

태만은 불안했다. 미연이 말을 이었다.

"그 기억마저 잊으셨을 거예요. 그러니 그냥 상연 씨처럼 연기하시면 돼요. 정신이 온전히 돌아오는 경우는 극히 드물거든요."

미연이 태만을 안심시켰다. 그런데 매니큐어라니, 매니큐어를 어떻게 발라준단 말인가.

"하지만 매니큐어 바르는 법도 모르고…… 그건 여자들이…… 더 잘 바르지 않을까요?"

"제가 가르쳐드릴게요. 상연 씨도 저에게 배웠어요."

미연이 기다렸다는 듯이 말했다. 어머니를 위해 매니큐어 바르는 것까지 배우다니 미연의 남편이라는 사람이 정말 대단해 보였다. 그러나 태만은 굳이 배우면서까지 이 일을 해야 하나 망설였다. 미연이 한 번 더 부탁했다.

"의외로 쉬워요. 금방 배워요."

휴, 거절할 수가 없었다. 결국 약속 시간을 정하고 전화를 끊었다. 태만은 지수 화장대로 갔다. 아무리 가르쳐준다고 해도 매니큐어가 뭔지는 알고 가야 했다. 손톱에 바르는 건 알겠는데 어떻게 생긴 건지 기억이 나지 않았다. 본 적이 있긴 한데 자세히 보지 않으니 도통 알 수가 없었다. 태만은 화장대를 살피며 중얼거렸다.

"어떤 게 매니큐어야?"

마침 안방으로 들어오던 아영이 물었다.

"뭐해, 아빠?"

"아영아, 잘 왔다. 너 매니큐어가 뭔지 아냐?"

"손톱에 바르는 거잖아."

아영이 퉁명스럽게 말했다. 누가 그걸 모르나. 답답한 태만이 물었다.

"그러니까 어떻게 생긴 거냐고."

그제야 아영이 태만 옆으로 다가와 화장대를 살피더니 고개를 흔들며 말했다.

"여긴 없는데. 미용실에 가봐. 거기 많아."

아, 이제야 기억이 났다. 몇 년 전 미용실 건너편에 헤어숍이 하나 생겼다. 강남 스타일을 표방한 그곳은 지수가 운영하는 미용실과 차원이 달랐다. 고급스러운 분위기 속에서 머리 손질을 받다 보면 스스로 훌륭한 사람이 된 것 같은 착각이 들곤 했다. 그 정도로 서비스가 좋았다. 당연히 손님들은 헤어숍을 찾았고 위기감을 느낀 지수가 특별 이벤트로 매니큐어를 공짜로 발라준 적이 있었다. 태만은 미용실로 나갔다.

미용실은 한적했다. 가게를 내놓았다는 소문이 퍼지면서 장사도 예전 같지 않았다. 태만은 지수의 위치를 확인했다. 지수가 알면 좋을 게 없었다. 다행히 지수는 보이지 않았다. 태만이 매니큐어를 찾고 있는데 갑자기 피팅룸에서 지수가 튀어나왔다. 태만이 화들짝 놀라며 소리쳤다.

"아, 놀래라! 인기척 좀 해!"

"내 집에서 무슨 인기척이야. 근데 여기서 뭐하고 있어?"

모처럼 곱게 차려입은 지수였다. 태만이 지수를 힐끔 쳐다보며 물었다.

"아무것도 안 해. 어디 가?"

"대머리가 새 가게 나왔다고 보러 오라고 해서."

"같이 가줄까?"

태만은 마음에도 없는 소리를 했다. 지수가 신발을 갈아 신으며 말했다.

"아냐, 당신은 가게 좀 봐줘. 그럼 다녀올게."

지수는 태만의 대답을 기다리지도 않고 미용실을 나섰다. 가게를 보러 갈 때마다 이상하게 싸우고 돌아오는 일이 많아 결국 지수는 혼자 보러 다니겠다고 선언했다. 그 편이 태만도 편했다. 어차피 지수가 일할 곳이니 그녀가 결정하는 게 맞았다. 태만은 마음 편하게 매니큐어를 찾았다.

　매니큐어는 카운터 위쪽 선반에 나란히 진열되어 있었다. 다양한 색깔의 매니큐어를 보니 어릴 적 미술 시간에 쓰던 수채물감이 떠올랐다. 어떤 색이 좋을까. 뜨거운 칠월이니까 붉은색? 태만은 선반에서 붉은색 매니큐어를 꺼냈다.

　세상에, 태만은 매니큐어를 바르는 일이 이렇게 힘든 일인지 처음 알았다. 손은 왜 이리 떨리는지, 삐뚤빼뚤은 기본이고 매니큐어가 손끝에 맺혀 고르지 못했다. 몇 번을 반복했지만 결과는 같았다. 도대체 여자들은 이 어려운 걸 어떻게 바르는지. 새삼 여자들이 대단하게 느껴졌다.

　"아, 진짜 힘들어. 이걸 어떻게 발라."

　태만은 오른손을 다 바르지도 못하고 기진맥진했다. 그때였다. 종소리가 딸랑 울리며 혜령이 미용실로 들어왔다.

　"아영 엄마, 나 드라이 좀……."

　혜령과 태만의 시선이 마주쳤다. 그리고 아주 짧은 순간이었지만 혜령은 보고 말았다, 붉은 매니큐어를 칠한 태만의 모습을. 놀란 혜령이 황급하게 돌아서며 말했다.

　"저는 아무것도 못 봤습니다. 못 봤어요."

　"잠깐만요, 혜령 씨. 그게 아니고요……."

　태만은 당황해 혜령을 불렀다. 그러나 혜령은 뒤도 돌아보지 않고 가게를 나갔다. 이런 젠장, 혜령은 동네 확성기였다. 혜령이 알면 다음 날 동네 사람 모두가 알았다. 그대로 전하는 게 아니라 왜곡하고 확대해서 전하는, 문제의 확성기였다. 내일이면 지수의 귀에 들어갈 것이다. 태만은 붉은 손톱을 내려다보았다, 젠장.

…

 미연은 자신이 일하는 홈쇼핑 스튜디오로 태만을 초대했다. 새 상품 홍보 때문에 도저히 시간을 낼 수 없다고 했다. 태만은 스튜디오도 구경할 겸 알았다고 했다. 약속 시간보다 일찍 도착한 스튜디오는 생방송을 준비하느라 분주했다.
 태만이 쭈뼛거리며 스튜디오 안으로 들어갔다. 맞은편에서 바삐 뛰어오던 스태프를 피하려다 카메라에 머리를 부딪혔다. 쿵 하고 소리가 크게 났다. 아프기보다는 창피했다. 태만이 머리를 감싸 안으며 비명을 삼키는데 스태프가 무섭게 노려보며 손을 입에 댔다.
 "조용히 하세요. 이제 곧 방송 들어갑니다."
 "죄송합니다."
 "조용히 하라니까요!"
 스태프가 다시 한 번 주의를 주었다. 나 참, 사과도 못하나, 태만은 유난 떠는 스태프가 못마땅했다. 마침 방송을 알리는 사인 소리가 들렸다.
 "레디, 큐!"
 그와 동시에 미연의 목소리가 들렸다. 무대 중앙을 보니 미연이 한창 생방송 중이었다.

여러분 밥솥이라고 다 똑같다고 보시면 안 됩니다. 쿡 밥솥은 태생부터 다릅니다. 오십 년 역사를 가지고 있는 밥솥은 오직 하나…….

태만은 미연을 향해 손을 흔들었다. 미연이 태만을 알아보고는 아무도 모르게, 그러나 태만은 알 수 있도록 고개를 끄덕이며 살짝 웃었다. 연인들의 비밀 암호 같은 미연의 미소에 태만은 세상을 다 얻은 것 같았다. 게다가 여신의 방송을 이렇게 가까이 보다니 꿈만 같았다.
"많이 기다리셨죠?"
방송이 끝나자 미연이 무대에서 내려오며 말했다. 무대 뒤 조명을 받은 미연의 모습은 천사가 따로 없었다. 방송국에서 일하는 모습을 보니 또 다른 느낌이었다. 태만의 가슴이 또다시 뛰기 시작했다. 두근두근.
"아닙니다. 오히려 즐거웠습니다. 생방송으로 보니까 더 좋은데요. 물건을 사지 못해 아쉽기는 했지만요."
"아영 아버님은 정말 친절하세요. 진태가 따르는 이유를 알 것 같아요. 이쪽으로 따라오세요."
미연이 앞장섰다. 태만은 미연을 쫓아가며 말했다.
"네."
미연이 안내한 곳은 개인 분장실이었다. 커다란 거울이 달린 화장대와 편히 쉴 수 있는 소파, 그리고 각종 음식을 넣을 수 있는 냉장고가 눈에 띄었다. 그러나 무엇보다 은은한 향기가 태만의 몸을 달뜨게 했다. 미연은 화장대 앞 의자에 앉으며 말했다.

"이쪽으로 앉으세요."

미연이 옆 의자를 가리켰다. 세상에, 미연의 개인 분장실에 온 것만 해도 기절할 것 같은데 옆에 앉으라니. 태만은 심장이 머리에서 뛰는 것처럼 심장박동 소리가 크게 들렸다. 두근두근. 미연이 화장 가방을 열며 말했다.

"매니큐어는 발라본 적 있으세요?"

"일전에 말씀하셔서 연습 삼아 발라봤는데 엄청 어렵더라구요. 잘 발리지 않아 엉망이었어요."

"연습도 하시고 역시 아빠는 최고예요. 그럼 실력 한번 볼까요? 여기부터 발라주세요."

미연이 태만 앞으로 손을 내밀었다. 유난히 가늘고 하얗게 빛나는 미연의 손을 보자 또다시 심장이 요동쳤다. 두근두근, 두근두근. 태만은 조심스럽게 미연의 손을 잡고 손톱에 매니큐어를 칠했다. 긴장한 탓에 삐뚤삐뚤 엉망이었다.

"그렇게 하시면 안 돼요."

미연이 과감하게 태만의 무릎에 손을 얹으며 말했다.

"손톱이 보이도록 제 손을 태만 씨 무릎에 얹으세요. 그리고 왼손으로 잡아 고정하세요, 움직이지 않게."

미연은 태만의 왼손이 자신의 손을 잡게 하더니 하나하나 자세를 만들었다. 미연의 손이 닿자 무릎이 사시나무 떨리듯 떨렸다. 미연이 말을 이었다.

"손톱에 칠할 때는 아랫부분을 먼저 발라줘야 해요. 그래야 꼼꼼히 발리거든요. 그리고 위에서 아래로 한 번에 내리는 거예요. 이렇게, 쓱."

미연은 태만의 오른손을 잡고 도와주었다. 쓱, 미연 말대로 매니큐어가 잘 발렸다. 혼자 할 땐 그렇게 안 발리더니 신기하기만 했다. 그러나 미연의 손에 맡긴 무릎은 여전히 떨렸다. 그리고 아랫도리가 점점 불편해졌다. 미연이 태만에게 손을 완전히 맡기며 말했다.

"자, 이제 해보세요."

매니큐어 바르는 게 뭐라고 이렇게 떨리다니, 태만은 한숨을 크게 내쉬었다. 그리고 미연이 가르쳐준 대로 매니큐어를 칠했다.

"손을 고정하고, 손끝 한 번 칠해주고, 그대로 쓱."

말과는 달리 엉성하게 칠해졌다. 미연이 긴장한 태만을 응원했다.

"잘하셨어요. 아까보다 나아요. 다시 발라주세요."

미연이 다시 손을 내밀었다. 칭찬을 들은 태만은 기분이 좋았다. 더 잘하고 싶었다. 그래서 집중했다. 분장실에 진태와 아영이 들어오는 줄도 모르고.

"엄마! 우리 끝났어!"

분장실 문을 열고 진태가 들어왔다. 미연이 반기며 물었다.

"벌써 끝났어?"

"응, 편집실도 구경했어."

"편집실까지? 그럼 다 봤네. 어땠어?"

"완전 재밌었어. 나 카메라맨 될래."

진태가 대답했다. 진태의 목소리를 들은 태만이 고개를 들었다. 오랜만이었다. 못 본 사이 부쩍 큰 것 같았다. 태만이 빙그레 웃자 진태가 깜짝 놀라며 물었다.

"어? 아저씨! 여기서 뭐하세요?"

그와 동시에 아영의 목소리도 들렸다.

"아빠, 여기서 뭐하는 거야?"

태만은 아영과 눈이 마주쳤다. 놀란 토끼처럼 아영의 눈이 휘둥그레졌다.

"아영아…… 그게……"

태만은 다급하게 자리에서 일어났다. 그 바람에 화장 가방이 넘어지고 매니큐어가 떨어지면서 미연의 옷에 쏟아졌다. 놀란 미연이 자리에서 벌떡 일어나며 소리쳤다.

"악! 어떡해! 이 옷 협찬받은 건데!"

"아, 죄송해요. 죄송해요."

당황한 태만은 화장지를 뽑아 미연의 옷을 닦았다. 그런데 어째 색이 더 번졌다. 미치고 팔짝 뛸 것 같았다. 그때였다. 아영이 미연을 밀치며 소리쳤다.

"난 절대 쇼핑호스트 따윈 되지 않을 거야!"

미연에게 매니큐어를 발라주는 태만을 오해하는 게 분명했다. 상황이 점점 절망으로 치닫는 느낌이었다. 태만은 아영을 다그쳤다.

"채아영, 아주머니에게 뭐하는 거야? 버르장머리 없이! 어서 사과하지 못해!"

"내가 뭘? 사과는 아빠가 해."

아영이 지지 않고 소리쳤다. 아, 이놈의 지지배. 한마디도 안 진다, 한마디도. 태만이 아영의 손을 잡아끌며 말했다.

"아빠가 왜 사과해야 하는데?"

"진태 엄마 손에 매니큐어 발라주고 옷에 매니큐어 떨어졌다고 닦아주고. 엄마가 알면 실망할 거야!"

"아영아, 네가 오해하는 게 있는데……."

"나 오해하는 거 없어. 아빤 집에선 아무것도 안 하면서 진태네 집에선 형광등도 갈아주고 게임도 함께 하고, 그것도 모자라 이젠 진태 엄마 손에 매니큐어도 발라주는 거야? 아빤 누구 아빠야?"

"그거야. 네가 아빠 쓸모없다고 바꿔서 그렇게 된 거잖아."

"그럼 진태 아빠 해. 그러면 되겠네!"

아영이 뛰쳐나갔다. 태만은 대낮에 강도를 당한 것 같았다.

"쟤가 왜 저래?"

"가보세요. 아영이가 많이 오해하고 있네요."

미연이 차분하게 말했다.

"하지만 어머님을 만나기로……."

"일단 아영이부터 달래세요. 어머님이야 하루 늦게 만난다고 달라지지 않아요."

요즘은 얼굴 예쁜 사람이 마음도 예쁘다. 태만은 미연에게 미안하고 또 고맙다고 인사하고 아영을 쫓아갔다.

"아영아~~ 채아영~~"

...

"그렇게 진태 엄마가 좋으면 진태 아빠 하라고."

아영은 서운했다. 쓸모없다며 바꾸겠다고 하긴 했지만 아빠가 싫어서라기보다는 힘들어하는 엄마를 위한 마음이 컸다. 아빠와 자신을 위해 열심히 일하는 엄마에 대한 의리 때문이었다. 그런데 아빠는 그런 엄마에게 전혀 고마워하지 않았다. 그 점이 화가 났다.

"아, 진짜. 너까지 왜 그래?"

태만이 아영을 잡아 세웠다. 아영이 태만을 무섭게 노려보았다.

"내가 뭘?"

태만은 답답했다. 이 모든 원인은 아영에게 있었다. 그런데 왜 갑자기 화를 내는지 알 수가 없었다. 태만은 고개를 흔들며 말했다.

"진태 할머니가 매니큐어 바르는 걸 좋아하신다고 해서…… 그거 연습하고 있었어. 그런데 네가 들어왔고……."

"결국 나 때문이네. 나 때문이니까 내가 해결하면 되겠네."

아영은 눈을 부릅뜨고 따졌다. 아빠도, 진태 엄마도, 진태도 모두 미웠다. 태만이 당황했다.

"네가 어떻게 해결할 건데?"

"'아빠를 빌려드립니다' 사이트 없앨 거야."

아영은 태만을 향해 소리를 질렀다. 그리고 달리기 시작했다. 등 뒤에서 태만이 불렀지만 아영은 돌아보지 않았다. 이 모든 게 아영이 사내아이가 아니기 때문에 일어난 일이다.

태만은 입버릇처럼 아들을 갖고 싶다고 했다, 아영이 아주 어릴 때부터. 아영은 태만의 소원을 들어주기 위해 사내아이처럼 행동했다. 서서 오줌을 싸기도 하고 사내아이들과 어울려 딱지치기나 구슬치기도 했다. 그러나 얼마 안 가 아영은 절대 사내아이가 될 수 없다는 걸 깨달았다. 그건 신체의 문제였다. 그 뒤 한동안 슬픔에 빠져 있었다.

"아빠 날 사랑하지 않아."

그간 태만이 괴롭혔던 건 아영을 사랑하지 않기 때문이었다. 순간 눈물이 뺨을 타고 흘러내렸다. 아영은 눈물이 마를 때까지 걷고 걸었다. 그날 밤늦게 집으로 돌아온 아영은 '아빠를 빌려드립니다' 카페에 공지를 올렸다.

그동안 아빠를 사랑해주신 분들 정말 고맙습니다.
개인적인 일로 잠시 쉽니다.

어머니!
　엄 마?

태만은 약속 장소인 버스 정류장에 도착했다. 늦은 밤 인적 끊긴 버스 정류장은 한적했다. 때마침 비마저 주적주적 내려 스산한 분위기였다. 버스를 기다리는 사람은 태만뿐이었다.

열 시 십 분, 태만은 시간을 확인했다. 열 시에 도착한다고 했는데 조금 늦어지는 모양이었다. 기다리는 일은 여전히 적응이 안 된다. 지루해진 태만은 보도블록을 세기 시작했다. 하나, 둘, 셋…… 스물 아홉, 서른…… 가는 빗줄기 사이로 희미한 불빛이 보였다. 버스가 한 대 도착했다.

"아빠!"

이십대로 보이는 젊은 여자가 버스에서 내려 태만에게 뛰어왔다.

"많이 기다렸죠. 비가 와서 차가 좀 밀렸어요."

"기다리긴, 아빠도 방금 왔어. 여기 우산."

태만은 들고 있던 우산을 건넸다. 이십대가 태만의 우산 속으로 들어오더니 스스럼없이 팔짱을 꼈다. 이십대의 거침없는 스킨십에 태만은 소스라치게 놀랐다. 이십대가 목소리를 낮게 깔며 말했다.

"놀라지 마세요. 어디에선가 분명 절 지켜보고 있을 거예요. 아빠가 가짜라는 걸 알게 되면 곤란하니까 편하게 생각하세요."

"아, 네. 알았어요."

태만은 애써 웃으며 이십대를 따라 걸었다. 이십대가 오늘 있었던 일들을 털어놓았다. 친구들이랑 학식에서 밥 먹은 이야기부터 갑자기 휴강을 해버린 똘아이 교수 이야기까지. 태만은 진짜 이십대의 아빠가 된 것 같았다.

아영이 이렇게 곱게 자라주면 고맙겠다는 생각을 잠시 했다가 고개를 흔들며 털어냈다. 요즘 아영의 행동이 영 마음에 들지 않았다. 그날 이후 아영은 태만과 말도 섞지 않았다. 심지어 태만과 마주치지 않기 위해 피해 다녔다. 몇 번 아영과 대화를 시도하던 태만은 제풀에 지쳐 포기했다.

"됐어. 나도 할 만큼 했다고."

"뭐라고요?"

이십대가 물었다. 태만은 고개를 흔들며 말했다.

"아니야, 그냥 갑자기 다른 생각이 나서……."

"아빠도 참 싱거워."

며칠 전 이십대가 다급한 목소리로 연락을 했다. 밤마다 자신을 쫓아오는 사람이 있다고 했다. 집에만 들어오지 않으면 괜찮다고 생각했는데 얼마 전 도둑이 들었다고. 끔찍한 건 돈이나 귀중품엔 손도 안 대고 속옷만 가져갔다는 것이다.

"몇 군데 이사를 다녔는데 그때마다 어떻게 알았는지 계속 쫓아오더라고요."

겁이 난 이십대는 경찰에게 도움을 청했다. 그러나 경찰들은 아무것도 해주지 않고, 오히려 늦은 밤에 돌아다닌다며 화를 냈다. 적반하장도 유분수지, 여자들이 늦은 밤에 돌아다녀도 되는, 안전한 사회를 만들기 위해 경찰이 있는 거 아닌가? 그날 이후 이십대는 경찰에겐 절대 의지하지 않았다.

하지만 그 후에도 스토커는 집요하게 쫓아다녔고 이십대는 결국 개인 사설 경호원을 고용했다. 효과가 있었는지 한동안은 스토커가 나타나지 않았다. 그러나 비싼 비용이 문제, 이십대가 사설 경호원 서비스를 그만두자 또다시 나타났다.

"아빠가 마중 나오니까 진짜 좋아요."

이십대가 방긋 웃었다. 태만도 그녀와 함께 걸으니 기분이 좋았다.

"나도 좋네, 흐흐."

"그런데 아빠, 아빠 렌털 사업은 정말 안 하실 거예요?"

"무슨 소리야, 네가 삼십대가 되고 육십대 할머니가 될 때까지 할 건데. 왜? 아빠가 금방 그만둘까 봐 겁나?"

태만은 이십대를 안심시키기 위해 말했다. 이십대가 풋 하고 웃었다.

"아뇨, 홈페이지에 공지가 떠서요."

"공지?"

"네, 잠시 휴식기를 갖는다고……."

"그래? 난 공지 낸 적 없는데? 우리 카페 맞아?"

"네, 전 '아빠를 빌려드립니다' 카페에만 가입했어요."

"이상하네. 확인해봐야겠다."

태만은 어색하게 웃으며 말했다. 이십대가 쐐기를 박았다.

"네, 꼭 확인해보세요. 이제 전 아빠 없으면 안 돼요."

이십대가 환하게 웃었다. 이 맛에 딸을 키운다고 하나 보다. 정말이지 하루 동안 쌓인 피로가 한순간에 풀리는 것 같았다. 아영도 애교가 많으면 얼마나 좋을까.

그때였다. 눈앞에서 번쩍하고 번개가 내리쳤다. 뭐가 부딪히는 둔탁한 소리가 들리고 머리가 깨질 듯이 아팠다. 까무잡잡한 얼굴에 쥐처럼 생긴 녀석이 도망치는 걸 보았다. 그게 전부였다. 이십대가 놀라 비명을 질렀다. 그 소리마저 점점 멀어지더니 눈앞이 깜깜해졌다. 거짓말처럼 아무것도 기억나지 않았다.

…

한밤중 전화벨이 울렸다. 지수는 손을 뻗어 전화기를 찾았다. 한밤중에 전화가 오는 경우는 두 가지다. 누군가 다치거나 죽거나.

"여보세요. 네, 제가 채태만 씨 아내 되는 사람인데요. 네?"

깜짝 놀란 지수가 자리에서 벌떡 일어났다.

"네, 네. 알겠습니다. 금방 갈게요."

전화를 끊고도 지수는 한동안 멍하니 앉아 있었다. 꿈인지 현실인지 구분이 되지 않았다. 아영이 몸을 뒤척이며 물었다.

"누구야? 아빠야?"

"아무것도 아니야. 더 자."

지수는 아영을 다독여 재웠다. 병원이라고 했다. 태만이 다쳤다고, 보호자가 와야 치료가 가능하다고 했다. 지수는 아영이 잠든 걸 확인하고 일어섰다. 마음이 급했다.

밤이 깊은데도 응급실은 환자들로 분주했다. 교통사고가 났는지 피투성이의 환자들이 줄지어 지나갔다. 그들을 보니 더 걱정이 되었다. 도대체 어디가 다친 건지. 지수는 침대에 누워 있는 환자들을 확인했다. 그러나 어디에도 태만은 보이지 않았다. 불길한 예감이 엄습했다.

"아냐, 아영 아빠는 운이 좋은 사람이야. 절대로 크게 다치지 않았을 거야."

지수는 차트를 들고 있는 간호사에게 다가갔다.

"채태만 환자 어디 있어요?"

"채태만 씨요?"

"네."

"잠깐만요."

간호사가 차트를 넘기며 말했다. 제발 크게 다치지 않았길 지수는 기도하는 마음으로 기다렸다. 그때였다. 간호사 뒤로 태만이 젊은 여자아이와 다정하게 걸어왔다. 아프다는 사람이 젊은 여자와 걸어오다니 지수 눈에서 불똥이 튀었다. 저 인간이 저거, 화가 난 지수는 태만과 여자아이 앞을 막아서며 말했다.

"뭐야? 다쳤다더니 어떻게 된 거야?"

"아, 지수야…… 그게……"

화가 난 지수가 이십대를 턱으로 가리키며 물었다.

"이 아가씬 누구고?"

"아, 그러니까……"

당황한 태만이 제대로 말을 하지 못하자 이십대가 나섰다.

"아빠에게 제가 신세 좀 졌어요. 그런데 그 일 때문에 다치기까지 하셔서……"

"아빠? 아빠라니? 이 사람이 왜 당신 아빠야?"

지수가 이십대에게 따져 물었다. 태만의 첫사랑은 아니지만 첫사랑에 실패한 태만이 의지한 사람은 오로지 지수 하나였다. 첫사랑과 실수를 했다 해도 이런 큰 딸을 낳을 리가 없었다. 이십대가 말했다.

"그러니까 아빠 사이트……"

태만이 이십대를 툭 치며 눈치를 주었다. 이십대는 더 이상 말하지 않았다. 이상했다. 지난번 진태 엄마 사건 이후로 태만의 행동이 점점 더 이상해졌다. 게다가 아빠 사이트라니. 지수는 태만을 다그쳤다.

"아빠 사이트라니? 당신 원조교제 해?"

"원조교제라니 무슨 말을 그렇게 해? 내가 원조교제 하게 생겼어?"

태만이 큰 소리로 말했다. 방귀 뀐 놈이 성낸다고 성질을 내는 걸 보면 분명 뭔가 걸리는 게 있었다. 태만이 말을 이었다.

"이 친구 대리 해주는데 집 앞에서 강도를 만난 거야. 그 강도한테 머리 맞아서 이렇게 이마가 찢어졌잖아."

태만이 상처를 보여주었다. 강도를 만났는지 안 만났는지는 모르겠지만 상처는 꽤 깊어 보였다.

"보호자 없이 치료 못한다고 해서 일단은 제가 보호자라고 하고 치료부터 했어요. 밤늦게 걱정 끼쳐드렸다면 죄송합니다."

이십대가 사과했다. 둘 사이는 깨끗한 것 같았다. 그래도 이상하게 찜찜했다. 뭐라 콕 집어 말할 수는 없는데 그냥 이상했다.

"난 이제 괜찮으니까 집에 가면서 이야기하자. 그 전에 민아 씨 집까지 바래다주고."

태만이 지수와 이십대를 동시에 끌었다. 못마땅한 지수가 태만의 손을 뿌리치며 말했다.

"저 아가씨 손이 없어 발이 없어. 왜 바래다줘야 해?"

"밤이 늦었잖아. 입장 바꿔 아영이가 밤길을 혼자 간다고 생각해 봐. 게다가 집 앞에서 강도까지 만났다니까."

태만이 능청스럽게 말했다. 강도라니, 거짓말을 할 거면 그럴 듯하게 할 것이지. 지수는 태만의 말이 믿기지 않았다. 눈치 빠른 이십대가 괜찮다며 혼자 가겠다고 했다. 그러나 태만은 기어이 이십대를 집 앞까지 바래다주었다. 이십대가 들어가는 걸 보고 나서야 태만은 집으로 향했다. 못마땅한 지수가 말했다.

"아주 열부 나셨어, 열부. 도대체 무슨 관계야?"

"괜한 소설 쓰지 마. 아무 관계도 아니니까. 젊은 여자가 불쌍하잖아."

태만이 지수를 나무랐다. 이상했다. 정말 이상했다. 지수의 의심은 커져만 갔다.

…

괜찮으세요?

미연에게서 문자가 왔다. 안부를 묻는 문자라니. 미연은 개인적으로 안부를 묻는 스타일이 아니었다. 태만이 답했다.

네. 저는 잘 있습니다. 그런데 무슨 일로?

카페에 들어갔더니 개인 사정으로 휴업을 한다고 해서요.

휴업이라니? 주인이 모르는 휴업이 있을 수 있나. 태만은 문자를 보냈다.

저도 모르는 휴업이라니, 확인해보고 연락드릴게요.

아, 그럼 휴업이 아닐 수도 있다는 거군요. 제일 반가운 말입니다. 확인하고 연락 주세요. 어머님이 기다리고 계세요.

매니큐어를 발라드리겠다고 하고선 아영이 난리치는 바람에 깜빡 잊고 있었다. 태만이 답을 보냈다.

아, 제가 깜빡 잊고 있었네요. 어머니 뵈러 가야죠. 그럼 확인하고 연락 드릴게요.

태만은 카페에 접속했다. 접속하자마자 공지 글이 떴다.

그동안 아빠를 사랑해주신 분들 정말 고맙습니다.
개인적인 일로 잠시 쉽니다.

이런 일을 저지를 사람은 딱 한 명이다. 채아영. 태만은 아영을 불렀다.
"아영아! 채아영!!!"
아영은 대답이 없었다. 하, 언제는 아빠를 재활용하겠다며 사람 속을 박박 긁더니 이젠 그만두라며 또다시 속을 긁었다. 도대체 어떻게 교육을 시킨 건지 너무 제멋대로였다. 흥분한 태만이 아영의 방 문을 열었다. 아영이 책상에 앉아 책을 읽고 있었다. 태만이 소리 쳤다.

"야! 채아영! 아빠가 부르는 소리 못 들었어?"

"응, 못 들었는데."

아영이 태연하게 거짓말을 했다. 어휴, 저걸. 쥐방울만 한 녀석이 머리 좀 컸다고 거짓말이나 하고. 태만은 속이 부글부글 끓었다. 태만이 물었다.

"너 왜 이상한 공지 올렸어?"

"무슨 공지?"

"당분간 개인적인 일로 쉰다고 올렸잖아. 왜 그랬냐고?"

"아, 난 또. 사이트 지운다고 했잖아. 지우진 않고 잠시 휴업하려고."

아영이 태연하게 마치 자신이 사장인 양 말했다. 가뜩이나 얄미웠던 아영이 더 얄미워졌다. 흥분한 태만의 목소리가 커졌다.

"너 진짜, 그게 네 거야? 그런 일은 아빠랑 상의를 해야지."

"난 아빠가 진태 엄마에게 매니큐어 발라주고 진태랑 놀아주는 거 싫어."

"아빠가 진태랑 왜 놀아주는 거 같아? 너 돈 못 벌어 오는 아빠 싫다며, 그래서 돈 벌려고 열심히 일하는데 이젠 그게 싫다고? 도대체 아빠보고 어쩌라는 거야?"

아영은 아무 말도 못했다. 할 말이 없었다. 태만의 말이 다 옳았다. 그래도 태만이 진태에게 필요 이상으로 잘해주는 건 싫었다.

"나도 몰라! 나도 어떻게 해야 할지 모르겠어! 그런데 이건 아닌 것 같아. 그래서 나도 생각 좀 하려고. 생각할 시간이 필요하니까 나 좀 혼자 있게 내버려둬!"

아영이 태만을 쫓아냈다. 태만은 기가 막혔다. 요즘 아이들은 저런 건가? 어른 말에 하나도 지지 않고 또박또박 말대꾸하는 것도 모자라 혼자 있고 싶다니. 태만은 아영을 이해할 수가 없었다. 아영이 소리 나게 방문을 닫았다. 태만은 마지막까지 소리쳤다.

"너 공지 새로 올려. 착오가 있었다, 쉬는 날 없다. 공지 써!"

쿵 하고 닫힌 방문이 울렸다. 아영이 방문을 향해 뭔가를 던진 모양이었다. 이놈의 지지배가 정말 못된 것만 배워서, 쓸데없이 고집 부리는 건 지수랑 똑같았다. 내 속으로 낳은 자식이지만 어떨 땐 정말 재앙 같았다. 결국 태만은 공지를 지우고 직접 글을 올렸다.

잠시 착오가 있었습니다. 아빠는 개인적인 일로 쉬는 날이 없을 겁니다. 왜냐하면 우리네 부모님들이 단 한 순간도 자신들의 역할을 내려놓지 않기 때문입니다. 그런 의미에서 회원분들에게 더욱 좋은 아빠가 되겠습니다. 고맙습니다.

실시간으로 다행이라는 댓글이 올라왔다. 태만은 한숨을 크게 내쉬고 미연에게 문자를 보냈다.

새 공지를 올렸습니다. 확인해보세요. 그리고 오늘 어머니 뵈러 갈까요?

 좋습니다. 어머니 집 앞에서 봬요. 정말 고맙습니다.

 미연이 바로 연락을 했다. 마음 졸이며 기다렸을 미연의 모습이 눈에 선했다. 태만은 가장 좋은 옷으로 갈아입고 진태 할머니 댁으로 향했다.

…

"어머니, 저희 왔어요."
 미연은 집 안으로 들어서며 말했다. 진태 할머니가 알아듣지 못한다는 걸 알면서도 미연은 언제나 반듯하게 행동했다. 태만은 말없이 그 뒤를 쫓았다. 오늘따라 유난히 역한 냄새가 진동했다.
 "도우미 아줌마는 어딜 간 거지? 어머니!"
 미연은 닫혀 있는 창문을 열며 진태 할머니 방을 향해 걸어갔다. 미연이 미안하다는 표정으로 태만을 돌아보았다. 태만은 손을 들며 괜찮다고 천천히 하라고 했다. 미연이 먼저 진태 할머니 방으로 들어갔다. 태만은 벽에 걸린 그림을 보았다. 황금색 배경의 그림, 화가 이름이 클림트라고 했던가. 태만이 두 남녀가 엉켜 있는 그림으로 다가가는데 어디선가 희미하게 신음이 들렸다.
 "으⋯⋯ 으⋯⋯."

뭐지? 태만은 신음을 따라 걸었다. 욕실이었다. 욕실에서 희미하게 신음이 들려왔다. 문을 열려고 하자 뭔가에 걸렸는지 꼼짝도 하지 않았다. 태만은 조금 더 힘을 주어 문을 밀었다. 문이 열리자 신음이 더 커졌다.

"여기서 뭐하세요?"

미연의 물음에 태만이 말했다.

"여기 뭔가 걸려 있어요. 신음도 나고요. 어머님은요?"

"안 계세요."

"으…… 으……."

"어머니? 어머니세요?"

미연이 욕실을 향해 물었다. 대답 대신 신음이 들렸다.

"으…… 으……."

"어머니, 문 좀 여세요. 어머니!!"

흥분한 미연이 문을 두드리며 소리쳤다. 문이 들썩이자 신음이 더 커졌다. 태만은 미연을 문 옆으로 세우며 말했다.

"일단 문부터 엽시다. 이상하게 문이 열리지 않네요."

태만은 젖 먹던 힘까지 다해 밀었다. 그러자 한 사람이 겨우 들어갈 정도로 문이 열렸다. 열린 틈 사이로 쓰러져 있는 진태 할머니가 보였다. 태만이 다급하게 소리쳤다.

"미연 씨, 어머니가 쓰러지셨어요. 저 혼자로는 힘들 것 같아요. 일단 구급차부터 불러요."

대답이 없었다. 미연은 놀라 아무 말도 하지 못했다. 태만은 미연의 몸을 흔들며 이름을 크게 불렀다.

"미연 씨! 내 말 들려요?"

그제야 미연이 고개를 끄덕였다. 태만은 눈물이 맺힌 미연의 눈을 보며 침착하게 말했다.

"아직 어머니 살아 계세요. 일단 119에 전화해요, 빨리."

미연이 흐르는 눈물을 닦으며 전화기를 들었다.

"여보세요? 119죠? 네, 여기 사람이 쓰러졌어요. 언제부터인지 모르겠어요. 제발 빨리 좀 와주세요, 빨리요."

그사이 태만은 문틈을 비집고 욕실로 들어가 쓰러져 있는 진태 할머니에게 다가가 물었다.

"어르신 괜찮으세요?"

진태 할머니가 대답 대신 고개를 흔들었다. 몸이 얼음처럼 찼다. 시간이 얼마 없었다. 출입만이라도 하기 쉽게 진태 할머니를 옮겨야겠다고 생각한 태만은 할머니를 안아 몸을 일으켜 세웠다. 그러자 진태 할머니가 비명을 질렀다.

"악!!!"

"뭐하는 거예요? 만지지 마세요!"

겁에 질린 미연이 소리를 질렀다. 태만이 물었다.

"전화했어요?"

"네, 곧 도착한대요."

문소리가 들리더니 도우미 아줌마가 뛰어 들어왔다. 손에는 장바구니가 들려 있었다.

"무슨 일이래요? 어머, 할머니! 할머니가 왜 여기 누워 계셔? 할머니!!"

"아줌마, 큰 수건 없어요? 체온이 떨어져요."

태만이 다급하게 물었다. 도우미 아줌마가 선반을 가리키며 말했다.

"선반 위에 수건 있어요. 이를 어쩐대, 이를. 도대체 무슨 일이래."

태만이 수건을 꺼내 진태 할머니 몸을 감쌌다. 멀리 앰뷸런스 사이렌 소리가 요란하게 들렸다. 태만과 미연은 동시에 안도의 한숨을 내쉬었다.

…

몇 가지 번거로운 검사를 끝낸 진태 할머니는 병실로 옮겼지만 아직 눈을 뜨지 못했다. 충분한 휴식을 취해야 한다고 했다. 진태 할머니 곁을 지키는 미연이 몹시 지쳐 보였다. 태만이 말했다.

"잠깐이라도 눈 좀 붙이고 오세요."

"아니에요. 전 괜찮아요."

"전혀 괜찮아 보이지 않아요. 그러니까 다녀오세요."

"정말 괜찮아요. 그나저나 제가 너무 오래 붙들고 있었네요. 이제 돌아가셔도 돼요."

미연이 애써 웃으며 말했다. 태만이 불쑥 말을 뱉었다.

"그거 죄책감이에요."

"죄책감이라뇨?"

"집에 못 가고 여기 버티고 있는 거요. 또 자리를 비우면 무슨 일 생길까 봐 못 가는 거잖아요. 그 마음은 알겠는데 죄책감이 진태 할머니를 낫게 하진 못해요. 그러니까 한숨 주무시고 저랑 교대해요. 어차피 어머니 옷이랑 챙겨 오셔야 할 거 아니에요. 전 어머니랑 할 일도 있고."

태만은 매니큐어를 들어 보이며 말했다. 그의 말이 맞았다. 미련하게 굴지 말자고 다짐을 해도 마음이 흔들렸다. 미연은 한숨을 내쉬며 말했다.

"아, 너무 놀라서 아직도 정신이 없네요. 알겠어요. 그럼 짐 가져올 때까지만 부탁드릴게요."

미연은 태만에게 인사를 하고 서둘러 병실을 나갔다. 병실엔 진태 할머니와 태만만 남았다. 태만은 진태 할머니에게 속삭였다.

"어머니, 조금 번거롭게 됐어. 골반에 금이 갔대. 하지만 약 먹고 하면 금방 붙는다고 하니까 다행이야."

진태 할머니가 태만의 이야기를 알아듣는지 방긋 미소 지었다. 태만은 진짜 어머니를 만난 것 같아 애틋했다.

"우리 어머니 웃으니까 예쁘네. 자, 그럼 매니큐어를 발라볼까요?"

태만은 매니큐어를 꺼냈다. 그리고 색을 하나씩 보이며 물었다.

"어머니, 어떤 게 좋아? 푸른 바다에 사는 산호 색?"

진태 할머니가 고개를 흔들었다. 태만이 빙그레 웃으며 말했다.

"역시 우리 어머니 감각 있으셔. 요거, 섹시한 팥죽색이 좋지?"

진태 할머니가 말없이 빙그레 웃었다. 태만은 미연이 가르쳐준 대로 진태 할머니의 쭈글쭈글한 손을 무릎 위에 얹었다.
　"우리 어머니 언제 이렇게 늙으셨나. 손 참 고우셨는데."
　진태 할머니의 손이 무릎 아래로 떨어졌다. 태만은 놀라서 손을 잡으며 말했다.
　"조심해요. 다쳐요."
　진태 할머니의 입이 들썩였다. 뭔가 말하고 싶은 모양이었다. 태만은 할머니에게 다가가 물었다.
　"왜요? 어디 불편하세요?"
　"난 네가 엄마라고 부르는 게 더 좋았다."
　놀란 태만은 진태 할머니를 바라보았다.
　"엄마라고 불러봐……."
　태만은 진태 할머니를 엄마라 부르지 못했다. 태만에게 엄마는 오직 한 사람이었다. 삼십 년 전 집을 나간 여자. 여자가 집을 나간 후 태만은 단 한 번도 '엄마'라는 말을 뱉은 적이 없다. 아버지가 시킨 것도 아닌데 태만은 말하지 않았다. 엄마나 어머니라는 말은 일종의 금기어였다. 그런데 진태 할머니에겐 자연스럽게 어머니라는 말이 나왔다. 장모님에게도 못해본 말을 치매 걸린 진태 할머니에게 하게 될 줄은 몰랐다. 그래도 엄마라는 말은 할 수 없었다.

…

태만은 집으로 곧장 들어갈 수가 없었다. 가슴 한가운데에서 거대한 소용돌이가 쳤다. 또 버려질까 두렵고 무서웠다. 태만은 정처 없이 걸었다. 얼마를 걸었을까. 정신이 들었을 땐 승일의 피시방이었다. 태만은 승일과 내기 장기를 두었다. 뭔가 집중할 게 필요했다. 승일이 차로 장군을 불렀다.

"뭐해? 장군이라니까! 장군! 안 받아?"

태만은 말없이 장기 알을 옮겼다. 승일이 소리쳤다.

"아, 진짜 재미없네. 나 혼자 장기 두냐? 도대체 무슨 일이야?"

"어머니를 엄마라고 부르면 어떤 기분이냐?"

"어머니나 엄마나 똑같지 뭐 다를 게 있냐? 그냥 내키는 대로 부르는 거지. 빨리 둬."

내키는 대로 부른다니, 어머니가 내키는 대로 부르는 존재인가. 어머니와 함께 산 녀석들에겐 그런 건가. 태만은 승일에게 물었다.

"그래도 좀 다르지 않아? 어머니는 격식 차리고 거리를 두는 것 같은데 엄마라고 하면 왠지 더 가깝지 않아?"

"만났냐? 어머니?"

승일이 장기를 두다 말고 태만을 빤히 쳐다봤다. 불알친구인 승일은 태만의 눈빛만 봐도 알 수 있었다. 무슨 일이 있었던 게 분명했다.

"아니, 아직."

태만이 씁쓸하게 웃자 승일이 버럭 화를 냈다.

"빨리 찾아뵈라고 했지. 부모님은 기다려주지 않는다고. 하긴 말하면 뭐하냐, 내 입만 아프지. 어머니, 엄마, 어떻게 다른지 궁금하면 직접 불러봐. 그런 건 직접 해봐야 안다."

"하지만 난 아직 날 버린 어머니가 이해가 안 된다."

"그것도 만나서 물어봐. 이해 안 간다는 것도 이야기하고."

"그러면 나아질까?"

"당근 나아지지 너한테 엄마가 생기는데. 아빠 빌려주는 게 정말 좋은 거구나. 인간 말종 채태만을 인간으로 만들고 있어."

"인간 말종이라니, 누가 인간 말종이야?"

"솔직히 지수 고생한 거 생각하면 인간 말종도 좋게 얘기한 거다."

"됐어. 나 간다."

태만이 자리에서 일어났다.

"왜 갑자기 일어나? 내 장군은? 안 받아? 야 채태만! 그냥 도망치면 어떡해! 이 비겁자야!"

흥분한 승일이 소리쳤다. 태만이 대답 없이 피시방을 나왔다. 승일 말이 맞았다. 돈을 벌기 위해 아빠 역할을 한 것뿐인데 이상하게 태만의 생활이 바뀌고 있었다. 아이가 아프면 무조건 병원으로 달려가고 어머니에겐 좋아하는 매니큐어를 발라주었다.

나보다는 남을 위해 일하는데도 이상하게 기쁜 일이 더 많았다. 예전엔 상상도 못한 일이었다. 무엇보다 태만 자신이 이 일을 점점 좋아하게 되었다. 밤하늘에 별 하나가 반짝였다. 마치 엄마별처럼.

"엄마."

태만이 가만히 엄마를 불렀다. 별이 반짝하고 빛을 냈다. 태만은 아버지가 돌아가신 해에 어머니를 찾기 시작했다. 사람을 붙여보기도 했고, 직접 찾아다니기도 했다. 그리고 삼 년 만에 어머니를 찾았다. 어머니는 광주에서 한복집을 운영하고 있었다. 주변 상인들 말로는 딸이 하나 있다고 했다. 그래서 돌아섰다.

그날, 어머니를 찾은 날, 만났어야 했다. 그날 만났으면 많은 것이 바뀌었을 것이다. 그러나 태만은 '다음에'라는 말을 남기고 돌아섰다. 그리고 지금까지 십 년째 '다음에'라고 말하고 있었다. 태만이 엄마를 불렀다.

"엄마…… 잘 있죠……. 보고 싶어요……."

아들과 딸의 차이

 다음 날 태만은 광주로 내려갔다. 그사이 광주는 많이 변해 있었다. 높은 건물이 들어서고 오래된 건물들은 새 치장을 했다. 그러나 시장 구석에 위치한 어머니 한복집은 오래전 그 모습 그대로였다. 태만은 한복집으로 들어갔다.
 "어서 오세요."
 어머니가 태만을 반겼다. 아니, 어머니라고 하기엔 너무 젊고 아니라고 하기엔 너무 닮았다. 태만은 어리둥절해 물었다.
 "여기 어르신 안 계세요?"
 "아, 어머니를 찾아오셨군요. 어쩌죠, 작년에 돌아가셨어요."
 태만은 충격을 받았다. 돌아가시다니 생각지도 못한 일이었다. 어머니를 닮은 여자가 말했다.

"어머니와는 어떻게……?"

태만은 차마 자신의 정체를 밝힐 수가 없었다. 그래서 기껏 한다는 소리가.

"한복 좀 맞추려고요. 그런데 어르신과는 어떤 관계세요?"

"딸이에요."

딸이 하나 있다고 했다. 이 사람 때문에 돌아섰는데, 결국 이 사람 때문에 어머니를 영영 만날 수 없게 되었다. 가슴 깊은 곳에서 소용돌이가 쳤다. 누이가 말했다.

"어떻게, 한복 맞추실래요?"

"네."

"누구 거요? 아기 아빠 거?"

누이가 태만을 바라보며 물었다. 납작하게 눌린 이마, 쌍꺼풀 없는 눈매, 태만의 기억 속 어머니와 너무 닮았다. 어머니를 만나면 제일 먼저 묻고 싶었던 말이 있었다. 왜 나를 버렸느냐고, 왜 버렸느냐고. 그러나 이젠 더 이상 물을 수가 없었다. 태만은 지갑에서 아영 사진을 꺼내며 말했다.

"아영이 거요. 제 딸아이인데 이제 아홉 살이에요."

"아, 잠깐만요. 내 눈이 안 좋아서."

누이는 돋보기를 꺼내 쓰고 아영 사진을 보았다. 그러고는 환하게 웃으며 말했다.

"예쁘네요. 쌍꺼풀 없는 눈매가 아빠를 쏙 빼닮았네. 쏙 빼닮았어."

"고맙습니다. 키는 이 정도 되고……."

태만이 아영의 키 높이쯤에 손을 올리며 말을 이었다.

"몸무게는 이십팔 킬로그램이에요."

"데리고 와야 해요. 눈대중으로는 못 만들어. 저고리가 딱 맞아야 예쁘거든."

누이는 고개를 흔들며 사진을 건넸다. 아쉬웠다. 이대로 돌아서면 또 언제 올지 몰랐다.

"지금 서울에 있는데, 그럼 제 것부터 만들어주세요. 다음에 아영이 데리고 올게요."

"일 때문에 떨어져 지내는 거예요?"

"네."

태만은 본의 아니게 거짓말을 했다. 어머니 때문에 왔다고는 할 수 없었다. 누이가 말했다.

"그럼 내가 치수 재는 거 잘 보고 있다가 집에 돌아가 그대로 아영이 치수 재서 전화해요. 내 만들어놓을게. 잘 봐요."

누이가 태만의 치수를 재기 시작했다. 목둘레, 가슴둘레, 소매길이, 누이의 손길이 닿을 때마다 태만은 깜짝깜짝 놀랐다. 이상하게 긴장이 되었다. 누이는 왜 이리 놀라느냐며 핀잔을 주면서도 치수 재는 방법을 꼼꼼히 알려주었다. 특히 소매길이는 어깨부터 시작한다고 몇 번을 강조했다. 태만은 잊지 않기 위해 따로 메모했다.

…

사람들은 말한다. 엄마가 미용사여서 좋겠다고, 하고 싶은 머리 다 할 수 있을 테니 부럽다고. 그러나 그건 사람들이 잘 모르고 하는 소리였다. 미용사인 엄마는 결코 아영이 하고 싶은 머리를 해주지 않았다. 단발머리가 좋은데도 긴 머리를 강요하고, 생머리가 좋은데 파마를 강요하고. 그래서 아영은 한 달에 한 번 머리하는 날이 제일 싫었다.

아영은 미용 가운을 입고 미용실 의자에 앉았다. 지수가 분무기로 물을 뿌리며 물었다.

"어떻게 해줄까?"

"어차피 엄마 맘대로 할 거잖아. 알아서 해줘."

"야, 채아영. 무슨 말을 그리 섭섭하게 해? 엄마는 딸의 의견을 최대한 존중해서……."

"그럼 짧게 잘라줘. 짧은 단발."

지수가 아영의 머리를 들어 이리저리 살피며 말했다.

"짧은 단발은 안 돼. 너한테 안 어울려. 그냥 조금만 다듬자."

"봐, 결국 엄마 뜻대로 할 걸 왜 물어?"

"넌 아직 너한테 어울리는 스타일이 뭔지 몰라."

칫, 됐다. 아영만큼 자신에게 어울리는 스타일을 잘 아는 아이도 없다. 그것만큼은 지수를 닮았다고 자부했다. 그 사실을 모르는 건 지수뿐이었다. 아영이 물었다.

"엄만 왜 아빠 같은 사람이랑 결혼했어?"

"왜라니? 무슨 질문이 그래? 아빠니까 결혼했지, 아빠니까."

"칫, 난 아빠 싫어."

아영이 투덜거렸다. 간혹 태만에 대해 짜증을 내긴 해도 싫다고 한 적은 한 번도 없었다. 그런 아이가 노골적으로 아빠가 싫다고 했다. 지수는 가위질을 하다 멈춰 서서 거울에 비친 아영을 쳐다보며 물었다.

"아빠가 왜 싫은데?"

아영은 대답하지 않았다. 지수는 가위질을 다시 하며 말했다.

"엄마가 만난 사람 중에 제일 똑똑했어. 그래서 이렇게 똑똑한 딸도 두었고."

아영은 지수의 말이 싫지 않았다. 자신도 모르게 웃음이 터져 한참을 웃던 아영이 갑자기 정색을 하며 말했다.

"칫, 그래도 난 아빠 같은 사람이랑 절대 결혼 안 할 거야."

"아빠 같은 사람이 어때서?"

무슨 일이 있는 게 분명했다. 지수가 아영의 의중을 떠보기 위해 물었다. 아영이 곰곰이 생각하다 말했다.

"자기가 잘못한 일 남한테 떠넘기고 게으르고 남한텐 잘하면서 가족에겐 못하고. 돈도 못 벌어 오고……."

"그건 예전과 크게 다를 게 없는데 갑자기 왜 그래? 무슨 일이야?"

아영은 대답하지 않았다. 지수는 가위질을 멈추고 의자를 돌려 아영을 바라보았다. 아영이 새초롬하게 고개를 돌렸다.

"말해봐. 무슨 일이야?"

아영이 망설였다. 태만이 진태 엄마 손에 매니큐어를 발라준 사실을 지수에게도 알려줘야 하는 거 아닌가? 그렇게 되면 '아빠를 빌려드립니다' 사업에 대해서도 말해야 했다. 고민을 하던 아영이 결심을 했다.

"아빠가 다른 여자에게 매니큐어를 발라주면 어떨 것 같아?"

"무슨 소리야. 아빠가 왜 다른 여자한테 매니큐어를 발라줘?"

"아니 그러니까 만약 그렇다면 어떨 것 같냐고."

"당근 기분 나쁘지. 엄마한텐 한 번도 안 해줬으니까."

"만약 그렇다면 아빠랑 헤어질 거야?"

"얘가 도대체 무슨 소리를 하는 거야? 엄마가 아빠랑 헤어졌으면 좋겠어?"

지수가 물었다. 아영이 대답을 못하고 눈치만 보았다. 마침 태만이 미용실로 들어오며 소리쳤다.

"여보! 아영아! 통닭 먹자."

태만이 통닭을 흔들며 어색하게 웃었다. 아영의 얼굴이 갑자기 굳었다. 지수는 아영과 태만 사이에서 미묘하게 흐르는 이상한 기류를 감지했다. 무슨 일이 있는 게 분명했다. 태만이 아영에게 다정하게 말했다.

"아영아, 통닭 먹고 몸 치수 좀 재자."

"치수라니? 왜?"

못마땅한 표정의 아영이 대꾸도 하지 않자 지수가 대신 물었다. 태만이 웃으며 말했다.

"우리 아영이 한복 하나 해주려고. 아, 당신도 하나 할래? 내가 해줄게. 일단 우리 아영이부터 치수 잽시다."

태만은 아영을 번쩍 안아 올려 자신 앞에 세웠다. 아영이 몸부림을 치며 소리쳤다.

"싫어! 이거 놔! 싫다고!!"

평소 태만은 통닭을 사 오는 사람이 아니었다. 한복을 해주겠다고 하는 사람은 더더욱 아니었다. 정말 이상했다. 지수가 말했다.

"사람이 하루아침에 변하면 죽는다고 하던데. 당신 이상해. 도대체 한복은 왜?"

"인사드릴 분이 있어."

"인사드릴 분이라니? 누구?"

지수가 물었다. 태만은 선뜻 누이라고 말하지 못했다. 그도 그럴 것이 지수와 아영에게 어머니는 자식 없이 일찍 돌아가셨다고 말했기 때문이었다. 그때까지만 해도 어머니나 어머니와 관련된 사람을 다시 볼 생각이 없었다. 시간이 필요했다.

"나중에 말해줄게, 나중에. 아영이 손 그대로 들고 있어."

태만의 진지한 표정은 처음이었다. 지수는 더 이상은 묻지 못했다. 아영이 입을 삐죽 내밀며 말했다.

"난 한복 싫어."

"너 자꾸 투덜댈래?"

"내가 뭘. 싫은 걸 싫다고 하는데."

"너 한복 입는 거 좋아했잖아. 그래서 작년에도 작아진 한복 입고……."

"아, 몰라. 그건 작년 일이고 지금은 싫다고. 정 사주고 싶으면 좋아하는 진태나 사줘."

아영이 태만의 손을 뿌리치고 집으로 향했다. 마음이 단단히 상한 모양이었다. 어떻게 해야 하지? 어떻게 해야 아영의 마음을 돌릴 수 있을지 태만은 고민이 많아졌다. 흥분한 지수가 소리쳤다.

"채아영! 너 이리 안 와? 진태 이야기는 왜 나와?"

아영은 대답 없이 미용실을 나갔다. 다른 건 몰라도 묻는 말에 대답 안 하고 무시하는 건 참지 못했다. 흥분한 지수가 아영을 쫓아가며 말했다.

"채아영, 너 거기 서."

"그만해."

태만이 지수를 막으며 말했다.

"둘이 무슨 일 있어?"

"일은 무슨 일. 아무 일도 없어."

태만은 둘러댔다.

"그런데 왜 아영이가 좋아하는 진태나 실컷 사주라고 해? 아직도 진태네 집에 가?"

"아냐, 그런 거."

"당신 허튼 짓 하면 가만 안 둬."

"걱정 마. 절대 그런 일 없어."

태만은 지수를 달랬다. 지수가 매니큐어 사건을 알면 가만두지 않을 것이다. 아빠 렌텔 사업을 알게 되면 더 큰 사달이 날 것이다. 무조건 아영의 입을 막아야 했다.

…

 그날 밤 늦게 태만은 정숙의 포장마차로 향했다. 어머니가 돌아가셨다는 사실을, 어머니를 다시 보지 못한다는 사실을 받아들이기가 힘들었다. 체기가 있는 것처럼 속이 답답했다. 술 생각이 간절했다. 태만은 포장마차 안으로 들어가며 술과 안주를 시켰다.

"오돌뼈에 소주 하나요."

 포장마차 안은 태풍이 지나간 듯 아비규환이었다. 식탁과 의자가 아무렇게나 엎어져 있고 그 속에서 정숙이 홀로 술을 마시고 있었다. 놀란 태만이 물었다.

"뭐예요? 무슨 일 있었어요?"

"어, 우리 젊은 오빠 왔구나. 어여 와. 술 한잔해."

"젊은 오빠라니. 왜 이래요, 징그럽게? 안 하던 말도 하고?"

 태만은 정숙 옆에 앉았다. 정숙에게서 술 냄새가 진동했다. 많이 마신 모양이었다. 정숙이 술을 따르며 말했다.

"사는 게 뭐 있나 젊은 오빠랑 술 한잔하며 사는 거지. 건배!"

 정숙이 히죽 웃으며 술잔을 들었다. 태만은 정숙에게서 술잔을 빼앗으며 말했다.

"누가 이렇게 엉망으로 만들었어요?"

"크크크크크크."

 정숙이 큰 소리로 웃었다. 숨이 넘어가는 줄 알았다. 정숙이 태만에게서 술잔을 빼앗아 비웠다.

"하, 독하다, 독해. 나 아들 하나 보고 살았어. 술 취한 놈들이 엉덩이를 만져도 수치심보다는 아들 얼굴이 먼저 떠올랐지."

태만이 조용히 술을 따랐다. 정숙의 이야기에 자연스럽게 어머니가 떠올랐다. 돌아가시기 전에 내가 보고 싶기는 했을까. 태만은 씁쓸했다. 정숙이 자조적으로 웃으며 물었다.

"누가 그랬냐고?"

"네, 어떤 놈이 이 지경을 만든 거예요?"

"아들, 우리 아들이 그랬어."

태만은 잘못 들었다고 생각했다.

"아들이 왜요?"

"돈 안 준다고 이 지경을 만들었어."

"아니 이 녀석이, 누님이 누구 때문에 고생하는데. 뭐? 돈 안 준다고 이 지경을 만들어? 가만있어봐. 그 녀석 지금 어디 있어요?"

마침 한 무리의 손님들이 들어왔다. 태만이 애써 웃으며 말했다.

"죄송합니다. 오늘 영업 안 합니다."

어지러운 가게를 보고 상황을 파악했는지 손님들이 돌아갔다. 정숙의 얼굴이 금세 어두워졌다. 태만이 말했다.

"녀석 어디 있어요? 버릇 좀 고쳐줄게요."

정숙이 말없이 술잔을 비웠다. 친절이라곤 손톱만큼도 없는 정숙이었다. 그러나 안다, 거친 세상에서 살아가는 그녀만의 방법이었음을. 무엇보다 그녀가 툭툭 내뱉는 말이 얼마나 정감 있는지를 이제는 안다. 그래서 술을 마실 땐 꼭 이곳을 찾게 된다. 정숙은 술잔을 더 비우고서야 말했다.

"녀석, 지금 경찰서에 있어."

"경찰서요?"

"응, 내가 신고했어. 그대로 있다간 저 죽고 나 죽을 거 같아서 신고했어. 나 나쁘지. 나 나쁜 에미지? 크크크크크."

정숙이 큰 소리로 웃다 이내 흐느껴 울기 시작했다. 태만은 당혹스러웠다. 정숙이 울면서 말했다.

"누군 오토바이…… 안 사주고 싶어서 안 사주나…… 월세에 자릿세, 온갖 세금과 공과금 내고 나면 먹고살기도 빠듯하니 못 사주는 거지……. 나도 남부럽지 않게…… 키우고 싶어, 남부럽지 않게……."

...

태만은 정숙을 대신해 경찰서를 찾아갔다. 재형은 유치장에 갇혀 있었다. 철창 너머로 독기를 품은 재형이 보였다. 그러나 태만은 알고 있었다, 잔뜩 겁에 질려 있다는 걸. 재형의 눈빛이 말해주었다. 경찰이 유치장 철문을 열며 말했다.

"박재형, 나와."

"됐어요. 저 안 나가요. 그냥 여기서 산다고 전해요. 여기서 쭉 산다고."

무서울 게 없을 때다. 그렇다고 어머니마저 우습게 보고 주먹을 휘두르는 건 옳지 않은 짓이다. 게다가 녀석은 자신을 신고한 정숙을 괴롭히는 방법을 정확히 알고 있었다. 그래서 나오지 않겠다고 버티는 것이다. 태만이 말했다.

"그래? 내 생각도 같다. 너 좀 더 있어야겠다. 아니 평생 머물러야겠다, 너."

"당신은 누구야? 누군데 남 일에 참견이야?"

재형이 태만을 노려보며 말했다.

"네 어머니 동생이야."

"뭐? 동생? 우리 어머니한텐 동생 없어."

"오늘부로 생겼어. 네 어머니가 부탁했거든. 내 아들 좀 잘 부탁한다고, 잘 데려와 달라고. 그런데 네가 스스로 나오지 않겠다고 하니 얼마나 고마운 일이냐. 잘됐다. 콩밥 먹으면서 네가 뭘 잘못했는지 충분히 고민하고 반성하고 있어. 알았지? 그럼 난 간다. 바이바이."

태만은 인사를 하고 돌아섰다.

"칫, 신고할 땐 언제고 이제 와서 잘 부탁한다고? 그럼 내가 고마워할 줄 알고?"

"그러니까, 네 엄마는 나랑 달라서 널 신고한 거 미안하다고 하더라."

마음 같아서는 건방진 재형을 한 대 치고 싶었다. 하지만 정숙을 생각해 참았다. 태만이 말을 이었다.

"그런데 미안해하지 말라고 해야겠다. 지 어머니 때리고도 어머니

탓이라고 씩씩거리는 놈 키워봤자 아무 쓸모 없다고."

"당신이 나에 대해 뭘 안다고 지껄여, 지껄이긴?"

"모르지. 근데 알고 싶지 않아졌어. 네 엄마가 오죽하면 신고했겠냐? 그것도 친자식을."

"오죽? 오죽해도 딴 엄마들은 아들 신고 안 해. 나 가만있지 않을 거야. 오늘 일 반드시 갚아줄 거야. 반드시!"

"알았다. 그 말도 전하마, 그럼."

더 들을 가치도 없었다. 태만이 돌아섰다. 그 순간, 재형이 이를 앙다물고 유치장을 뛰쳐나왔다. 그러고는 태만을 향해 주먹을 휘둘렀다. 재형의 주먹이 태만의 얼굴을 정통으로 때렸다. 퍽! 하는 둔탁한 소리와 함께 태만이 균형을 잃고 바닥에 쓰러졌다. 이성을 잃은 재형은 태만의 배 위에 올라타 연거푸 주먹을 날렸다. 경찰들이 놀라 뛰어와 재형을 말렸다.

"ㅎㅎㅎㅎ, ㅎㅎㅎㅎㅎㅎㅎ, ㅎㅎㅎㅎㅎㅎㅎ."

태만은 웃음이 났다. 경찰 하나가 바닥에 퍼져 있는 태만에게 다가와 물었다.

"괜찮아요?"

"ㅎㅎㅎㅎㅎㅎㅎㅎㅎㅎㅎㅎ."

태만은 대답 대신 낮은 소리로 웃었다. 나이도 어린 녀석에게 엄청나게 맞았는데도 이상하게 기분이 좋았다. 어머니에게 미안했던 마음이 조금은 날아간 느낌이었다. 가슴을 막고 있던 체기가 뻥 하고 뚫리는 기분이었다.

맞는 순간 태만은 재형의 마음을 알아챘다. 재형도 정숙을 기다리고 있었다는 걸, 누구보다 미안해하고 있다는 걸. 재형은 덩치만 컸지 어린아이 같았다. 그런 재형이 태만은 귀여웠다.

"ㅎㅎㅎㅎㅎㅎㅎㅎㅎㅎㅎㅎㅎ"

"뭐야, 이 사람? 미친 거 아니야? 왜 자꾸 웃어? 그만 웃어요, 그만."

재형이 소리쳤다. 그러나 태만은 웃음을 멈출 수가 없었다. 급기야 웃다가 눈물까지 흘렸다. 주위 사람들이 힐끔힐끔 보기 시작했다. 재형은 그런 태만이 창피했다. 어서 이곳을 빠져나가고 싶었다.

"아, 진짜, 사람 미치게 하네. 알았어요. 알았으니까 그만 집에 가요, 가."

결국 재형이 항복했다. 순간 거짓말처럼 웃음이 멈췄다. 태만은 자리에서 일어나 경찰서를 빠져나왔다. 재형이 말없이 태만을 따랐다.

…

"커피도 떨어지고, 맹물뿐이에요."

재형은 태만 앞에 물을 내려놓으며 말했다. 목이 말랐던 태만은 벌컥벌컥 물을 들이켰다.

"하, 시원하다."

태만은 빈 물 컵을 내려놓으며 말했다. 그제야 태만은 재형의 방이 눈에 들어왔다. 똑바로 서면 머리가 닿을 정도로 낮은 천장, 이단 행거엔 옷들이 아무렇게나 걸려 있고, 곰팡이가 핀 벽엔 오토바이 사진들이 덕지덕지 붙어 있었다. 반지하 특유의 눅진한 곰팡이 냄새가 났다. 재형이 말했다.

"볼일 끝났으면 가요."

"돈은 왜 필요한데?"

"왜요? 돈 주실 건가요? 아님 묻지 말아요."

"돈이 필요하면 알바를 해야지."

자로 잰 듯 똑같은 잔소리. 재형은 듣기 싫었다. 누가 모르나. 하지만 이 나이에 알바 해서 무슨 큰돈을 모은다고. 푼돈 받으며 생고생하는 거지. 재형이 빈 컵을 치우며 말했다.

"다 마셨으면 이제 그만 가요."

"'다음에' 만나면 된다고 생각했어, '다음에'. 어머니는 평생 사실 것 같았거든."

태만은 불쑥 말을 뱉었다. 재형이 당황해 물었다.

"무슨 소리예요?"

"우리 어머니 어릴 적에 날 버리고 도망가셨거든. 아버지가 돌아가시면서 어머니를 찾았는데 그때 '다음에' 만나면 된다고 생각하고 돌아섰어. 그런데 오늘 어머니를 만나러 갔더니 돌아가셨대."

태만의 목소리가 떨렸다. 그 먹먹함이 그대로 전해졌다. 재형은 아무 말도 할 수 없었다. 태만이 말을 이었다.

"그때 '다음에'라고 말하는 대신 어머니를 만났다면 어땠을까.

그때 돌아서지 않고 어머니 손을 잡았더라면 어땠을까. 그때, 그 때…… 그때가 너무 후회돼. 아마도 난 평생 그날을 기억하며 후회할 거야. 넌 그러지 않았으면 좋겠다."

재형은 아무 말도 하지 못했다. 잠시 무거운 침묵이 흘렀다. 한참을 망설이던 재형이 물었다.

"엄마는 괜찮으세요?"

"글쎄, 궁금하면 같이 가볼래?"

재형이 고개를 끄덕였다. 태만은 재형을 데리고 포장마차로 향했다. 포장마차로 가면서 태만은 지금껏 아영과 있었던 이야기를 했다. 쓸모없는 물건이라며 학교로 불렀던 일, 중고사이트에 아빠를 빌려준다고 게시한 일. 그래서 결국 아영이 원하는 대로 아빠 렌털 사업을 하고 있는데, 화가 난다고 사이트에 쉰다는 글을 올리고, 또 자신을 미워하는 것까지 전부.

"도대체 내가 뭘 잘못했냐고, 뭘? 쓸모 있는 물건 되려고 일 열심히 한 것도 잘못이냐?"

"아영이가 진태를 질투하는 것 같은데요."

"아니 그러니까 왜 질투하냐고. 진태처럼 아빠가 없어? 아님 엄마가 없어? 다 갖고 있는 녀석이 왜 질투를 하냐고, 왜!"

"아저씨를 좋아하니까요."

"좋아하는데 모포랑 바꿔? 쳇."

태만은 퉁명스럽게 말을 뱉었다. 그러나 기분이 나쁘지는 않았다. 아니 첫사랑의 고백을 들은 것처럼 마음이 설렜다. 그동안 아영의 이해할 수 없는 행동들이 조금은 이해가 되었다.

"아영이가 좋아하는 게 뭐예요?"

재형이 물었다. 태만은 당황했다. 단 한 번도 아영이 뭘 좋아하는지 물어보거나 궁금해하지 않았다. 태만은 말을 더듬었다.

"그야…… 먹는 거 좋아하지, 먹는 거…….."

"놀이공원에는 가보셨어요?"

"거길 왜 가? 이 나이에?"

"아저씨 나이가 중요한 게 아니잖아요. 아영이 나이가 중요하지. 동물원은요?"

"내가 제일 싫어하는 게 동물원이야. 야생에서 살아야 할 동물들을 철조망에 가두고, 그게 뭔 짓이야."

"그건 아저씨 생각이잖아요. 어쩜 아영이는 보고 싶을지도 모르죠. 야생동물들을 만날 수 있는 기회는 많지 않으니까. 결국 아저씨도 우리 엄마처럼 아무것도 해준 게 없네요."

재형이 짧게 한숨을 내쉬었다. 지금껏 태만은 자신의 기준에서 아영을 가르치고 이해하려 했지 아영이 뭘 좋아하고 뭘 원하는지에 대해서는 단 한 번도 생각해본 적이 없었다.

처음으로 '아빠'라는 존재에 대해 큰 의문이 들었다. 태만은 가족의 생계를 위해 돈을 벌어 오는 사람을 아빠라고 생각했다. 약한 아내를 위해 집안일을 도와주는 사람이 아빠라고 생각했다. 그런데 재형의 말을 듣고 보니 그건 몹시 사소한 것들이었다.

그러니까 아이들이 원하는 아빠는 자신이 뭘 하고 싶어 하는지,

뭘 좋아하는지 관심을 갖고 이를 이해하고 함께해주는 아빠였다. 그러기 위해서는 아이들과 함께하는 시간을 늘리고 서로에 대해 이야기를 많이 해야 했다. 사랑 없이는 가능하지 않은 일이었다. 결국 아영이도, 재형이도 아빠의 사랑이 필요하다는 이야기였다. 입으로만 말하는 사랑이 아니라 몸으로 보여주는 사랑. 태만이 물었다.

"너는 뭘 하고 싶어?"

재형은 선뜻 대답을 하지 못하고 망설였다. 그러는 사이 태만과 재형은 포장마차에 도착했다. 태만이 포장마차에 들어가기 전에 말했다.

"엄마에게 기회를 줘, 너를 사랑할 수 있는 기회. 무엇을 하고 싶은지, 원하는 게 뭔지 말하라고."

재형은 대답 없이 고개를 끄덕였다. 태만은 빙그레 웃으며 포장마차 안으로 들어갔다. 정숙이 청소를 하고 있었다. 태만은 커다란 식탁을 들어 올리는 정숙에게 달려갔다.

"두세요. 제가 할게요, 제가."

재형이 언제 달려왔는지 태만을 도왔다. 정숙이 재형을 보더니 버럭 소리를 질렀다.

"여긴 뭣하러 왔어?"

"아니, 이 녀석이 자기가 잘못한 건 자기가 치워야 한다고 어찌나 우기던지. 그래서 데려왔어요. 다신 말썽 안 부린대요, 그렇지?"

태만이 재형을 보며 물었다. 재형이 부끄러운 듯 고개를 숙인 채 끄덕였다. 태만이 말을 이었다.

"대신 부탁이 있어요."

"부탁?"

"앞으로 재형이가 뭘 좋아하는지 물어봐주고 좋아하는 거 함께해주세요."

태만이 말하며 재형을 툭툭 쳤다. 재형이 머뭇거리며 말했다.

"오토바이 갖고 싶어. 오토바이 사주면 공부도 열심히 하고……."

"오토바이는 안 돼."

정숙이 재형의 말을 끊었다. 기대를 갖고 이야기하던 재형의 얼굴이 어두워졌다. 재형의 마음도 알고 정숙의 마음도 아는 태만은 이 상황이 답답하기만 했다. 태만이 말을 꺼냈다.

"아니, 재형이가 말하면 일단 무조건 들어주고……"

"오토바이 아무나 못 탄다며, 면허 따야 한다며. 넌 아직 면허 딸 나이도 아니고 네가 좋아한다고 무작정 사줄 수 없어. 네 목숨이 나한텐 더 중요하니까. 면허 딸 나이 되면 사줄게."

정숙이 말했다. 태만은 미처 생각하지 못한 일이었다. 엄마들이란 정말 대단하다. 재형이 끝내 눈물을 흘렸다.

"다 컸다고 소리칠 땐 언제고 어린애처럼 울긴. 그만 울어. 엄마도 이번 일로 많이 반성했다. 네 말대로 부드러운 엄마가 되도록 노력해볼게. 하지만 너무 기대 마."

"엄마……."

재형이 정숙의 품에 안겼다. 정숙이 재형을 끌어안고 눈물을 흘렸다. 모자가 화해하는 모습에 태만은 가슴이 뭉클해져 조용히 포장마차를 빠져나왔다. 집에 돌아가면 제일 먼저 아영이 뭘 좋아하는지 알아봐야겠다. 그리고 한 달에 한 번 아영과 달콤한 시간을 가져야겠다고 다짐했다.

마귀할멈에 겐
햇님 작 전

 이튿날 태만은 지수와 아영을 거실로 불렀다. 언제나 그랬듯이 지수와 아영이 투덜거리며 자리에 앉았다. 태만이 말했다.
 "앞으로 한 달에 한 번은 무조건 쉴 거야. 그땐 미용실도 쉬어. 그리고 그날 놀이동산이나 동물원에 가자."
 "뭐야? 겨우 그 소리 하려고 아침부터 깨운 거야?"
 "겨우라니? 이게 우리 가족을 더 쫀쫀하고 단단하게 만들어줄 텐데. 아영이가 정해. 어디 가고 싶니? 놀이동산?"
 "유치하게."
 아영이 시큰둥하게 대답했다. 이상했다. 왜 재형이네 같은 감동이 느껴지지 않는 거지. 태만이 물었다.
 "그럼 동물원은 어때?"

"난 동물원 싫어. 자유롭게 살아야 할 동물들을 가둬둔 것 자체가 싫다고."

아영이 대답했다. 누가 태만의 딸 아니랄까 봐 태만이 재형에게 했던 말을 그대로 했다. 웃음이 터져 나오는 걸 애써 참으며 태만이 물었다.

"그럼 넌 뭐가 좋은데?"

"좋은 거? 좋은 거 없는데."

아홉 살짜리 여자아이가 좋은 게 없다니. 저 나이에 태만은 지구를 다 삼켜도 모자랄 만큼 좋아하는 게 많았다. 돌아가신 법정스님도 저런 말은 하지 않을 것이다. 모처럼 아영과 이야기를 하고 싶어 물꼬를 텄는데 처음부터 꼬여버렸다. 무슨 말을 해야 할지 몰랐다. 지수가 중재에 나섰다.

"뭘 해봤어야 좋은지 아닌지 알지. 난 일단 찬성. 돌아오는 일요일에 갑시다, 놀이동산부터."

"난 싫어."

"징징거리지 말고 일단 가보자. 아빠가 모처럼 하자고 하잖아."

지수가 아영을 달랬다. 아영이 못마땅한 표정으로 고개를 흔들었다. 가끔이긴 하지만 지수가 자신의 말을 지지해줄 때면 정말 사랑스러웠다. 물론 그 뒤에 조건이 붙지만. 지수가 태만에게 말했다.

"아영 아빠, 나도 부탁이 있는데."

오랜만에 지수의 말에 가슴이 뛰었다. 무슨 부탁일까. 오늘만은 둘만의 시간을 보내자는 이야기였으면 좋겠다. 태만은 내심 핑크빛

꿈을 꾸며 고개를 끄덕였다.

"오늘 가게 좀 봐줘. 나 대머리랑 새 가게 보러 가기로 했거든."

지수가 말했다. 갑자기 찬바람이 불었다. 두근두근 뛰던 가슴이 싸늘하게 식었다. 에잇, 그럼 그렇지. 뭘 기대했단 말인가. 태만은 못마땅했다.

"내가 언제 가게 안 봐준 적 있어? 어서 다녀와! 대신 지난번처럼 늦지 말고 일찍 와!"

"알았어. 고마워~"

지수가 콧소리를 내며 나갔다. 아영도 자리에서 일어나 방으로 들어갔다. 태만은 한숨이 절로 나왔다. 어떻게 아영의 마음을 열어야 할까 고민이었다.

…

점심 먹기 전에는 꼭 온다고 했다. 그러나 점심을 두 번이나 먹고 커피까지 한잔하고도 남을 시간이 지났건만 지수는 나타나지 않았다. 그사이 대여섯 명의 손님이 왔다 갔고, 태만의 휴대폰은 쉴 새 없이 울렸다.

"어디까지 간 거야. 왜 이리 늦어?"

초조한 마음에 태만은 미용실 안을 서성였다. 휴대폰이 또 울렸다. 승일이었다. 가게를 봐달라는 전화, 승일이 창업 스쿨에 가는 날이었다.

"왜? 어디긴 어디야 미용실이지. 알아. 몇 시까지 가야 해?"

승일이 세 시까지 와달라고 했다. 삼십 분도 안 남았다.

"힘들 것 같은데. 지수가 아직 안 왔어. 응, 훔쳐 갈 거야 없지."

태만은 미용실 안을 둘러봤다. 훔쳐 갈 건 없지만 그래도 가게를 비울 순 없는 노릇이었다. 태만은 지수에게 연락해보고 다시 전화하겠다고 했다. 막 전화를 걸려던 참에 지수가 가게 안으로 들어왔다. 화가 난 듯 씩씩거리며. 태만이 지수 눈치를 보며 물었다.

"왔어? 갔던 일은?"

지수는 대답 없이 냉장고로 걸어가 찬물을 소리 나게 마셨다. 그러고는 다짜고짜 소리쳤다.

"아, 진짜 열 받아. 정말 열 받아서 못 살겠네."

"왜 그래? 무슨 일이야?"

태만이 물었다. 지수가 선전포고하듯 말했다.

"나 이 가게 못 나가. 아니, 안 나가."

"무슨 소리야? 안 나간다니? 왜? 오늘 본 가게도 영 아니었어?"

"그게 아니고."

흥분한 지수가 속사포처럼 말을 뱉었다.

"대머리가 그러는데 여기 집주인이 우리 미용실을 아들한테 넘기려고 한대."

"아들이라니. 아들은 미국에 있다고 하지 않았어?"

"미국에 있었지. 미국에서 잘 살고 있다고 했지. 그런데 들어온다나 봐. 한국에 들어와서 여기, 내가 지금껏 닦아놓은 이 터에 미용실을 차린대."

"그럼 권리금은?"

태만이 물었다. 지수가 빽 하고 소리 질렀다.

"내 말이 그거야! 권리금 안 주려고 무조건 나가라고 한 거잖아. 나 이대로 못 나가. 아니, 권리금 주기 전에는 절대 안 나가. 어디 두고 보라지."

지수가 분에 못 이겨 부들부들 떨었다. 태만도 슬슬 열이 오르기 시작했다. 지난 십 년간 단 한 번도 미루지 않고 꼬박꼬박 월세를 냈다. 올려달라고 하면 올려주고 망가진 것 우리가 고쳐가며 말 잘 듣는 모범생처럼 터를 닦아놓았다. 그랬더니 뒤통수를 쳐? 태만은 미용실을 나섰다. 지수가 소리쳤다.

"아영 아빠, 어디 가?"

...

태만은 주인이 살고 있는 건물 오 층으로 뛰어 올라갔다. 그리고 조금의 망설임도 없이 주인집 초인종을 눌렀다. 딩동! 벨소리가 텅 빈 복도를 울렸다. 그러나 집주인은 대답이 없었다. 태만은 신경질적으로 초인종을 눌렀다.

딩동! 딩동! 딩동!

"계세요? 주인아주머니, 안 계세요?"

태만이 문을 두드리며 주인을 불렀다. 한참 후에야 인기척이 들리더니 현관문이 열렸다. 집주인이 힘겹게 큰 상자를 밀며 나왔다. 그러고는 문 앞에 서 있는 태만에게 말했다.

"마침 잘 왔네. 이것 좀 아래층에 내려줘."

"어르신 드릴 말씀이……."

"뭐가 그리 급해? 지금 말 안 하면 누가 죽기라도 해?"

"그건 아닌데요……."

집주인의 기세에 태만은 기가 눌렸다.

"그럼 내려놓고 와. 늙은이가 가지고 내려가기에는 너무 무거워서. 내려놓고 오면 이야기함세. 아, 참, 깨지기 쉬운 거니까 조심히 다루고."

참 이상하다. 집주인에겐 빈방이 있고 세입자는 그 방을 빌릴 돈이 있으니 서로의 필요에 의해 돈을 주고 빌리면 된다. 고로 집주인과 세입자는 대등한 관계여야 한다. 그런데 이상하게도 집주인 앞에만 서면 작아진다.

게다가 집주인은 노인네 운운하며 감정을 자극했다, 젠장. 태만은 결국 상자를 들고 계단을 내려갔다. 상자를 옮기는 내내 집주인에게 당하는 느낌이었다. 태만을 지켜보던 지수가 물었다.

"당신 뭐해? 마귀할멈 만나러 간 거 아니었어?"

"상자 좀 내려달라고 해서……."

"아니, 당신이 왜 날라? 말은 했어?"

"아니."

태만의 목소리가 작아졌다. 자신도 왜 이걸 해야 하는지 몰랐다.

하지만 하지 않으면 말을 꺼낼 기회조차 없을 것 같았다. 지수가 답답해하며 말했다.

"말도 못하고 이걸 나르고 있어? 당신은 자존심도 없어?"

"어르신이 가지고 내려오기엔 무겁잖아."

지수가 흥분해서 소리쳤다.

"그게 무슨 상관이야. 우린 내쫓기게 생겼어. 가만, 내가 올라가야겠어."

"참아, 참아. 내가 말해볼게."

"말도 못하는 당신이 어떻게?"

"걱정 말고 기다리라니까. 내가 해결하고 올게."

태만은 상자를 내려놓고 다시 계단을 올라갔다. 지수가 못마땅한 표정으로 태만을 지켜보았다.

딩동!

태만이 초인종을 누르는데 벨이 울리기도 전에 집주인이 나왔다. 마치 문 앞에서 기다리기라도 한 듯 잽싸게 뛰쳐나와서는 태만의 손을 잡아끌면서 말했다.

"영감이 두고 간 건데 이젠 정말 버려야겠어."

한 번이면 됐지 두 번은 당하지 않을 것이다. 태만은 집주인의 손을 뿌리치며 말했다.

"어르신, 상자 갖다 놓으면 말하자고 했잖아요."

"말하자고. 누가 안 한대? 어디 한 번 말해봐."

"미용실 말인데요……."

"아, 머리야……. 내가 편두통이 있어서…… 아, 머리야. 집에 들어가서 얘기하지…….”

집주인은 머리를 감싸 안으며 집 안으로 들어갔다. 머리가 아프다니 무슨 꿍꿍이인지. 태만은 집주인이 못마땅했다. 하지만 호랑이를 잡으려면 호랑이 굴에 들어가야 하는 법. 태만은 집주인을 따라 집으로 들어갔다. 거실은 텔레비전 장식장과 텔레비전이 전부일 정도로 단출했다. 집주인이 안방에 있는 병풍을 가리키며 말했다.

"저것만 보면 머리가 지끈지끈해. 저것 좀 치워줘.”

"일단 미용실 이야기부터 하구요. 제 얘기 금방 끝나니까…….”

"아, 머리야. 아……이고 머리야…….”

급기야 집주인은 방바닥에 주저앉으며 고통을 호소했다. 뻔히 보이는 거짓말이었다. 그러나 거짓말하지 말라고 매도할 수도 없는 노릇이었다. 태만은 분을 삼키며 말했다.

"좋아요. 저 병풍만 치우면 그땐 제 이야기 들어주세요.”

"알았어. 누가 안 들어준대……? 아이고, 머리야…….”

집주인은 아예 바닥에 드러누웠다. 속이 뻔히 보는 짓을 뻔뻔하게 하는 집주인이 얄미웠다. 그러나 목적을 위해선 과감히 양보해야 했다. 태만은 안방으로 걸어 들어가 병풍을 들었다. 끙, 젊은 태만이 들기에도 무거웠다. 태만이 균형을 잃고 비틀거리자 집주인이 소리쳤다.

"아래를 들어! 그래야 장판에 흠집 안 나지!”

"아, 진짜. 병풍 때문에 사람이 넘어질 뻔했는데 지금 장판 흠 걱정하세요? 머리 아픈 거 나으셨으면 저 좀 도와주세요."

태만이 말했다. 집주인이 다시 머리를 감싸 안으며 돌아누웠다.

"다 낫긴…… 자네 하는 짓을 보니 머리가 더 아프네. 어, 아파…… 아이고…… 머리야……."

"아님 이거 부숴서 내려가도 되나요? 어차피 안 쓰실 거잖아요."

태만이 물었다. 집주인이 벌떡 일어나며 말했다.

"이 사람이, 남의 물건이라고 맘대로 부숴? 그냥 들면 무거우니까 등 대. 내가 올려줄게."

"어르신 머리 괜찮아지셨으면 미용실 계약부터……."

집주인이 막무가내로 병풍을 들어 태만의 등에 올렸다. 끙, 무거웠다. 덕분에 태만은 말을 꺼내지도 못했다. 집주인이 병풍을 두드리며 말했다.

"자, 다녀오시오. 다녀와서 이야기합시다."

"금방 다녀올 테니 조금만 기다리세요, 조금만."

"걱정 마. 자네 덕분에 다 나은 것 같으니까."

집주인은 태만이 안전하게 집을 나갈 때까지 뒤를 봐주었다. 이때까지만 해도 태만은 집주인을 믿었다. 아니, 믿고 싶었다. 태만은 계단을 내려가며 중얼거렸다.

"목표를 생각하자, 목표. 미용실 재계약, 미용실 재계약."

태만은 쓰레기장 옆에 병풍을 내려놓았다. 무쇠로 만든 것도 아닌데 왜 이리 무거운지. 잠시 숨을 돌리며 쉬고 있는데 지수가 다가왔다. 화가 단단히 난 표정이었다.

"뭐야, 이번엔 병풍이야? 이러다 말이나 꺼내겠어? 당신 그 마귀 할멈한테 이용당하는 거야. 오늘 안에 말 못한다, 에 한 표."

지수가 태만의 속을 긁었다. 힘들어 죽겠는 사람에게 위로는 못 해줄망정 재를 뿌렸다. 태만은 못내 서운해 소리쳤다.

"권리금만 받아 오면 될 거 아니야, 권리금만. 내 받아 올게."

태만은 지수에게 호언장담하며 계단을 올랐다. 이번에는 반드시 담판을 지을 생각이었다.

딩동!

초인종을 눌렀다. 집주인은 대답이 없었다. 지수의 불길한 말이 떠올랐다. '오늘 안에 말 못한다, 에 한 표.' 말이 씨가 된다더니. 태만은 애써 지수의 말을 머릿속에서 털어냈다. 그리고 연달아 초인종을 눌렀다.

딩동, 딩동!

집주인은 문을 열지 않았다. 흥분한 태만은 주먹으로 문을 두드리며 소리쳤다.

"어르신 이러시면 안 되죠. 시키는 대로 다 했잖아요. 문 열어요, 문."

"몸을 조금 움직였더니 머리가 아파 죽겠어. 미용실 이야긴 담에 하세, 담에."

문 너머로 집주인의 목소리가 들려왔다. 지수의 말이 맞았다. 시킬 거 다 시키고 쓸모없으니 다음에 오라니, 사람이 물건도 아니고. 태만은 화가 나 소리쳤다.

"그럼 여기서 이야기할게요. 잘 들으세요. 어르신 아드님이 오신 다고요? 그리고 이곳에 미용실을 차리신다고요?"

음악 소리가 들렸다. 태만이 소리를 높였다.

"같은 종류의 점포가 들어올 경우 전 가게 사장에게 권리금 주는 거 아시죠? 저희가 터를 닦았으니 권리금 주셔야 해요. 저희 절대 권리금 포기 못합니다."

음악 소리가 점점 커졌다. 듣기 싫다는 의미였다. 태만의 소리도 점점 커졌다. 일은 일대로 부려먹고 상대도 해주지 않는 집주인의 태도에 태만은 화가 났다. 자신이 병풍만도 못한 사람 같아 서글펐다. 그 사이 지수가 올라왔다.

"내 뭐랬어! 저 마귀할멈한테 이용만 당할 거라고 했잖아!"

정말 이럴 줄은 몰랐다. 태만은 한숨을 내쉬었다. 지수가 고개를 흔들며 말했다.

"당신은 아직 사회를 몰라. 이 사회가 얼마나 무서운 곳인지 모른다고. 어휴, 도움이 안 돼, 도움이."

"모르긴 뭘 몰라. 아주 뼛속까지 느끼고 있는데."

태만은 지수를 쫓아 계단을 내려갔다. 오늘따라 지수의 등이 너무 작고 왜소해 보였다. 지금껏 저 등에 의지해온 자신이 미울 정도로 작고 왜소했다. 태만이 지수의 등을 조용히 끌어안았다. 지수가 태만을 뿌리치며 말했다.

"왜 그래? 징그럽게."

"가만있어봐."

태만이 지수를 끌어안은 팔에 힘을 주었다. 지수가 가만히 안겼다. 지수의 몸에서 파마약 냄새가 진동했지만 오늘은 그 냄새마저도 구수했다. 태만이 말했다.
"미안하다, 아무것도 해줄 수 없어서."
"휴, 미안하다, 이제 그 말도 지겹다 지겨워."
지수가 몸을 비틀어 태만의 품에서 빠져나갔다. 총알이 뚫고 지나간 것처럼 가슴이 뻥 하고 뚫렸다. 태만은 계단에 주저앉았다. 지치고 힘들었다.

…

태만은 밤늦게 승일의 피시방을 찾았다. 누군가에게 위로받고 싶었다. 뻥 하고 뚫린 가슴에 바람막이라도 치고 싶었다. 다행히 승일이 피시방을 지키고 있었다. 태만이 빈자리에 앉으며 말했다.
"집주인 아들이 미용실을 차린단다, 우리 자리에."
"그것 때문에 늦었냐? 나 결국 창업 스쿨 못 갔다. 수업 못 들으면 창업하는 데 어려운 거 알지?"
"하, 이 자식은. 지금 네 창업이 중요하냐? 우리 쫓겨나게 생겼어. 십 년 동안 터 닦아놓은 곳, 권리금도 못 받고 쫓겨나게 생겼다고! 당장 갈 곳이 없어 길바닥에 나앉게 생겼다고!!"
태만은 서러워 참고 있던 울분이 터져 나왔다. 승일이 귀찮다는 표정으로 물었다.

"라면 줄까?"

"아니, 이 상황에 라면 먹게 생겼어? 너 내 말은 귀로 먹냐? 난 위로가 필요한 거지 라면이 필요한 게 아니라고. 아 진짜, 이걸 친구라고. 말을 말자, 말을."

태만은 고개를 가로저었다. 태만이 공짜를 거절하는 건 매우 드문 일이었다. 정말 위로가 필요한 모양이었다. 승일이 태만의 뒤통수를 치며 말했다.

"미친, 위로가 대단한 거냐? 배부르면 위로되는 거지. 조금만 기다려. 금방 끓여 올게."

"됐어, 안 먹어!"

태만이 앙탈을 부렸다. 승일은 말없이 물을 올렸다. 말은 저렇게 해도 라면을 끓여주면 먹을 것이다. 아빠 렌털 사업이 잘된다고 해서 그 일이나 함께해보자고 할 생각이었는데, 태만이 이사를 가면 어떻게 해야 하나. 승일은 머릿속이 복잡해졌다. 승일은 팔팔 끓는 물에 라면을 넣으며 태만을 쳐다보았다. 태만이 심각한 표정으로 모니터를 노려보고 있었다.

태만은 카페에 접속했다. 밤이 늦었는데도 꽤 많은 회원들이 채팅을 하고 있었다. 태만이 들어오자 모두 반겼다. 갑작스러운 환대에 태만은 기분이 좋아졌다.

간혹 채팅방에 초대받긴 했지만 채팅방에 들어온 건 처음이었다. 무슨 말을 해야 할지 몰라 한동안 채팅방의 분위기만 살폈다. 그러는 사이 한두 명씩 나가고 핵심 멤버만 남게 되었다. 답답했던 태만은 주저리주저리 글을 쓰기 시작했다. 마귀할멈에게 당한 일에 대해.

    태만   제가 당한 건 상관없습니다. 지금까지 그런 마귀할멈에게 당했을 마누라를 생각하니 정말 가슴이 찢어집니다.
    산모   아빠의 마눌님 사랑, 정말 부럽습니다. ㅠㅠ

태만은 자판을 두드렸다.

    태만   아뇨, 그동안 너무 고생시켜 부끄러울 뿐입니다.
    이십대   그러지 말고, 마귀할멈 정신 차리게 복수하세요.

태만이 놀라 물었다.

    태만   복수? 복수라니?
    소연   그런 부류의 사람을 아는데 눈에는 눈 이에는 이 작전으로 가면 백퍼 집니다.

그래서 어쩌라고? 태만이 물음표를 쳤다.

    태만   ???
    소연   나그네 외투를 벗긴 게 누군지 아시죠?

미연   아! 햇님요. 햇님 작전 말씀하시는 건가요?

인터넷에서는 모두 외계어를 쓰는 걸까? 햇님 작전은 또 뭐지? 태만은 정신을 차릴 수가 없었다.

소연   네, 우리한테 했던 것처럼 오랫동안 남편 없이 혼자 산 마귀할멈에게 아빠가 되어주세요.
태만   싫어요. 제가 왜 마귀할멈의 아빠가 되어야 합니까?
소연   안 그럼 이야기도 못하고 그냥 쫓겨날 텐데요.

정녕 다른 방법은 없는 걸까?

산모   찬성해요. 처음엔 저도 아빠 엄청 경계했는데 아빠의 정성과 마음에 감동해서 아이를 보내지 않았잖아요. 지금은 보내지 않은 걸 정말 다행이라 생각해요. 마귀할멈의 아빠가 되어준다면 꽁꽁 언 마음도 눈 녹듯 녹을 거예요.
미연   맞아요. 아빠라면 잘할 수 있을 거라 믿습니다. 응원할게요.
이십대   아빠 파이팅!!

잘할 자신이 없었다. 아니, 노인네의 아빠 같은 건 하고 싶지 않았다. 하지만 늦은 밤 자신을 위해 아낌없이 충고해주는 회원들이 무척 고마웠다. 태만은 자판을 두드렸다.

    태만   아직은 결정을 못하겠어요. 하지만 좋은 의견 감사합니다.
    소연   네, 쉽게 결정할 문제는 아닌 것 같습니다. 잘 생각해보고 결정하세요. 가족의 행복이 달린 문제니까요. 저는 좋은 아빠 만나서 남자에 대한 신뢰가 커지고 있어요. 저야말로 고맙습니다.
    산모   미 투!

  채팅방에 있는 회원들이 모두 한마디씩 응원해주었다. 정말이지 큰 위로가 되었다. 카페를 만들 때만 해도 이런 도움을 받을 것이라고는 전혀 생각하지 못했다. 그저 돈 받고 아빠 역할을 해주면 끝일 줄 알았는데 이들과 함께하면서 서로 믿고 의지하게 되었다. 뭐랄까, 또 다른 가족이 생긴 느낌이었다. 그나저나 마귀할멈에게 아빠가 되어주라고? 태만은 자신이 없었다.

                       …

  태만은 평소보다 일찍 일어났다. 지난밤 지수에게서 들은 이야기가 있었다. 마귀할멈이 매일 아침 우유와 신문을 가지러 내려온다고 했다. 태만은 주인집 계단을 청소하며 기다렸다가 우유와 신문을 전해줄 생각이었다.

그러나 계단 청소가 끝나고 앞마당까지 쓸었는데도 마귀할멈은 기척이 없었다. 태만은 계단에 쪼그려 앉아 신문을 읽었다. 얼마나 기다렸을까, 신문을 꼼꼼히 다 읽고 다리가 저릴 무렵 현관문이 빼꼼이 열리더니 마귀할멈이 못마땅한 표정으로 태만에게 물었다.

"여기서 뭐하는 거야?"

"계단이 지저분해서요. 청소 중입니다, 청소. 아, 여기 우유랑 신문이요."

태만은 읽던 신문을 정리해 우유와 함께 건넸다. 마귀할멈이 태만을 잔뜩 경계하며 우유와 신문을 받아 들었다. 그리고 말했다.

"신문 함부로 읽지 마."

마귀할멈은 태만의 대답도 듣지 않고 쾅 하고 현관문을 세게 닫았다. 칫, 그런다고 쫄 줄 아나. 태만은 전혀 신경 쓰지 않았다. 모든 것에는 시간이 필요하다는 걸 이젠 안다. 시간과 정성을 들일수록 음식 맛이 깊어진다는 것도.

다음 날도, 그 다음 날도 태만은 계단을 쓸며 기다렸다가 우유와 신문을 건네주었다. 마귀할멈은 여전히 냉랭하게 우유와 신문만 받고 돌아섰다. 마귀할멈은 조금도 틈을 주지 않았다. 며칠 동안 태만을 지켜보던 지수가 말했다.

"그런다고 옳다구나 재계약하자고 할 노인네가 아니야. 누울 자리 보고 다리 뻗으랬다고 쓸데없는 짓 그만하고 변호사나 알아봐."

"조금만 기다려. 내가 해결할게."

"뭘 어떻게 해결할 건데? 마귀할멈 시중드는 게 해결하는 거야?"

지수가 태만 속을 제대로 긁었다. 누군 시중들고 싶어서 드나. 햇님 작전을 수행 중이라고는 말하지 못했다. 물론 지수의 마음을 모르는 것도 아니다. 지수만큼 마귀할멈에게 깍듯했던 사람도 없을 것이다. 김장하면 제일 먼저 김치를 건네고, 머리도 공짜로 해주고, 건물 청소도 도맡아서 했다.

그렇게 신경 썼는데 돌아오는 건 나가라는 말뿐이었으니 화가 날 만도 했다. 그러나 변호사로 해결될 문제가 아니었다. 게다가 법은 우리 같은 사람에겐 너무나 멀었다. 자칫 잘못했다간 우리가 당할 수도 있었다. 태만은 회원들의 충고대로 시간이 걸리더라도 햇님작전으로 마귀할멈을 무장해제 시킬 생각이었다. 태만이 물었다.

"마귀할멈 스케줄 좀 알려줘."

"특별한 스케줄이 있나. 종일 집에 있다가 저녁에는 운동 가는 모양이더라고. 수요일엔 노래 연습이 있고."

"운동이라니? 무슨 운동?"

"나이가 들수록 근력운동이 필요하다고 요 앞 헬스장에 다녀. 그건 왜 물어?"

"아니, 그냥 궁금해서."

"궁금한 것도 많다. 그만하고 내려와. 밥 먹자."

지수가 계단을 내려가며 말했다. 헬스장이라, 운동을 안 한 지도 정말 오래되었다. 태만은 팔에 힘을 주어 근육을 만들었다. 옛날에는 꽤 잡혔는데 지금은 너무 초라했다. 태만이 지수를 따라 내려가며 중얼거렸다.

"이거 나도 운동 좀 해야겠네……. 몸이 영 찌뿌둥한 것이……."

...

그날 오후 태만은 마귀할멈이 다닌다는 헬스장을 찾았다. 트레이너의 안내에 따라 등록을 하고 트레이닝복으로 갈아입기 위해 탈의실로 들어갔다. 태만은 거울 앞에 섰다. 예전엔 식스팩도 보이고 했는데 이젠 아이 하나가 들어가 있는 것처럼 배가 볼록했다. 세월이 몸에 남긴 흔적이었다.

이번 기회에 식스팩도 챙기고 마귀할멈의 마음도 챙기자 다짐했다. 태만은 트레이닝복으로 갈아입고 헬스장으로 나갔다. 가볍게 스트레칭을 하고 있는 마귀할멈에게 태만이 구십 도로 인사하며 말했다.

"안녕하세요. 여기서 또 뵙네요."

마귀할멈의 얼굴이 심하게 구겨졌다. 마귀할멈은 태만을 외면하고 러닝머신으로 걸어갔다. 태만은 천천히 스트레칭을 하며 마귀할멈을 따라 러닝머신에 올라섰다. 마귀할멈이 왜 따라오냐며 무섭게 노려보았다. 태만이 사람 좋게 웃으며 말했다.

"나이 들수록 유산소 운동이 좋다고 해서요. 그럼, 즐운하세요."

마귀할멈이 한숨을 크게 내쉬더니 포기한 표정으로 달렸다. 눈치를 살피던 태만도 달리기 시작했다. 마귀할멈 보란 듯이 최고 속도로. 이상하게도 일 분이 한 시간처럼 느껴졌다. 시간이 왜 이리 안 가는지.

"헉헉, 헉헉."

얼마 뛰지도 않았는데 숨은 왜 이리 차오르는지, 결국 태만은 오 분도 못 타고 러닝머신에서 내려왔다. 마귀할멈이 태만을 힐끔 쳐다보며 한소리 했다.

"괜한 짓 하지 말고 돌아가. 그런다고 재계약할 거라 생각하지 말고."

"헉헉, 그럼 권리금이라도 주셔야죠. 헉헉, 아드님이 미용실을 하신다면서요, 헉헉."

"누가 그런 헛소리를 해? 누구야? 누구?"

마귀할멈이 펄쩍 뛰었다. 좀처럼 흥분하지 않는 양반이 흥분하는 꼴을 보니 그 이야기가 맞는 게 분명했다. 태만이 말했다.

"아영 엄마가 주인 어르신께 얼마나 잘했습니까. 그뿐입니까, 아무것도 없는 허허벌판에 미용실 터 잡아놨더니 그걸 날름 먹겠다고요? 그러지 마세요. 천벌 받아요."

"아, 거참, 말 많네. 헬스장을 옮기든지 해야지······."

마귀할멈이 러닝머신에서 내려와 자전거를 타러 갔다. 태만은 마귀할멈을 쫓아가며 말했다.

"다른 세입자들과 똑같이 권리금 주십시오."

마귀할멈이 이어폰을 꽂고 운동을 시작했다. 아, 정말 독하다. 태만은 마귀할멈 귀에서 이어폰을 빼며 말했다.

"아니면 저희는 절대 가게 뺄 수 없습니다."

"아, 진짜, 자꾸 귀찮게 굴면 경찰 부를 거야!"

마귀할멈이 소리쳤다. 운동을 하던 사람들이 태만을 쳐다보았다. 마귀할멈 옆에서 자전거를 타던 노인이 물었다.

"왜 무슨 일이야?"

"운동하러 왔는데 못하게 방해하잖아."

"오늘 처음 온 거 같은데? 아는 사람이야?"

"우리 건물 미용실 남편이야."

"아는 사람이 왜?"

"재계약 안 한다니까 저렇게 쫓아다니잖아."

마귀할멈이 불쌍한 표정으로 말했다. 표정만 보면 태만이 흉악한 짓이라도 저지른 것 같았다. 주위 사람들이 노골적으로 적개심을 표현했다. 태만은 아니라고 손을 흔들었다. 자전거 노인이 인상을 쓰며 말했다.

"어이, 미용실 양반, 노친네 그만 괴롭히고 저기 가서 운동해."

"아뇨, 그게 아니라요."

"그게 아니긴 뭐가 아니야. 노인이 그렇다고 하면 그런 거지. 그만 쫓아다니고 억울하면 법대로 하라고, 법대로."

자전거 노인이 태만을 밀었다. 운동을 얼마나 했는지 일흔이 넘은 나이에도 몸은 이십대라고 해도 믿을 정도였다. 힘도 얼마나 센지 태만이 힘없이 밀렸다. 자전거 노인이 마귀할멈에게 말했다.

"윤 여사, 이번 주 일요일, 관악산 어때?"

"이번 주 일요일요? 글쎄요, 스케줄 좀 보고요."

"그놈의 스케줄인지 스키줄인지, 이제 그만 밀당하고 갑시다. 윤여사에게 일순위가 되고 싶어요, 일순위."

자전거 노인이 애교를 섞어 말했다. 마귀할멈이 싫지 않은 표정으로 웃었다. 마귀할멈이 가까운 구민회관을 두고 왜 굳이 이곳 헬스장까지 오는지 알 것 같았다. 태만은 빙그레 웃었다. 관악산이라, 산에 오르려면 열심히 몸을 만들어야겠다. 태만은 근력을 키우는 기구 앞에 섰다. 일단 하체부터, 남자의 힘은 하체에서 나오니까. 태만은 햄스트링 운동부터 시작했다. 다리 내렸다가 올리기, 내렸다가 올리기.

"핫둘…… 핫둘…… 핫…… 둘…… 하…… 헉헉, 헉헉……."

도저히 못하겠다, 도저히. 태만은 열 번도 못 채우고 그만두었다. 숨이 턱까지 차올랐다. 헉헉, 헉헉……. 태만은 그대로 바닥에 드러누웠다. 세월 가는 줄 모르고 살았는데 몸은 지난 세월을 모두 기억하고 있었다. 헉헉, 헉헉…….

…

일요일 새벽 태만은 눈 뜨기가 무섭게 집을 나섰다. 산 정상에서 집주인이 지녀야 할 덕목에 대해 이야기할 생각이었다. 그러기 위해선 마귀할멈보다 반걸음 먼저 도착해야 했다. 태만은 걸음을 재촉했다.

그런데 뭔가 이상했다. 뭔가 소중한 것을 두고 나온 것처럼 허했다. 태만은 준비물을 다시 한 번 확인했다. 물, 오이, 초코파이, 스케치북, 펜. 김밥은 그 앞에서 사기로 했으니 빠진 것은 없었다. 그러나 이상하게 뭔가 허전했다.

"배가 고파서 그런가."

태만은 물로 배를 채웠다. 밖은 이제 막 여명이 밝아오고 있었다. 으슥한 골목에 남아 있던 어둠도 서둘러 물러나기 시작했다. 새벽 풍경을 보는 것도 참 오랜만이었다. 태만은 지하철을 타고 대공원역에서 내렸다.

이른 새벽인데도 내리는 사람이 많았다. 모두 산에 오르는지 등산복 차림이었다. 태만은 지하철 출구가 잘 보이는 벤치에 앉아 마귀할멈을 기다렸다. 여전히 뭔가 허전했다. 귀중한 걸 두고 온 느낌이었다.

배낭을 다시 확인했지만 두고 온 건 없었다. 기분 탓인가. 태만은 지하철 출구 앞에서 김밥을 두 줄 샀다. 한 줄은 마귀할멈을 기다리면서 먹고 나머지 한 줄은 따로 챙겨 정상에 가서 먹을 생각이었다.

김밥 한 줄을 다 먹기 전에 마귀할멈과 자전거 노인이 나타났다. 태만은 벤치 뒤로 몸을 숨겼다. 노친네들 뒤에서 걷다가 정상을 앞두고 치고 나갈 생각이었다. 자전거 노인이 허리춤에 찬 카세트를 켰다.

"가시죠, 윤 여사를 위해 준비한 음악 살롱입니다."

자전거 노인이 앞장서며 말했다. 꽃분홍색으로 등산복을 곱게 맞춰 입은 마귀할멈이 웃으며 자전거 노인을 따라갔다. 얼음같이 차갑기만 하던 마귀할멈의 웃는 모습을 태만은 처음 봤다. 마귀할멈의 몸에도 뜨거운 피가 흐르는 모양이었다. 카세트에서 노래가 흘러나왔다.

"몸매는 에스라인……"

태만은 자신도 모르게 노래를 흥얼거리며 마귀할멈과 자전거 노인을 쫓아갔다. 관악산에 가을이 먼저 도착했다. 울긋불긋 색동저고리를 입은 것처럼 단풍이 곱게 들었다.

"우리 아영이랑 같이 왔으면 좋았을 텐데."

태영은 아영을 생각했다. 그 순간 까맣게 잊고 있던 약속이 떠올랐다.

'앞으로 한 달에 한 번은 무조건 쉴 거야. 그땐 미용실도 쉬어. 그리고 그날 놀이동산이나 동물원에 가도록 하자.'

맞다, 돌아오는 일요일, 그러니까 오늘 아영이랑 지수랑 놀이동산에 가기로 했다. 어떻게 그걸 잊을 수 있지, 어떻게. 태만은 정신이 아찔했다. 그렇다고 돌아가기엔 너무 많이 와버렸다. 그 순간 지수에게 연락이 왔다. 전화를 받자 지수가 다짜고짜 물었다.

"당신 어디야? 뭐해?"

"지수야…… 그게……"

"새소리 들리는데? 우리 놀이동산 가는 거 아니었어? 나 미용실 문 닫고 김밥까지 다 쌌어."

"그러니까 지수야……"

무슨 이야기든 해야 했다. 둘이 다녀오라든가, 아님 오늘은 힘들겠다든가. 그런데 도저히 입이 떨어지지 않았다. 그때였다. 멀리서 마귀할멈의 비명이 들렸다.

"아악!!"

"뭐야? 무슨 소리야? 여자 비명인데? 당신 어디야?"

전화기 너머로 지수의 목소리가 커졌다. 태만이 말했다.

"내가 조금 이따 전화할게. 조금만 기다려."

"여보, 여보! 우리는?"

태만은 다급하게 전화를 끊고 마귀할멈에게 달려갔다. 몇몇 사람들이 등산로에서 벗어나 너럭바위 위에 서 있었다. 불길한 예감이 들었다. 태만은 사람들을 밀치고 바위 위로 올라갔다. 자전거 노인이 아래를 보며 발을 동동 굴렀다. 태만이 다가가 물었다.

"무슨 일이에요?"

자전거 노인이 태만을 보고 놀라는 듯했으나 이내 말했다.

"아니, 하늘이 참 예뻐서 사진 찍으려다 바위 아래로 떨어졌어."

아래를 내려다보니 다행히 그렇게 높지는 않았다. 태만이 바닥에 쓰러진 마귀할멈을 발견하고 소리쳤다.

"괜찮으세요?"

"안 괜찮아. 그런데 자네 도움은 안 받을 거야. 119에 전화했으니 곧 올 거야."

실컷 이용해먹을 땐 언제고 누가 마귀할멈 아니랄까 봐 큰소리는.

태만은 마귀할멈에게 말했다.

"조금만 기다리세요. 제가 내려갈게요."

"자네 도움은 안 받는다고!"

"누가 도와준대요? 상태만 보자고요!"

태만은 바위 아래로 조심조심 기어 내려가다 뛰어내렸다. 다행히 마귀할멈 옆에 떨어졌다. 태만이 몸을 추스르고 마귀할멈을 살피며 물었다.

"어디가 제일 아프세요?"

"아픈 데 없다니까!"

마귀할멈이 소리를 질렀다. 그러거나 말거나 태만은 마귀할멈의 상태를 살폈다. 발이 퉁퉁 부어 있었다. 태만이 발을 만지며 말했다.

"이런, 여기가 이상한데요. 발목이 삐었나 봐요."

"악! 사람 죽일 작정이야! 아프다고! 아파!!"

마귀할멈이 비명을 질렀다.

"제가 부축할 테니 걸어보실래요?"

"아니, 자네 도움 안 받아."

"하지만 이렇게 앉아 있으면 체온도 떨어지고 몸에 더 안 좋아요."

"그래도 안 받아. 도움 주고 나서 재계약하자느니, 권리금 달라느니 할 거 아냐."

이런 상황에서 저런 말이 나오다니 정말 대단했다. 태만은 포기했다. 대신 체온이 떨어지면 안 되니까 옷을 벗어 마귀할멈에게 입혀 주며 말했다.

"덮으세요. 지나가던 개가 다쳐도 이럴 거니까. 도움 받는 거라 생각하지 말고 그냥 덮고 계세요."

"그럼 내가 개란 말이야?"

마귀할멈이 발끈했다. 태만은 무시했다. 짖는 개에게 친절하게 대꾸해줄 필요는 없다. 숲은 조용했다. 가끔 개구쟁이 바람이 나무를 타고 지날 때면 나무들이 와~ 하고 소리를 질렀다. 바람 소리, 나무 소리를 들으니 마음이 편안해졌다. 태만이 웃으며 말했다.

"이 집에서 살면서 좋은 일이 많았어요. 아영이가 태어나고…… 자라고……."

아영이 자꾸 눈에 밟혔다. 무슨 일이 있어도 놀이동산에 간다고 했는데 말만 뱉어놓고 결국 약속을 지키지 못했다. 아영 말대로 태만은 쓸모없는 물건이 맞다. 아영에게 너무 미안했다. 태만은 끝내 말을 잇지 못했다.

"우리 집이 복을 가져다주는 집이긴 하지."

"맞아요. 저희에겐 아영이가 복이죠, 복. 실은 오늘 아영이랑 놀이동산에 가기로 했는데 먹고사는 게 뭐라고 여길 따라왔네요. 그 녀석 말로는 싫다고 해도 내심 기대하는 눈치였는데."

"그러게 재계약 안 한다니까 왜 쫓아와. 그리고 우리 아들 미용실 안 해."

"정말이에요? 그럼 아영 엄마 앞에서도 그렇게 말씀하실 수 있어요?"

태만이 집요하게 물었다. 마귀할멈은 대답하지 못하고 머뭇거렸다. 거짓말을 한 모양이었다. 태만이 한숨을 크게 내쉬며 말했다.

"하긴 어르신이 무슨 잘못입니까. 집 없는 저희들이 죄인이죠. 지수에게는 제가 잘 말할게요. 이제 그만 돌아가시죠. 이대로 있으면 위험해요. 지금 떨고 계시잖아요."

마귀할멈은 추운지 심하게 떨고 있었다. 태만은 진심으로 걱정했다. 그 마음이 닿았던 걸까 마귀할멈이 투덜거렸다.

"구급대원들은 왜 이렇게 안 오는 거야? 여기 좀 부축해봐. 다리 저려 죽겠네."

마귀할멈이 몸을 일으켰다. 태만이 자리에서 벌떡 일어나 마귀할멈을 부축하며 말했다.

"천천히, 천천히 움직이세요."

"아까보다는 나은데."

"그래도 조심하세요. 오른쪽으로요."

태만은 마귀할멈을 부축하며 걸었다. 마침 119 구급대원들이 도착해 구급대장이 내려다보며 물었다.

"괜찮으세요?"

"응, 난 괜찮아. 부축해주는 사람이 있어서 괜찮아졌어."

마귀할멈이 말했다. 태만을 잡은 손에 힘이 들어갔다. 못된 마귀할멈도 연약한 여자였다. 태만은 마귀할멈을 부축한 팔에 더욱 힘을 주었다.

"조금만 기다려주세요. 금방 내려갈게요."

말이 끝나기가 무섭게 구급대원들이 내려왔다. 그러고는 순식간에 마귀할멈을 이동식 침대에 눕혔다. 마귀할멈이 태만에게 말했다.
"그럼 다친 개는 먼저 가네."
"누가 진짜 개래요?"
"흐흐, 알아. 어쨌건 고맙네."
 태만은 자신의 귀를 의심했다. 마귀할멈이 고맙다고 했다. 햇님 작전이 성공한 것이다. 그러나 마귀할멈이 바로 선을 그었다.
"재계약 안 해."
 그럼 그렇지, 그래야 마귀할멈이지. 태만이 빙그레 웃으며 말했다.
"알아요. 조심히 내려가세요."
 마귀할멈이 손을 흔들었다. 마귀할멈이 실려 가자마자 태만은 지수에게 전화를 했다.
"지수야, 여기 관악산인데 서울대공원으로 와."
"됐어. 아영이가 안 가겠대. 김밥 싼 거 다 먹고 우리 영화 보러 왔어. 아, 시작한다. 끊을게."
 전화기 너머로 뚜뚜 통화음이 들려왔다. 하, 왜 이리 되는 일이 없냐. 태만은 자리에 주저앉아 남은 김밥을 먹었다. 한없이 처량했다.

아직 마르 지
않은 매니 큐 어

놀이동산에 가지 못한 이후로 집 안 분위기는 급속도로 냉랭해졌다. 분위기를 바꿔보려고 모처럼 세 식구가 한자리에 모여 밥을 먹었다. 그러나 어색한 침묵이 흘렀다. 가시방석에 앉은 것처럼 불편했던 태만이 먼저 말을 꺼냈다.

"요즘은 별일 없어?"

"왜? 아빠는 내가 별일 있었으면 좋겠어?"

칼만 안 들었지 완전 시비조다. 마음 같아서는 한 대 때리고 싶었다. 쪼그만 게 버르장머리 없이. 태만은 터져 나오는 화를 밥으로 꾹꾹 눌렀다. 마침 전화벨이 요란하게 울렸다. 태만의 목을 죄던 침묵의 사슬이 끊어졌다. 태만은 반갑게 전화를 받았다.

"딸 치수는 아직 못 쟀어요? 고객님 옷은 다 됐는데."

전화기 너머로 어머니 목소리가 들렸다. 아니 그러니까 어머니를 닮은 누이의 목소리가 들렸다.

"아, 그게요, 환절기라……"

태만은 숟가락을 내려놓고 일어섰다. "밥 안 먹어?"라고 묻는 지수에게 손을 흔들어 보이고는 안방으로 들어갔다.

"딸아이가 좀 아파서요……."

태만은 또 거짓말을 했다. 아영은 한복 따위는 절대 입지 않을 거라고 완강히 버텼다. 아영의 고집에 지수는 애먼 태만에게 짜증을 냈다. 한 해가 다르게 크는 아이에게 한복을 왜 사주느냐고. 이러지도 못하고 저러지도 못하는 사이 시간만 흘렀다. 누이가 물었다.

"아이고, 이런. 아이가 아프면 부모 마음은 더 찢어지죠. 많이 아픈 거예요? 병원은 갔어요?"

마치 자기 일처럼 물어보는 누이에게 태만은 조금 미안했다.

"네, 병원은 다녀왔고요. 며칠 쉬다 보면 괜찮을 거래요. 걱정 마세요. 아이가 괜찮아지면 제 한복 찾을 겸 해서 내려가겠습니다."

"그래요. 한복은 잘 보관해둘 테니까 걱정 말고 아이 잘 돌보세요."

"네."

태만은 전화를 끊었다. 남의 아이도 자신의 아이처럼 걱정해주는 누이의 마음이 그대로 전해졌다. 따뜻한 누이라 다행이었다. 어머니도 편하게 모셨을 것이다. 태만은 누이를 생각하며 미소를 지었다. 마침 지수가 방 안으로 들어오며 물었다.

"누구야? 누군데 그렇게 아련한 표정이야?"

"아련하다니, 뭐가?"

태만은 자신의 감정을 들킨 것만 같아 지수에게 괜히 심술을 부렸다. 지수가 태만을 살피며 물었다.

"아니, 당신 눈에 그리움이 가득하길래. 설마 당신 다른 여자 생긴 거야?"

"글쎄, 다른 여자라고 하면 다른 여자라고 할 수도 있겠네."

"잠깐만, 다른 여자면 다른 여자지 다른 여자라고 할 수도 있다니? 도대체 무슨 소리야?"

지수가 날카롭게 따졌다. 누가 여자 아니랄까 봐 이럴 때 보면 은근 귀여운 구석이 있었다. 태만이 지수를 놀리며 말했다.

"왜 다른 여자 생긴 것 같아? 하긴 내가 좀 매력 쩔지."

"매력은 개뿔. 차라리 다른 여자라도 생겼으면 좋겠네. 아이 하나 입양 보낸다고 생각하지 뭐."

"그거 잘됐네. 입양 보내줘. 이참에 새로운 삶 좀 살아보게."

가끔씩 자신을 아이 취급하는 지수가 못마땅해 태만은 퉁명스럽게 말을 뱉으며 방을 나섰다. 지수가 태만 뒤를 따르며 소리쳤다.

"뭐야, 진짜야? 진짜 다른 여자 생긴 거야? 다른 건 다 참아도 다른 여자는 못 참아. 내 손에 걸리는 날엔 둘 다 죽음이야, 죽음!"

칼만 안 들었지 완전 협박에 가까웠다. 가끔 지수가 내뱉는 말에 깜짝깜짝 놀랐다. 여자가 나이가 들면 여성호르몬이 줄어들어 상대적으로 남성호르몬이 많이 분비된다고 하던데, 그래서인지 때로 지수가 형처럼 무서울 때가 있었다. 그나저나 아영을 어떻게 광주에

데려가지? 순간 진태가 떠올랐다. 진태라면 도와줄 것 같았다. 태만은 진태에게 문자를 보내 만나자고 했다.

...

 진태는 수요일이 제일 바쁜 날이라며 학교 끝나고 학원 가는 동안에만 시간을 낼 수 있다고 했다. 유명 연예인도 초딩보다 바쁘지는 않을 것이다. 요즘 아이들의 살인적인 스케줄을 보면 안쓰러웠다. 태만은 학교 앞에서 진태를 기다렸다. 한 무리의 아이들이 학교를 빠져나왔다. 태만은 혹시나 아영과 마주칠까 봐 교문 뒤에 숨었다.
 "아저씨!"
 진태 목소리가 들렸다. 태만은 반가운 마음에 돌아보았다. 진태가 아영과 함께 걸어오고 있었다. 아영의 일 때문이라고, 아영은 절대 데리고 나오지 말라고 그렇게 일렀는데. 멍청한 건지, 아님 머리가 좋은 건지. 진태의 돌발 행동에 태만은 난감했다. 아영도 몰랐는지 태만을 보자 얼굴이 심하게 구겨졌다. 진태가 말했다.
 "아영이랑 같은 학원 다니거든요. 그래서 늘 함께 가요."
 "아, 그래? 우리 딸 수업 잘 받았어?"
 태만이 애써 웃으며 아영에게 인사했다. 아영이 쳇, 하며 외면했다. 평소 같으면 꿀밤을 먹일 상황이었지만 태만은 참았다. 아빠가 된다는 건 인내의 연속이라는 걸 새삼 깨닫고 있었다. 진태가 상황 파악 못하고 물었다.

"아저씨가 아영이 문제로 만나자고 해서 같이 만나는 게 좋을 것 같아서 왔는데. 두 사람 싸웠어요?"

"뭐 싸웠다기보다는 아영이가 화가 많이 나 있어. 아저씨가 잘못한 게 있거든."

"그럼 얼른 사과하세요."

"사과, 하라고?"

"네, 친구들끼리 싸우면 서로 잘못을 인정하고 사과하잖아요. 그럼 금방 친해져요. 사과하세요."

태만은 영 내키지 않았다. 놀다가 못 간 것도 아니고 사정이 있어 못 갔다. 이 일은 사과를 할 게 아니라 이해받아야 하는 문제였다. 그런데도 아영은 버릇없이 쳇, 하며 외면했다. 태만은 절대 사과하지 않을 것이다. 진태가 말했다.

"아영이 너도. 아빠가 잘못할 수도 있지, 그렇다고 쳇이 뭐야. 너 그러면 안 돼. 너도 사과해."

순간 태만은 웃음이 터져 나왔다. 진태의 논리는 굉장히 단순하고 명확했다. 나이가 들면서 자꾸 자존심을 세우게 되었다. 싸움의 본질이 내 자존심을 세우는 것이고 화해의 본질도 내 자존심을 세우는 것이 되었다. 그러다 보니 싸움을 잘하는 것도, 화해를 잘하는 것도 아닌 어정쩡한 상황이 계속되었다. 진태의 논리는 내 자존심이 중요한 게 아니라 아영과의 관계가 더 중요하다는 걸 알려주었다. 태만은 진태의 말에 용기를 냈다.

"아영아, 아빠가 그날 깜빡한 거 미안해. 집 문제를 빨리 해결해야겠다는 마음이 앞서서 정말 잊지 말아야 하는데 깜빡했어. 그러니까 한 번만 용서해줄래? 다신 아영이랑 한 약속 잊지 않을게."

아영이 아무 말도 하지 않았다. 진태가 나섰다.

"그리고 우리 엄마가 그러는데 아저씨가 우리 엄마 매니큐어 발라준 거 실은 우리 할머니 때문이래. 할머니에게 발라드리려고 엄마에게 연습한 거라고. 우리 할머니 치매에 걸리셨거든. 그래서 아저씨가 우리 아빠인 줄 알고 계셔."

"치매?"

아영이 물었다. 진태가 고개를 끄덕이며 말했다.

"응, 과거를 잊는 무서운 병이야. 우리 할머니는 나도 기억 못해. 할머니 기억엔 내가 없어. 우리가 함께했던 시간들도 사라져버린 거야. 끔찍하지. 난 네가 아저씨랑 많은 시간을 함께했으면 좋겠어. 아빠가 돌아가시면 그 시간만 기억나거든."

진태의 눈에 눈물이 맺혔다. 아영이 고개를 숙이더니 한참을 망설이다 천천히 말했다.

"난…… 아빠가 나보다 진태를…… 더 좋아하는 줄 알고……. 진태는 공부도 잘하고…… 어른들한테도 싹싹한데…… 난 매일 게임만 하고…… 병아리 죽이고…… 또 아빠를 빌려준다고 하고……."

아영이 끝내 울음을 터뜨렸다. 남의 집 아이들 챙기느라 아영의 마음은 전혀 몰랐다. 태만은 아영에게 미안했다. 태만이 아영을 끌어안으며 말했다.

"아영아, 아빠는 말이야. 아영이가 제일 좋아. 사람 말을 곧이곧대로 믿어서 어디로 튈지 모르지만 그런 아영이 때문에 아빠가 보람된 일도 하고 있고. 아빠를 돌아보게 해줘서 정말 고마워."

"지, 진짜?"

"그럼 좋아하는 사람 앞에서 거짓말하겠냐?"

"그럼 나랑도 블루마블 해."

"블루마블? 좋아. 그럼 우리 셋이 할까?"

태만이 진태를 바라보며 말했다. 아영이 삐친 표정으로 입을 내밀자 진태가 어른스럽게 말했다.

"나중에요. 아영이가 좋다고 하면요. 아참, 아영이가 니모 갖고 싶다고 했는데."

맞다. 언젠가 아영에게 금붕어를 사줬더니 니모가 아니라며 투정을 부렸다. 영리한 녀석. 진태는 자연스럽게 화제를 돌렸다. 태만이 아영에게 물었다.

"너 잘 키울 수 있어?"

"그럼, 나 물고기 아주 잘 키워. 아빠가 사준 금붕어도 주먹만 해졌어."

누구 닮아 허풍은. 물을 안 갈아줘서 금붕어 죽일 뻔한 사람이 누군데. 태만은 아영에게 다짐을 받았다.

"이번엔 제때 물 갈아주기다."

"걱정 마. 제때 갈아줄게. 진태야, 너도 같이 가자."

아영이 진태의 손을 잡아끌었다. 진태가 아영의 눈치를 봤다. 아영이 언제 또 앙탈을 부릴지 겁이 난 모양이었다. 진태가 손을 빼며 말했다.

"학원 가야 하는데……."

"나도 학원 가야 하거든. 누가 범생이 아니랄까 봐. 하루 정도는 좀 늦어도 돼. 가자, 응?"

아영이 진태에게 졸랐다. 태만에 대한 원망이 누그러지자 진태에 대한 악감정도 사라진 모양이었다. 아이들은 참 쉽다. 그래서 사랑스럽다. 잠시 망설이던 진태가 태만에게 부탁했다, 모범생답게.

"그럼 아저씨가 엄마에게 말씀 좀 해주세요. 알았죠?"

"알았어. 연락해줄게."

태만은 진태와 아영의 손을 잡으며 대답했다. 어쩜 같은 나이인데도 이렇게 다른지. 의젓한 진태를 보니 아들 하나 더 있어도 나쁠 것 같지 않았다. 오늘 밤 지수를 꼬드겨볼까나. 태만은 진태와 아영을 흐뭇하게 바라보았다.

...

"이게 니모예요. 솔직히 니모에게 아빠가 있는 건 말도 안 되는 이야기예요."

진태가 빨간 바탕에 흰 줄무늬가 있는 흰동가리를 가리키며 말했다. 아영이 발끈 대들었다.

"무슨 말을 그렇게 해. 그럼 니모가 아빠 없이 쓸쓸하게 살았으면 좋겠어?"

"그런 이야기가 아니라."

태만은 어항 속 흰동가리를 보았다. 유유자적 헤엄치는 녀석들이 귀여웠다. 진태가 말을 이었다.

"흰동가리는 유일하게 성전환을 하는 물고기라 암컷이 죽으면 수컷이 암컷으로 성전환을 해서 번식해. 그래서 니모에게 아빠가 있다는 건 잘못된 말이라는 거야."

똑똑한 녀석, 별 쓸데없는 것까지 다 기억하고 있다. 그나저나 성전환하는 물고기라니 태만은 신기하기만 했다. 아영은 못마땅한 듯 구시렁거렸다.

"칫, 잘난 척은."

"채아영, 친구한테 그런 말 하면 못써. 아는 거 이야기하는 건데 그게 왜 잘난 척이야? 잘났으니까 잘난 거지."

태만이 주의를 주었다. 아영이 칫, 거리며 못마땅해하는데 오히려 진태가 자기는 괜찮다고 했다. 진태의 어른스러운 모습을 보니 태만은 전혀 괜찮지 않았다. 아빠가 일찍 돌아가셔서 벌써 어른이 된 걸까. 태만은 진태가 안타까웠다.

"자, 그럼. 엄마, 아빠 두 마리씩 사서 돌아갈까?"

"네!"

진태와 아영이 동시에 대답했다. 태만이 포장된 니모 한 쌍을 건네자 진태와 아영은 몹시 좋아했다. 마침 진태의 전화 벨이 울렸다.

"네, 엄마. 저 아저씨랑 같이 있어요. 아저씨가 니모 사줬어요. 네? 에???"

진태가 놀라 니모를 떨어뜨렸다. 바닥에 떨어진 비닐봉지가 터져 니모가 바닥에서 퍼덕거렸다. 아영이 놀라 비명을 질렀다. 태만이 물었다.

"진태야, 왜 그래? 무슨 일이야?"

진태가 금방이라도 울 것 같은 표정으로 말했다.

"할머니가 위독하시대요."

며칠 전에 갔을 때만 해도 정정하셨다. 잠깐 정신이 돌아왔을 땐 태만에게 며느리 좀 데려가라고, 시집도 안 가고 귀찮게 군다고 하셨다. 그랬던 분이 갑자기 위독하단다. 태만은 불안했다.

"아저씨, 저 먼저 가볼게요."

진태가 인사를 하고 돌아섰다. 뒤뚱뒤뚱 뛰어가는 모습이 안쓰러웠다. 태만이 아영에게 말했다.

"아영아, 진태 할머니께 매니큐어를 발라드리기로 했는데 아직 못 발라드렸어. 돌아가시기 전에 발라드리고 올게."

"아빠, 니모는?"

아영이 바닥에 떨어져 있는 니모를 보며 물었다. 태만은 대답할 겨를이 없었다. 택시를 잡아 진태를 태우고 자신도 올라탔다. 마음이 급했다.

택시는 병원을 코앞에 두고 움직이지 못했다. 주차장을 연상하게 할 정도로 길이 꽉 막혀 있었다.

"아저씨, 다른 길 없어요?"

초조한 태만이 택시 운전사에게 물었지만 운전사가 심드렁하게 대답했다.

"오늘 같은 날은 어딜 가나 다 똑같아요. 불금이잖아요, 불타는 금요일."

"안 되겠다. 여기서 세워주세요."

태만은 진태와 함께 택시에서 내렸다. 마침 전화가 왔다. 미연이었다.

"네, 미연 씨."

대답이 없었다.

"여보세요? 미연 씨?"

태만이 재차 물었다. 전화기 너머로 가냘픈 소리가 들렸다.

"상연이냐?"

"네, 어머니! 어머니 조금만 기다리세요. 다 왔어요."

다급한 태만이 크게 외쳤다. 전화기 너머로 희미하게 웃음소리가 들렸다.

"상연아……"

"네, 어머니! 말씀하세요!"

태만과 진태가 횡단보도 앞에서 빨간 신호에 걸렸다. 빨리 빨리 빨리. 태만은 주문을 외웠다. 병원은 불과 두 블록 앞이었다. 도저히 참을 수 없었던 태만은 도로를 그냥 건너기 시작했다. 진태가 소리쳤다.

"아저씨 안 돼요!"

차들이 동시에 경적을 울렸다. 빵빵!! 태만이 다급하게 말했다.

"어머니, 다 왔어요. 조금만, 조금만…… 참으세요……."
"고맙다. 태어나줘서 고맙……"
 진태 할머니는 끝내 말을 맺지 못했다. 잠시 후 전화기 너머로 미연의 목소리가 들렸다.
"어머니! 안 돼요! 어머니!! 안 돼요!! 안 돼요…… 어머니……."
 태만은 그 자리에 멈춰 섰다. 차들이 도로 한가운데 서 있는 태만을 향해 빵빵거렸다. 태만의 얼굴에 눈물이 흘러내렸다.
"안 돼요, 어머니. 안 돼요……."

…

 도로 위에 멍하게 서 있던 태만을 이끈 건 진태였다. 신호등이 파란색으로 바뀌자 진태는 태만을 끌어 병원으로 안내했다. 병실 안에선 미연이 진태 할머니의 손을 부여잡고 통곡하고 있었다.
"어머니……."
 진태가 달려가자 미연이 진태를 알아보고 끌어안았다. 미연도 울고 진태도 울었다. 태만은 할머니 곁으로 다가갔다. 진태 할머니는 평온해 보였다.
"어머니, 저 왔어요."
 진태 할머니는 대답하지 않았다. 태만이 손을 잡으며 말했다.
"우리 어머니 매니큐어 다 지워졌네. 어머니, 잠깐만요."
 태만이 침대 옆에 자리를 잡고 앉아 매니큐어를 꺼냈다. 태만의 뜬금없는 행동에 당황한 미연이 태만을 말렸다.

"태만 씨, 그만하세요."

"어머니, 꽃단장하고 가야죠. 그래야 아버지가 예뻐할 거 아녜요."

"태만 씨!"

미연이 소리쳤다. 태만은 무시하고 진태 할머니의 손을 무릎 위에 올려놓았다.

"참, 우리 어머니는 엄마라고 불리는 게 더 좋다고 했는데. 엄마, 이대로 가만있어요, 가만."

태만의 눈이 촉촉하게 젖었다. 미연은 더 말릴 수 없었다. 그러나 더 볼 수도 없어 고개를 돌렸다. 태만이 막 매니큐어를 칠하려고 하는데 진태 할머니의 손이 힘없이 아래로 떨어졌다.

"엄마, 손에 힘 줘봐. 힘 안 주니까 자꾸 떨어지잖아."

태만은 진태 할머니 손을 움켜잡았다. 그러나 손이 또 맥없이 떨어졌다.

"노친네 고집부리긴. 알았어요, 오늘은 내가 꼭 잡을게. 엄마 손 떨어지지 않게 내가 꼭 잡을게, 꼭."

태만은 진태 할머니의 손을 움켜쥐었다. 그 모습을 지켜보던 진태가 훌쩍였다. 미연은 진태를 더 꼭 껴안았다. 태만은 미연이 가르쳐 주었던 그대로 진태 할머니의 손에 매니큐어를 칠했다.

"엄마, 매니큐어는 손톱 아래부터 칠한 뒤에 이렇게 한 호흡으로 길게 발라야 한대. 그렇게 하지 않으면 삐뚤삐뚤 엉성하대."

매니큐어 칠한 손톱이 창백한 손과 대비되어 유독 도드라졌다. 그

사이 의료진이 들어왔다. 태만은 의료진에게 손을 보이며 물었다.
"우리 엄마 손 예쁘죠?"
의료진들이 대답 없이 고개를 숙였다. 미연이 흐느껴 울며 말했다.
"그만해요, 제발······."
"엄마, 아버지 만나면 아들이 발라줬다고 자랑해요."
태만이 다시 매니큐어를 바르기 시작했다. 진태 할머니 손톱 위로 눈물이 떨어졌다. 태만은 소맷부리로 손톱을 닦으며 투덜거렸다.
"천장이 세나, 물이 떨어져."
태만은 다시 매니큐어를 칠하려고 했지만 또 눈물이 떨어졌다. 똑똑, 걷잡을 수 없이 눈물이 떨어졌다. 태만이 진태 할머니의 손을 잡고 흐느껴 울었다. 옆에서 지켜보던 미연이 의료진을 향해 고개를 끄덕였다. 의료진이 태만을 끌어내고 진태 할머니를 실어 나갔다. 태만이 몸부림치며 소리쳤다.
"잠깐만요. 아직 안 말랐잖아. 매니큐어 안 말랐다고!"
태만에게 인사라도 하듯 진태 할머니의 손이 침대 아래로 떨어져 흔들렸다. 손톱에 바른 팥죽색 매니큐어가 핏빛처럼 처연해 보였다. 태만이 미끄러지듯 주저앉아 흐느꼈다.
"매니큐어 안 말랐다고······ 아직 안 말랐다고······."

파국

아영은 진태가 버리고 간 니모를 챙겨 집으로 돌아왔다. 진태를 따라 가버린 태만이 야속했지만 이젠 이해할 수 있었다. 진태 할머니와 한 약속을 지키러 간 거니까. 아영이 니모를 보며 말했다.

"난 오늘 아빠를 찾았어. 울 아빠가 내가 제일 좋대. 나 때문에 일에서 보람도 느끼고 즐겁대, 흐흐. 나도 울 아빠가 제일 좋아. 그러니 너도 아빠를 찾아."

아영은 니모를 들고 화장실로 들어갔다. 〈니모를 찾아서〉를 보면 사람들 손에 잡혀 어항에 갇힌 니모가 변기를 통해 탈출하는 장면이 나온다. 아영은 잡혀온 니모를 바다로 보내주고 싶었다. 그래서 니모를 변기 안에 내려놓았다. 변기 안에서 활발하게 움직이는 니모에게 아영이 인사했다.

"니모, 잘 가. 아빠 꼭 만나."
아영이 변기 밸브를 누르려던 참이었다. 지수의 목소리가 들렸다.
"아영아! 채아영! 어디 있어?"
지수가 아영을 애타게 찾을 땐 딱 한 가지 이유, 아빠 태만 때문이었다. 아영은 헐레벌떡 뛰어 들어오는 지수와 눈이 마주쳤다. 죄를 지은 것도 아닌데 엄마와 눈이 마주치면 항상 얼음이 되었다. 지수가 물었다.
"아빠 봤어?"
역시, 아빠 때문이었다. 아영이 고개를 흔들며 말했다.
"아니, 집에 없어."
"어딜 간 거야, 전화도 안 받고? 오늘은 꼭 대출 확인받아야 하는데."
최근 지수는 새 미용실 자리를 보러 다니느라 눈코 뜰 새 없이 바빴다. 오늘만 해도 함께 은행에 가자고 했건만 태만은 소식이 없었다. 그런 태만이 지수는 못마땅했다.
"아니, 이게 뭐야? 물고기가 왜 여기 있어?"
지수가 변기 속에서 유영하는 니모를 보고 소리쳤다. 아영이 본능적으로 변기를 가렸다.
"아무것도 아니야."
"아무것도 아니긴 뭐가 아니야. 비켜봐."
지수는 아영을 밀치고 변기를 들여다보았다. 니모가 변기 안에서 유영하고 있었다. 지수가 어서 말하라며 아영을 노려보았다. 아영이 쭈뼛쭈뼛 눈치를 보며 말했다.

"니모도 아빠 만나야지."

"아빠를 만나다니? 무슨 소리야?"

"〈니모를 찾아서〉 보면 사람들 때문에 아빠랑 헤어진 니모가 변기 타고 바다로 탈출해. 그래서……."

정말 아영다운 말이었다. 이걸 순진하다고 해야 할지, 아님 모자란다고 해야 할지. 어떻게 된 애가 만화영화를 곧이곧대로 믿는지, 도대체 누굴 닮아 이런지 답답했다. 지수가 버럭 화를 냈다.

"그렇다고 변기에 넣으면 어떡해! 얜 바닷고기, 변기 물은 민물. 게다가 변기 타고 내려가면 바다에 가기 전에 똥독 올라 죽어!"

똥독이라니, 상상도 못한 일이었다. 지수의 독설에 아영이 울먹이며 소리쳤다.

"엄마 미워!!"

"암튼 미디어가 문제야, 미디어가. 얼른 물고기 챙겨."

지수의 말에 아영이 변기에서 니모를 건져냈다. 문자 알림 소리가 들렸다. 지수가 휴대폰을 확인했다. 혜령이었다. 혜령이 사진을 보냈다.

"이건 또 뭐야."

지수는 혜령이 보낸 사진을 확인했다. 태만이었다. 태만이 어떤 여자와 다정하게 벤치에 앉아 있었다. 그런데 이 여자 눈에 익었다. 단아하고 기품 있는 모습, 지수와는 전혀 다른 삶을 살고 있는 듯한 여자, 진태 엄마였다. 지수는 충격을 받았다. 마침 혜령에게 전화가 왔다.

"지수야, 내 말 잘 들어. 오늘 검진받는 날이라 병원에 왔다가 태만 씨를 봤는데, 글쎄 여자랑 같이 있는 거야. 한두 번도 아니고. 오늘은 너무 다정해 보여서……."

"나도 아는 여자야. 괜찮아."

"괜찮기는 뭐가 괜찮아. 여기 분위기 정말 이상해. 그러니까 너 마음 단단히 먹고……"

지수는 혜령의 말이 듣기 싫어 전화를 끊었다. 한두 번이 아니라는 말이 생선 가시처럼 가슴에 박혔다. 한두 번이 아니라니……. 지수만 모르는 게 또 있단 말인가. 하긴 지수가 본 것만 해도 한두 번이 넘었다. 이번만은 가만두지 않을 것이다. 지수는 곧장 태만과 진태 엄마가 있는 병원으로 달려갔다.

…

태만은 무릎 위에 올려놓은 팥죽색 매니큐어를 말없이 지켜보았다. 옆에 앉아 있던 미연이 침묵을 깼다.

"와주셔서 감사해요. 매니큐어 발라준 것도 감사하고."

"아뇨, 조금 더 자주 찾아뵐 걸 그랬어요. 자주 찾아뵙고 예쁘게 치장해드릴 걸 그랬어요."

태만이 말했다. 휴, 미연이 길게 한숨을 내쉬었다. 너무 울어 퉁퉁 부운 얼굴도 예뻤다. 태만이 말을 이었다.

"솔직히 전 어머니라는 존재를 모르고 자랐어요. 어느 날 눈을 떴더니 어머니가 사라지고 없었죠. 그때 이후로 누군가에게 정을 붙이는 게 어려웠어요. 내가 정을 붙이는 순간 사라지는 게 아닐까 두려웠거든요."

미연이 태만을 힐끔 돌아보았다. 태만은 담담하게 말했다.

"진태 할머니를 만나고 나서 어머니를 찾아갔어요. 어떤 어머니는 기억을 잃어가는 순간에도 아들에게 전화를 해야 한다고 하는데 우리 어머니는 날 기억할까 궁금했거든요."

태만에게 이런 일이 있을 거라곤 상상도 못했다. 미연이 물었다.

"알아보시던가요?"

"돌아가셨대요, 일 년 전에."

태만은 한복 치수를 재던 누이의 얼굴이 떠올랐다. 어머니를 정말 많이 닮은 누이.

"어머니도 기다리고 계셨을 거예요……. 분명 보고 싶어 하셨을 거예요……."

어머니를 변호하는 미연에게서 태만이 상처 받지 않을까 걱정하는 마음이 읽혔다. 태만은 그 마음이 고마웠다.

"그랬을까요? 제 얼굴도 기억 못할 텐데. 저도 가끔 이렇게 변했나 싶을 때가 있는데 절 알아볼까요?"

미연은 말을 아꼈다.

"내 옆에 있었던 사람들은 알잖아요, 내가 변해도 내가 나라는 거. 그런데 어머니는 내가 변하면 몰라요, 내가 나라는 거. 함께하지 않왔으니까. 더 슬픈 건 이젠 이렇게 변한 모습도 보여줄 수 없다는 거예요."

태만은 매니큐어를 들어 보이며 말했다.

"그래서 진태 아빠가 부러웠어요. 엄청, 많이, 무지하게. 끝까지 패배감만 주네요."

"돌아가셨다고 끝나는 게 아니에요. 우리가 기억하는 한 우리 가슴속에 살아 계실 거예요. 그러니 어머님을 두 번 죽이지 마세요."

미연이 말했다. 하긴 어머니를 떠올릴 때면 왼쪽 가슴이 따뜻해졌다. 마치 어머니와 심장이 연결된 것처럼 태만의 심장이 뛰는 한 어머니는 태만과 함께 살아 계실 것이다.

"제가 생각이 짧았습니다. 내일이라도 당장 찾아뵤야겠어요. 저 그럼 오늘은 이만 가보겠습니다."

태만이 자리에서 일어났다. 미연이 따라 일어나며 말했다.

"다음에 아빠가 필요하면 또 연락드리겠습니다."

"그럼요, 언제든지요."

태만은 인사를 하고 돌아섰다. 그 순간 이번이 마지막이 될 것 같은 예감이 들었다. 태만은 미연을 돌아보며 말했다.

"저, 실은 미연 씨의 오랜 팬입니다. 〈사랑밖에 난 몰라〉도 봤고요……."

왜 그랬을까? 그 순간 왜 고백을 한 걸까? 태만은 아직도 그 이유를 모르겠다. 미연은 소스라치게 놀라며 말했다.

"거기선 비중이 작은 단역이었는데, 절 알아보셨다고요?"

"그럼요. 미연 씨 찾으려고 방송국에 전화도 했습니다."

"말도 안 돼."

미연은 믿기지 않는 표정이었다.

"진태 아빠가 돌아가셨으니 어쩌면 이 세상에 유일하게 남아 있는 미연 씨 팬일지도 몰라요."

"그러게요. 그런 것 같네요."

"이렇게 만난 것도 인연인데 팬으로서 한번 안아봐도 될까요?"

오늘이 마지막이라는 생각이 들지 않았다면 이런 무모한 말은 절대 하지 않았을 것이다. 그러나 무슨 용기가 났는지 태만은 해서는 안 되는 말을 했다. 미연은 망설이는 기색이 역력했다. 그러다 결심을 했는지 크게 한숨을 내쉬며 말했다.

"부족한 저에게 팬이라고 하신 분은 태만 씨가 처음이에요. 그런 분이 제 어머니를 위해 헌신해주시고 또 제 아들을 위해서 궂은 일을 해주셨으니 제가 더 큰 영광입니다. 오히려 제가 아빠의 팬으로서 안아드릴게요."

미연이 다가와 태만을 안아주었다. 그리고 토닥토닥 등을 두드리며 말했다.

"고맙습니다. 아빠가 있어서 힘을 낼 수 있었어요."

미연의 위로에 태만은 또 한 번 눈물을 흘렸다. 그토록 그리워하던 미연에게 위로를 받다니 꿈만 같았다. 만약 꿈이라면 영원히 깨지 않기를 바랐다. 영원히.

"여보! 지금 뭐하는 거야?"

태만은 뜨거운 물을 뒤집어쓴 것처럼 놀랐다. 지수였다. 지수가 태만을 노려보며 서 있었다. 태만은 너무 놀라 딸꾹질을 했다.

"딸꾹, 그, 그러니까 말야…… 딸꾹."

"두 사람 뭐하는 거냐고!"

"딸꾹, 아무것도 아니야……. 우린 딸꾹, 팬……"

태만은 심하게 딸꾹질을 했다. 지수는 그런 태만을 더 의심할 수밖에 없었다.

"아무것도 아닌데 껴안고 있어? 그것도 사람들 다 보는 병원 앞에서? 그리고 보니 두 사람 아주 잘 어울리는데? 아주 잘 어울려!"

"가자. 딸꾹, 가서 이야기…… 딸꾹."

"이거 놔. 난 당신한테 할 말 없어."

지수가 태만의 손을 뿌리치며 미연에게 다가갔다. 미연을 빤히 노려보며 말했다.

"이봐요, 아영이 친구 엄마라고 해서 봐줬더니 어디서 남의 남자 넘봐요?"

"아영 어머니, 오해하지 마시구요."

"오해? 이게 오해예요? 동네방네 소문 다 났어! 나만 몰랐더라고! 나만!"

지수가 휴대폰 사진을 보여주자 미연이 놀라는 표정이었다. 딸꾹, 태만이 휴대폰 사진을 봤다. 미연과 자신이 다정하게 앉아 있는 모습이었다. 태만이 큰소리쳤다.

"동네 이웃끼리, 딸꾹, 앉아 있을 수도…… 딸꾹."

"이 사람이 진짜! 앉아만 있었던 게 아니잖아!"

지수는 미연을 두둔하고 나서는 태만이 얄미웠다. 결혼하고 나서 정말이지 단 한 순간도 내 편이 되어준 적이 없었다. 남편이 남의 편의 준말이라고 하더니. 지수는 더 이상은 참을 수 없어 이를 앙다물고 말했다.

"한두 번이 아니니까 문제지. 이런 줄도 모르고 난 새 미용실 알아보러 다닌다고 밤낮없이 뛰어다니고, 그것도 모자라 세끼 밥 차리고, 아영이랑 어떻게든 살아보려고 아등바등……. 하, 내가 등신이지, 내가."

"아영 엄마, 무슨 소리를, 딸꾹, 집에 가서……."

"아니, 당신은 집에 오지 마. 나 더 이상 못 참아. 아니, 더 이상은 안 참아. 이혼해."

돌아서는 지수의 눈에 눈물이 맺혔다. 이혼이라는 말은 뱉고 싶지 않았다. 끝까지 믿고 싶었다. 그러나 태만이 미연을 두둔하는 순간 더 이상은 참을 수 없었다. 아니, 참고 싶지 않았다.

"딸꾹, 지수야…… 너 무슨 말을, 딸꾹, 그렇게 하니…… 기다려……."

태만은 택시를 타려던 지수를 잡아 세웠다.

"딸꾹, 내 말 좀 들어봐."

"아니, 더 이상 들을 거 없어."

"지수야, 딸꾹, 너 정말……."

"놔! 이 더러운 손!"

지수가 냉정하게 말하며 태만의 손을 뿌리쳤다. 그러고는 기다리고 있던 택시에 올랐다. 택시는 바로 출발했다. 하, 일이 꼬이려고 하니 제대로 꼬였다.

...

태만은 서둘러 지수를 쫓아갔다.
"지수야, 문 열어, 문. 얼굴 보고 이야기하자, 응?"
태만은 굳게 닫힌 현관문을 두드리며 말했다. 벌써 한 시간째였다. 지금껏 단 한 번도 현관문을 잠그는 일은 없었다. 아무리 심하게 다퉈도 부부는 한 침대에서 자야 한다던 지수였다. 단단히 화가 난 모양이었다. 어쩌면 정말 이혼을 생각하고 있는지도 몰랐다.
"아영아! 아빠야! 문 좀 열어!!"
태만이 큰 소리로 말했다. 그러나 집 안에서는 인기척 하나 없었다. 살갑지는 않아도 십 년을 넘게 살 비비며 살아왔다. 태만은 자신을 믿어주지 않는 지수가 야속했다. 에잇! 태만은 현관문을 발로 뻥뻥 차며 소리쳤다.
"이런다고 내가 못 들어갈 줄 알아? 나도 방법이 있다고! 방법이!"
겨울에도 화장실 창문은 열어두었다. 그곳으로 들어가면 된다. 화장실 쪽으로 가보니 예상대로 창문이 열려 있었다. 키가 닿지 않는 태만은 빈 상자를 끌어 계단을 만들었다. 점프해 올라가기만 하면 되는데 창문이 작아 쉽지 않았다. 태만은 다시 한 번 뛰어올랐다. 가까스로 창틀에 손이 닿았다. 이제 오르기만 하면 된다. 태만은 온몸에 힘을 주었다. 끙, 드디어 창틈으로 몸을 구겨 넣는 순간, 아래에서 누가 발을 잡아당겼다.

"지금 뭐하시는 겁니까?"

태만은 아래를 보았다. 경찰이었다. 제복을 입은 경찰이 태만을 쳐다보고 있었다.

"집사람이랑 싸웠는데 문을 열어주지 않아서요."

"신고가 들어왔습니다. 신분증 주세요."

"신고요?"

"네, 이곳에 사시는 분이 이상한 사람이 쫓아와 창문을 넘으려 한다고 신고하셨어요."

경찰이 말했다. 말도 안 돼. 지수가 신고했다는 말에 힘이 풀려 태만은 창문 아래로 떨어졌다.

"일단 서로 가시죠. 조서도 써야 하고……."

태만은 큰 충격을 받았다. 다리가 후들거려 일어날 수가 없었다. 지수가 신고한 걸 보면 이혼 이야기도 진심이었다.

태만은 경찰서에 어떻게 갔는지, 조서를 어떻게 썼는지 기억나지 않았다. 다만 그날 밤 유치장 안이 몹시 추웠다는 것만 기억났다. 어디서부터 잘못되었을까. 내가 뭘 잘못한 걸까. 태만은 뜬눈으로 밤을 새웠다.

역지사 지

다음 날 승일의 도움으로 경찰서에서 나왔지만 태만은 집으로 돌아가지 못했다. 아니, 돌아가지 않았다. 경찰이 출동한 순간 모든 것이 끝났다. 함께한 십 년의 시간이 한순간에 사라졌다. 태만은 승일의 피시방에서 지냈다. 유일한 낙은 회원들과 채팅방에서 채팅하는 것이었다.

    이십대   저 이사해요.

이십대가 채팅방에 접속하기가 무섭게 말을 토해냈다.

    태만   왜? 또 무슨 일 있었어?

이십대	아빠가 바래다주는 거 알고 나서는 밤늦게 자꾸 집 앞을 서성여요. 잠을 못 잘 정도예요.
산모	도대체 어떤 놈이야? 좋아하면 좋아한다고 말을 할 것이지 왜 쫓아다니고 그래? 사람 무섭게.
미연	그런 사람들 약도 없어요. 무조건 피하고 봐야 해요.

미연이 모처럼 채팅방에 들어왔다. 태만은 반가운 마음 반, 걱정스러운 마음 반으로 말을 걸었다.

태만	어머니 잘 보내드리셨나요?
미연	네, 덕분에 편하게 잘 가셨어요. 걱정해주셔서 고맙습니다.

장례식에 가고 싶었다. 미연 때문이 아니라 태만을 아들이라 믿었던 진태 할머니 때문에라도 꼭 가고 싶었다. 그러나 태만은 가지 않았다. 지수와 아영 때문에 갈 수가 없었다.

소연	이야기 들었어요. 찾아뵙지 못해 죄송해요. 좋은 곳에 가시도록 기도할게요.
미연	모두 고맙습니다. 정말 고맙습니다.

울고 있는 미연의 모습이 눈앞에 보이는 듯했다. 태만이 화제를

바꾸었다.

태만	민아, 이사 날짜는 언제야?
이십대	다음 주 목요일요.
소연	저도 가도 될까요? 가고 싶어요!
이십대	와주시면 감사하죠~
산모	저도 가고 싶어요.
이십대	그럼, 이참에 우리 정모할까요?
소연	정모 좋습니다. 전 무조건 고고!
산모	저도 우주 데리고 갈게욤!
미연	이런 모임은 처음인데 저도 함께하고 싶네요.
이십대	우아! 엄청 기대돼요! 제가 좋아하는 분들이 다 오신다니. 아빠도 정모에 참석하실 거죠?

정모라니, 만나자는 건가? 채팅을 하면 할수록 어려운 용어들이 나왔다. '지못미' 같은 줄임말에서부터 '앓이' 같은 신조어까지. 알아듣고 함께 쓰면 재미있긴 하지만 적응하기까지 시간이 많이 걸렸다.
 그대들이 불러 준다면 난 항상 준비되어 있지.
 태만이 천천히 타자를 치는데 갑자기 쇼핑백이 모니터를 가로막았다. 아영이었다. 언제 나타났는지 아영이 쇼핑백을 들고 서 있었다. 태만이 물었다.
 "뭐야?"

"속옷하고 갈아입을 옷."

이런 걸 챙겨줄 사람은 지수밖에 없었다. 화해하자는 건가? 사람을 유치장에 재운 것치고는 화해 방법이 성의가 없었다. 태만이 물었다.

"엄마가 챙겨줬냐?"

"아니, 내가 챙겨 왔어."

아영의 눈동자가 흔들렸다. 불안한 모양이었다. 아영에겐 미안했다. 태만이 물었다.

"엄마는? 잘 있어?"

"응, 잘 지내. 너무너무 잘 지낸다고 전해주래."

이 여자가 성격 테스트 하는 것도 아니고. 빈정이 상한 태만은 쇼핑백을 돌려주며 말했다.

"아빠도 너무너무 잘 지내니까 이런 거 가지고 오지 마."

"엄마가 보낸 것도 있어."

아영이 눈치를 보며 말했다. 불길한 예감이 들었다. 태만은 서둘러 쇼핑백을 열었다. 아영 말대로 속옷과 옷가지가 들어 있었다. 그리고 그 사이로 서류가 보였다. 불길한 예감은 왜 단 한 번도 틀린 적이 없는지. 이혼서류였다. 지수가 단단히 결심한 모양이었다. 태만이 아영에게 물었다.

"아영아 피자 먹을래?"

"왜, 엄마한테 전해줄 거 있어?"

피자 먹자는 말에 아영은 태만의 의도를 파악했다. 아마도 지수가 피자를 사준 모양이었다.

"아니, 그냥 우리 딸하고 피자 먹고 싶어서."

"엄마가 빨리 오랬어. 갈게."

아영이 뾰로통 뛰어나갔다. 아니면 서류를 갖다 주고 피자를 먹자고 했거나. 태만은 이혼서류를 보았다. 지수의 마음이 이렇게 확고한지 몰랐다. 정말 이대로 끝이 날 것 같아 불안했다. 태만은 한숨을 길게 내쉬었다. 휴.

…

미술 시간, 아영은 준비해 온 도화지를 꺼냈다. 어제, 태만을 만나고 온 이후 이상하게 마음이 싱숭생숭했다. 덥수룩한 머리에 수염도 안 깎고 꼬질꼬질한 모습이 꼭 서울역에서 보던 노숙자 같았다. 솔직히 쓸모없는 아빠가 사라지면 좋을 것 같았는데 막상 집에 없으니 좋기는커녕 계속 마음이 쓰였다. 아줌마 담임이 말했다.

"오늘은 마음 일기를 쓸 거예요. 오늘 마음은 어떤 상태인가요? 해가 쨍쨍 나는 맑은 날인가요? 아니면 먹구름이 잔뜩 낀 우울한 날인가요? 아니면……"

"비가 내려요."

아영이 중얼거리며 연필로 죽죽 비를 그렸다. 가랑가랑 가랑비도 아닌 장대비를 그렸다. 아줌마 담임이 아영에게 물었다.

"아영아 뭘 그리니?"

"비요. 마음에 비가 내려요."

아영은 계속 비를 죽죽 그렸다. 언뜻 보면 하얀 도화지를 검게 채우는 것 같기도 했다.

"그렇게 비가 내리다간 집도 마을도 다 떠내려갈 것 같은데? 지키고 싶은 건 없어?"

그 순간 왜 아빠가 생각났는지 모르겠다. 그렇게 미워하던 아빠인데.

"아빠요."

"아빠를 지키고 싶어? 아빤 어디에 있는데?"

"여기 비 사이에요."

아영이 검게 그어진 빗줄기를 가리키며 말했다.

"아빠가 길을 잃은 것 같구나. 어떻게 해야 하지?"

"우산을 쓰고 구하러 가야죠."

"그럼, 우산 쓰고 구하러 가는 네 모습도 그려봐."

아줌마 담임이 말했다. 아영이 지우개를 들어 검게 변한 도화지 위를 우산 모양으로 지웠다. 아영의 모습도 지우고, 빗속에서 기다리고 있는 아빠의 모습도 지웠다. 이를 지켜보던 진태가 말했다.

"우아, 멋있다. 이게 아저씨야?"

"응."

"아저씨 잘 지내셔?"

진태가 물었다. 뭔가 할 말이 있는 표정이었다.

"응, 잘 지내."

"그렇구나. 요즘은 많이 바쁘신지 내 전화도 안 받고 문자도 씹으시네."

진태의 표정이 어두워졌다. 진태는 아빠가 집을 나갔다는 사실을 모르는 모양이었다. 아영이 물었다.

"넌 엄마랑 아빠랑 헤어지면 누구랑 살 거야?"

"무슨 소리야. 난 아빠가 돌아가셨는데."

"그러니까 만약 살아 계신다면 누구랑 살 거냐고?"

아영이 다시 묻자 진태가 놀라 물었다.

"왜? 아저씨랑 너희 엄마 헤어진대?"

"아니, 뭐 꼭 그런 건 아니고."

아영이 말끝을 흐렸다. 암튼 머리 좋은 녀석은 눈치도 빨랐다. 진태가 말했다.

"당근 헤어지면 안 되지."

"너도 그렇게 생각하지?"

"그럼, 절대 안 돼."

"하지만 우리 엄마를 아는데 한 번 아닌 건 절대 아닌 거야."

아영이 말했다. 그리고 다시 도화지에 비 그림을 그렸다. 하얗게 지워졌던 태만의 모습에도, 우산을 쓴 아영의 모습에도 다시 비가 내렸다. 그림을 보고 있는 진태의 마음도 무거워졌다.

…

"고생했어. 어서 와!"

미연이 집 안으로 들어서는 진태를 반겼다. 진태가 대답 없이 고개만 까딱하고 방으로 향했다. 이상했다. 학교만 다녀오면 학교 이야기로 꽃을 피우던 아이인데. 미연이 걱정스러운 표정으로 진태를 따라가며 물었다.

"우리 아들 오늘 이상한데? 무슨 일 있어?"

"아뇨, 없어요."

진태가 책상 위에 책가방을 내려놓으며 말했다.

"아무 일도 없다는 게 이상하잖아. 엄마랑 이야기도 안 하려고 하고. 무슨 일이야? 말해봐."

진태가 잠시 고민하는 표정이었다. 미연이 재촉했다.

"뭔데, 뭔데 우리 아들을 속상하게 해?"

"아저씨요. 아영이 아빠."

"아영이 아빠가 왜?"

"아영이 엄마랑 크게 다투셨나 봐요. 아영이가 엄마랑 아빠랑 헤어지면 누구랑 살 거냐고 묻더라고요."

미연은 가슴속에 간신히 걸어놓은 빗장이 쿵 하고 내려앉은 느낌이었다. 우려했던 일이 현실로 드러났다. 처음에는 무작정 오해만 하는 아영 엄마가 야속했다. 그러나 입장을 바꿔 생각해보면 이해가 안 되는 것도 아니었다. 아니, 아영 엄마 입장에서 충분히 오해할 만했다. 다만 미연에게 해명의 기회도 주지 않았다는 것이 아쉬웠다.

"그런데 그게 왜?"

미연은 애써 평상심을 찾으며 물었다. 아영 엄마 자존심에 딸에겐 절대 말하지 않았을 것이다. 그렇다면 왜 진태가 울상인지 알고 싶었다.

"아뇨, 그냥 이 모든 게 제 탓인 것 같아서요."

"이게 왜 네 탓이야? 아영이가 그랬어?"

"아뇨, 그냥 제 생각에요. 제가 아저씨에게 우리 아빠가 되어달라고 떼쓰지 않았으면 아저씨가 아빠 일을 하지 않았을 거고, 그러면 아영이네 엄마랑 싸울 일도 없었을 거고, 그러면 헤어질 일도……."

진태가 꼬리의 꼬리를 물고 자기 탓을 해댔다. 미연이 제지했다.

"그만! 진태야, 그만!!"

당황한 진태가 말을 멈추고 미연을 바라보았다.

"진태야, 엄만 있지도 않은 일을 자기 탓으로 돌리는 사람 싫어."

"하지만 사실일 수도 있잖아요……."

"아닐 수도 있지. 그리고 이건 아저씨 일이야. 아저씨가 스스로 선택하고 결정한 일들이라고. 그러니 그 책임도 아저씨가 지게 해야지. 그게 네가 할 일이야."

미연의 말을 이해하기엔 진태가 너무 어렸다. 미연은 진태를 빤히 쳐다보며 말했다.

"나중에 크면 알아. 네가 해야 할 일과 하지 말아야 할 일이 뭔지 알게 될 거야."

"제가 건방지게 아저씨 일까지 책임지려고 했다는 거예요?"

진태가 조심스럽게 물었다. 미연이 고개를 끄덕였다. 그리고 내

짐까지. 미연은 차마 병원에서 있었던 일은 말하지 못했다. 부끄러워서가 아니라 말할 필요가 없어서 하지 않았다. 미연이 웃으며 말했다.

"자, 그럼 씻고 밥 먹을까? 진태 좋아하는 김치찌개 했는데."
"꽁치 넣었어요?"
"당연하지. 얼른 씻고 와."

미연이 진태의 엉덩이를 툭툭 치자 진태가 싫지 않은 표정으로 엉덩이는 치지 말라고 했다. 그럴수록 미연은 엉덩이를 더 두드렸다. 진태가 화장실로 도망쳤다. 그런 진태를 보며 미연은 빙그레 웃었다. 언젠가는 이 시간도 그리워지겠지.

휴, 그나저나 태만이 걱정이었다. 이혼이라니. 이혼하기 전에 적어도 오해는 풀어야 할 것 같았다.

…

이십대의 이사는 첩보작전을 연상하게 할 정도로 철저한 보안 속에서 준비되었다. 이삿날 이십대는 평소와 다름없이 집을 나가기로 했다. 태만이 차를 집에서 두 블록 떨어진 모 은행 앞에 세워두면, 산모와 소연 그리고 미연이 차례로 이십대의 집에서 짐을 들고 나와 차에 싣기로 했다. 살고 있던 원룸이 빌트인이라 큰 짐은 없고 작은 짐만 옮기면 된다고 했다. 계획대로만 된다면 스토커를 따돌릴 수 있을 것이라 믿었다.

이삿날, 태만은 약속대로 두 블록 떨어진 모 은행 앞에 차를 세워두었다. 이곳에 있으면 이십대와 산모, 소연, 미연의 동선을 모두 확인할 수 있었다. 소연이 약속 시간을 칼같이 맞춰 이십대의 원룸으로 향했다.

잠시 후 이십대가 집을 나와 버스를 탔다. 버스에 오르기 전 이십대와 눈이 마주친 태만이 빙그레 웃자 이십대가 미소로 답했다. 뒤늦게 우주를 업은 산모가 헐레벌떡 뛰어왔다.

"알아요, 늦은 거. 우주 좀 맡아주세요."

산모는 자기 말만 하고 우주를 맡기고 가버렸다. 나 참, 안 도와줘도 된다고 우주나 보라고 그렇게 말했건만. 산모는 꼭 도와주고 싶다며 고집을 부렸다. 암튼 고집은.

"으아앙~"

산모가 가자 우주가 울기 시작했다. 태만이 우주를 달랬다.

"누가 우리 우주 울렸어. 할애비가 혼내줄까? 어떤 놈이야! 어떤 놈이 우리 우주 울렸어?"

"으아아앙~~"

오랜만에 만나서일까 어째 우주는 울음을 그치지 않았다. 소연이 큰 여행가방을 끌고 왔다.

"어머, 얘가 우주예요? 주세요. 제가 안아볼게요."

소연이 우주를 안자 신기하게도 울음을 멈추었다. 아빠와 유대관계가 없기 때문인지 우주는 남자만 보면 울어댔다. 소연이 우주를 달래며 말했다.

"우주 누구 닮아서 이렇게 씩씩해?"

우주가 까르륵 웃었다. 소연이 환하게 따라 웃으며 말했다.

"엄마 닮았네, 우쭈쭈쭈."

여자들은 참 이상했다. 말하지도 못하는 아이와 대화도 하고, 처음 보는 사람과 쉽게 친구가 되었다.

"엄마가 어디쯤 오나, 아 저기 오나 보다. 어서 와요. 무겁죠. 흐, 난 아름 엄마 소연이."

소연이 산모의 짐을 들어주며 자기소개를 했다. 산모가 구십 도로 인사하며 말했다.

"우주 엄마예요. 주세요, 우주."

"엄마가 너무 안고 있으면 낯가림 심해져. 아빠한테 안아달라고 합시다."

소연이 우주를 태만에게 넘겼다. 태만이 우주를 안자 또 울기 시작했다. 태만이 우주를 달랬다.

"우주야, 기억 안 나? 할아버지가 우주 위해서 〈타요〉 노래도 불러줬는데. 타요타요 타요타요 개구쟁이 꼬마버스~"

〈타요〉 노래에 우주가 울음을 그치고 가만히 태만을 바라보았다. 그러더니 노래에 맞춰 옹알거렸다. 산모가 말했다.

"아빠가 불러줘서 그랬구나. 칭얼댈 때 〈타요〉 노래 틀어주면 조용해지더라구요."

"아, 우주 보니까 나도 또 낳고 싶다."

소연이 웃으며 말했다. 태만이 물었다.

"남자는 있고?"

"만들어야죠."

"만들면 꼭 아름이한테 알려줘."

"그럼요, 아름이가 일순위인데 뭐든 제일 먼저 알려야죠. 그런데 진태 엄마는 안 오시나 봐요?"

소연이 물었다. 태만은 시간을 확인했다. 출발하기로 한 시간에서 삼십 분이나 늦었다. 소연이 도착했을 때 출발했어야 했다. 산모가 말했다.

"혹시 몰라서 짐은 다 챙겨 왔어요."

"뭐야? 이걸 다 들고 왔어?"

소연이 산모의 짐을 확인하며 깜짝 놀랐다. 산모는 옷상자 세 개에 배낭 두 개를 다 가져왔다. 태만도 놀랐다. 엄마들이란 정말 대단하다. 소연이 태만을 보며 물었다.

"그럼 어떻게 하죠?"

"일단 집으로 가죠. 미연 씨 그쪽으로 오라고 할게요."

"오케이."

산모가 흔쾌히 대답하고 차에 짐을 실었다. 태만은 미연에게 문자를 보냈다.

> 미연 씨, 우린 먼저 출발합니다. 이십대 집 주소 남길 테니 이리로 오세요.

...

미연이 문자를 확인한 건 아영이네 미용실 앞에서였다. 오해를 풀기 위해 왔지만 선뜻 용기가 나지 않아 문 앞에서 망설이고 있었다. 미용실 안에는 두세 명의 여자들이 수다를 떨고 있었고 그 사이로 머리를 만지는 아영 엄마가 보였다.

며칠 사이 부쩍 초췌해진 모습이었다. 두 사람을 위해서, 아니 미연 자신을 위해서라도 찜찜한 마음은 털어야 했다. 미연은 숨을 길게 내쉬며 마음을 다잡고 미용실 안으로 들어갔다.

"이혼은 절대 안 돼! 누구 좋으라고 이혼해. 안 돼, 절대 안 돼."

연희가 고개를 절레절레 흔들며 강하게 이야기했다. 혜령이 말했다.

"무슨 소리야, 붙들고 있다고 해결되는 것도 아니고. 이번 참에 깨끗이 해결하고 능력 있고 좋은 남자 만나."

미용실로 들어서던 미연은 잘못 왔다고 생각했다. 돌아서려던 순간 아영 엄마와 눈이 마주쳤다. 미연이 어색하게 웃으며 말했다.

"안녕하세요. 저, 드릴 말씀이 있어서……."

"아니, 세상 참 좋아졌어. 여기가 어디라고 와! 바람피운 년이!"

혜령이 미연을 보자 눈에 쌍심지를 켜며 말했다. 문제는 항상 주변에서 만든다. 정작 당사자는 가만있는데. 미연은 혜령을 보고 웃으며 말했다.

"말이 심하시네요. 바람피웠다는 증거 있으세요?"

"뭐? 증거? 잘못한 것들이 할 말 없을 때 찾는 게 증거더라. 여기 내 두 눈이 증거다. 내 두 눈! 두 사람 편의점 앞에 있는 것도 봤어. 그때 당신이 눈물 흘리며 꼬드긴 거 아니야?"

혜령이 말했다. 편의점 앞이라면 어머니가 정신이 돌아와 한바탕 싸운 날이었다. 그때부터 오해를 한 건가? 모든 게 미연 잘못이었다. 충분히 오해를 살 만했다. 미연은 한숨을 내쉬었다.

"제삼자는 빠지시고, 아영 어머니와 이야기하고 싶은데요. 시간 괜찮으세요?"

"저, 저, 불여시, 말하는 꼬락서니 봐. 지수야, 너 혼자 상대 못한다. 절대 안 돼. 저거 완전 불여시야."

혜령이 흥분해서 말했다. 묵묵히 가위질을 하던 지수가 말했다.

"잠깐 앉아 계세요. 자르던 머리는 다 잘라야 하니까. 그리고 너희들 차 다 마셨으면 오늘은 그만 가. 내가 알아서 할게."

"야! 너 혼자 어떻게 하려고. 안 돼, 우리가 옆에 있어줄게, 그렇지?"

혜령이 연희에게 동의를 구했다. 연희가 지수 눈치를 보며 말했다.

"가자. 쟤가 알아서 잘하겠지. 이런 일은 당사자끼리 해결해야 해."

"무슨 소리야! 지수 저거 순진해서 그냥 당한다니까!"

혜령이 소리쳤다. 연희가 혜령을 달래며 미용실을 빠져나갔다.

"됐어. 지수가 가래잖아."

"저거 잘 몰라서 하는 소리라니까."

연희와 혜령이 나가자 미용실 안은 조용해졌다. 싹둑싹둑. 머리

자르는 소리만 살벌하게 들렸다. 미연은 자리에 앉아 지수가 끝나기만을 기다렸다. 잠시 후 미용이 끝나고 손님이 나갔다. 지수가 미연에게 말했다.

"난 그쪽이랑 할 말 없어요. 그러니 할 말 있으면 빨리 하고 가요."
"저랑 함께 갈 곳이 있습니다."
"함께 갈 곳이라니? 내가 왜 그쪽이랑 가야 하죠?"
"가면 오해가 풀릴 거예요."

지수는 믿지 않는 표정이었다. 이미 모든 상황을 판단하고 정리한 모습이었다. 지수가 고개를 흔들며 말했다.

"내가 왜 그쪽 말을 들어야 하죠? 난 싫어요."
"혹시 아영이 아버님이 뭘 하시는 줄은 아시나요?"

결국 미연은 마지막 방법으로 태만에 대해 물었다. 지수가 노골적으로 싫어하는 표정을 지으며 말했다.

"그걸 왜 당신에게 말해야 하죠? 그게 당신이랑 무슨 상관인데요?"
"상관 있어요. 적어도 알고 계신 것처럼 대리운전은 하지 않으니까요."
"대리운전을 하지 않는다니? 그럼 뭘 한다는 거예요? 말 함부로 하지 말아요."

지수는 기분이 나빴다. 아내인 자신보다도 태만에 대해 잘 알고 있는 듯한 미연의 태도에 마음이 상했다. 미연이 차분하게 말했다.

"가면 알 수 있어요. 가시죠."

지수는 망설였다. 미연은 지수의 마음을 모르는 것도 아니었다. 남편과 바람난 여자, 정확하게 말하면 남편과 바람난 여자라고 생각하는 미연의 말을 믿을 수 없을 것이다. 결국 선택은 지수가 하는 것, 미연은 그녀의 대답을 기다렸다.

…

새집엔 이십대가 먼저 도착해 회원들을 기다리고 있었다. 태만과 산모, 소연은 마지막 짐을 내려놓고 숨을 돌렸다. 새로 지은 집은 깨끗했으나 엉덩이를 붙여 앉아야 모두 앉을 수 있을 정도로 비좁았다. 이십대가 말했다.

"다들 도와주셔서 고맙습니다. 식사부터 할까요? 뭐 드실래요?"

"이삿날은 뭐니 뭐니 해도 짜장면에 탕수육이지."

산모가 우주를 내려놓으며 말했다. 이십대가 빙그레 웃더니 짜장면을 시켰다. 태만은 집 안을 둘러보며 문고리를 확인했다. 영 부실했다. 창문이 열리지 않도록 못질을 하거나 튼튼한 자물쇠로 바꿔야 할 것 같았다. 이십대가 태만을 쫓아오며 말했다.

"날 걱정하는 건 울 아빠뿐이네. 문고리가 너무 약하죠?"

"응, 게다가 여긴 옆집 배선 타면 그대로 들어올 수 있겠다. 큰 못을 박자, 아예."

"어, 정말 그러네. 그렇게 해주세요. 어차피 옆집 때문에 창문 열 필요도 없을 것 같아요. 그런데 미연 언니가 안 보이네요?"

이십대가 물었다. 미연은 아직 태만의 문자에 답이 없었다. 태만이 애써 환하게 웃으며 말했다.

"오겠지. 문자 보냈어."

마침 딩동, 하고 초인종이 울렸다.

"미연 언닌가 봐요."

이십대가 뛰어가 문을 열었다. 그러나 짜장면 배달부였다. 우아! 소연과 산모, 우주가 소리를 지르며 짜장면을 반겼다. 태만도 배가 고팠다. 우주를 중심으로 모두 동그랗게 둘러앉았다.

"솔직히 전 사이트에 올라온 글 보고 미친 사람이라고 생각했어요. 어떻게 아빠를 빌려준다는 생각을 하지? 그래도 아빤데. 정말 이해가 안 됐어요."

산모가 말했다.

"맞아!"

"나도 진짜 황당했어."

소연과 이십대가 고개를 끄덕이며 동의했다. 소연이 물었다.

"저도 진짜 궁금했는데 아빠가 직접 생각한 거예요?"

"아뇨, 제 생각이 아니에요."

태만이 말했다. 산모와 소연, 이십대가 당황한 표정으로 태만을 쳐다보았다.

"집에 엉뚱한 녀석이 있어요. 이 녀석이 얼마나 엉뚱하냐면 학교에서 자화상 그려 오란다고 스케치북에 자기 얼굴을 대고 그리고, 〈아이스 에이지〉 보고 아픈 병아리를 살리겠다고 얼리고, 아빠는

'쓸모없는 물건'이라며 모포랑 바꿨어요."

"요즘 애들 무섭다고 하더니만. 우리 우주도 나중에 커서 엄마보고 쓸모없는 물건이라며 바꾸면 어떻게 하죠?"

산모가 걱정스러운 표정으로 물었다. 소연이 산모를 툭, 치며 말했다.

"우주는 그럴 일 없을 거야. 네가 좋은 엄마 되면 되지. 그나저나 엉뚱한 따님 때문에 우리가 만났네요."

"네, 그런 셈이죠."

"제 생각엔 아영이가 굉장한 박애주의자일 것 같아요. 이 세상에 아빠 없는 불쌍한 친구들을 위해 우리 아빠를 빌려주겠노라고 했잖아요. 이런 마음이라면 나중에 크게 될 것 같아요. 솔직히 아빠를 빌려준다는 것도 아무나 생각 못하잖아요."

이십대가 말했다. 박애주의자라는 말에 모두가 웃었다. 태만은 고개를 절레절레 흔들었다. 그때 보일러실 쪽에서 우당탕탕 소리가 났다. 태만과 이십대의 눈이 마주쳤다. 이십대의 눈에서 공포를 읽을 수 있었다. 태만은 본능적으로 몸을 돌려 베란다로 향했다. 검은 그림자가 휙~ 하고 아래로 뛰어 내려갔다. 태만이 소리쳤다.

"저 놈 잡아라! 저 놈 잡아!"

마침 이십대의 집으로 걸어오던 미연과 지수가 검은 그림자와 마주쳤다. 태만은 미연과 지수가 함께 오고 있다는 게 이상하긴 했지만 여러 생각을 할 여유가 없었다. 태만이 지수를 향해 소리쳤다.

"지수야! 그놈 좀 잡고 있어. 스토커야. 내 금방 내려갈게."

사 층 창문 너머로 태만이 사라졌다. 아래로 내려오는 모양이었다. 스토커라니 지수는 본능적으로 손을 뻗어 놈의 앞을 막아섰다. 팔다리가 가는 검은 그림자는 모자를 깊게 눌러쓰고 마스크로 얼굴을 가렸다. 얼굴을 가린 걸 봐서는 아는 사람이 분명했다. 지수가 말했다.

"내가 소싯적에 운동을 좀 했거든. 너 하나쯤은 거뜬히 잡을 수 있어. 좋은 말 할 때 가자."

검은 그림자가 손을 뻗었다. 샥샥, 바람을 가르는 날카로운 소리가 들리더니 뭔가 번쩍였다. 지수는 본능적으로 몸을 움츠렸다. 칼이었다. 지수가 미연에게 말했다.

"물러서요. 좋은 말로 해결하려고 했더니 안 되겠네."

"아영 어머니, 위험해요."

미연의 목소리가 떨렸다. 지수가 검은 그림자를 노려보며 말했다.

"이래 죽으나 저래 죽으나 한 번은 죽어요."

말은 침착하게 했지만 지수 역시 무서웠다. 이 사람 왜 이렇게 늦는 거야. 지수는 원룸 건물을 살피며 태만을 기다렸다. 지수가 한눈을 파는 사이 검은 그림자가 팔을 휘둘렀다. 칼끝이 지수의 얼굴을 스쳤다. 잽싸게 몸을 피했기 망정이지 큰일 날 뻔했다. 미연이 소리쳤다.

"아영 어머니…… 피…… 피가……."

왼쪽 볼 아래가 아렸다. 아, 진짜, 왜 이리 안 와. 지수는 구석에 몰려 움직일 수가 없었다. 더 나쁜 소식은 놈의 사정거리 안이라는 것이었다. 빠져나가야 했다. 지수는 녀석을 달래기 시작했다.

"이봐, 말로 풀자고, 말로. 설마 그걸로 정말 사람을 죽일 생각은 아니지? 그러려고 가져온 거 아니잖아."

"아악!"

검은 그림자가 소리를 지르며 지수에게 달려들었다. 지수가 틀린 모양이었다. 녀석은 사람을 죽일 생각으로 가져왔나 보다. 놀란 지수가 손을 머리 위로 들어올리고는 눈을 질끈 감았다. 주마등처럼 온갖 생각이 스쳐갔다. 그중에서도 아영이 얼굴이 떠나지 않았다. 자신도 모르게 아영을 불렀다.

"아영아!"

딱! 소리가 나더니 머리 위로 무거운 것이 떨어졌다. 지수는 그대로 쓰러졌다. 이대로 죽는구나 싶었다. 그때였다.

"괜찮아?"

태만의 목소리에 지수는 눈을 떴다. 태만이 지수를 지긋이 바라보고 있었다. 태만이 이렇게 반갑기는 처음이었다. 지수가 물었다.

"스토커는?"

태만이 아래를 내려다보았다. 검은 그림자가 쓰러져 있었다. 그리고 몇몇 여자들이 검은 그림자를 에워싸고 있었다. 그중 한 명은 전에 병원에서 보았던 여자아이였다. 도대체 무슨 일인지 지수는 모든 게 당혹스러웠다. 미연이 지수를 부축하며 말했다.

"여기 사람들은 아빠가 필요해서 모인 사람들이에요."

아빠가 필요해서 모였다니? 도대체 무슨 소리인가. 지수는 믿기 어려웠다. 미연을 비롯해서 소연, 산모, 이십대까지 동시에 고개를 끄덕였다. 지수가 태만을 바라보며 물었다.

"무슨 소리야? 아빠가 필요하다니?"

"그게…… 말하자면 긴데……"

"얼른 말해봐!"

"아영이가…… 중고 물건을 파는 사이트에……"

태만이 어깨를 으쓱하며 그간의 사정을 말했다. 이야기를 들으면서 지수는 어처구니가 없었다. 지금까지 그저 대리운전을 한다고 생각했는데 아빠 역할을 하고 있었다고? 게다가 아영이 이 지지배는 다 알면서도 말 한마디 안 했다고? 지수는 부녀의 농간에 놀아난 것만 같았다. 미연이 말했다.

"치매 걸린 어머니께서 돌아가시기 전까지 여기 있는 아빠가 많이 보살펴주셨어요. 그때 병원에서 뵌 날은 어머니가 돌아가신 날이었고요. 힘들었던 서로를 위로해주는 순간에 아영 어머니가 나타나신 거예요."

"위로가 서로 포옹해주는 건가요?"

지수는 여전히 믿기지 않았다. 미연은 고개를 숙였다. 태만도 할 말이 없었다.

"당신들도 그런가요? 서로 위로한다고 포옹하고 그러나요?"

지수의 말에 이십대가 나섰다.

"아빠를 포옹한 적은 없지만 아빠가 좋다고 하시면 해드리고 싶어요. 이 사람 삼 년 전부터 절 스토킹 하던 사람이거든요. 안 해본 게 없어요. 경찰도 찾아가보고 사설 경호도 붙여보고. 그래도 해결이 안 돼서 아빠한테 연락을 한 거예요. 그날도 아빠가 이 녀석에게 맞아서 병원에 가신 거구요. 그때부터 아빠 팬이 됐어요."

"네, 저도 마찬가지예요. 이성의 느낌으로 포옹하는 게 아니라 정말 아빠를 포옹하는 느낌으로요. 아빠 아니었으면 우리 우주, 저와 함께 살지 못했을 거예요. 저 입양 보내려고 했거든요."

산모가 우주를 보여주며 말했다. 소연이 어깨를 으쓱하며 덧붙였다.

"저는 아빠를 포옹하지 않은 거예요. 아이 교육 때문에 아빠를 잠깐잠깐 빌리는데 솔직히 아빠가 남자로서 굉장히 매력적이거든요. 포옹하면 다른 마음이 생길 것 같긴 해요."

"언니~"

이십대와 산모가 동시에 소연을 쳐다보았다. 소연이 웃으며 말했다.

"그러니까 제 말은 아빠로서 굉장히 매력적이라고요. 제 인연으로 매력적인 게 아니라."

"사연이 어떠하건 저희가 태만 씨를 만난 건 아빠가 필요해서였어요. 진짜 아빠가 아니라 아빠 역할을 해줄 사람이 필요했다고요. 두 분이서 오해 푸셨으면 좋겠어요."

미연이 말했다. 휴, 지수가 길게 한숨을 내쉬었다. 혼란스러웠다. 지수가 말했다.

"우리 이야기 좀 해."

"그 전에 이 녀석부터 해결하자."

태만이 검은 그림자의 모자를 벗기며 말했다. 이십대가 소리를 질렀다.

"악!"

"왜? 무슨 일이야?"

태만이 놀라 물었다.

"이 녀석, 학교 앞 편의점에서 일하는 놈이에요. 세상에, 나만 보면 얼굴 붉히고 해서 부끄럼 많고 착한 줄만 알았는데."

사람은 얼굴만 봐서 모르는 일이다. 그래서 그 사람을 제대로 알려면 봄 여름 가을 겨울, 사계절을 다 겪어봐야 한다는 말이 있나 보다. 때마침 경찰차가 도착했다. 경찰이 검은 그림자를 끌고 갔다. 태만과 이십대, 지수, 미연 그리고 산모와 소연도 참고인 자격으로 경찰서에서 조서를 받았다. 다시는 쫓아다니지 않는다는 맹세를 받은 이십대는 녀석을 용서했다.

"난 아직도 이해가 안 돼. 어떻게 아빠를 빌릴 생각을 해?"

경찰서를 나와 집으로 향하는 길에 지수가 물었다. 태만이 빙그레 웃으며 말했다.

"그럼 미연 씨랑 오해는 풀린 거야?"

"머리로는 이해가 되는데 마음이…… 마음이…… 허락을 안 해."

지수가 가슴을 치며 말했다.

"지켜봐. 그럼 알 거야. 내가 이 일을 하면서 깨달은 게 뭔지 알아?"

지수가 태만을 바라보았다.

"누구나 애를 낳을 수는 있지만 누구나 아버지가 되는 건 아니라는 거. 얼마나 많은 남자들이 자격 미달인지, 얼마나 많은 가족들이 아버지란 존재 때문에 아파하고 있는지 처음 알았어. 그래서 솔직히 나를 찾는 사람이 많을수록 씁쓸하더라고."

"칫, 얼굴엔 좋아요, 라고 쓰여 있더만."

지수가 못마땅한 표정으로 면박을 주었다. 태만이 그런 지수의 어깨를 감싸 안으며 말했다.

"조금만 지켜봐줘, 응?"

"그럼, 약속 하나 해."

"말해. 뭐든지 들어줄게."

"아영이에게 진짜 아빠가 되어줘."

"무슨 소리야. 이미 진짜 아빠인데."

"그 여자들에게 한 거처럼 우리 아영이한테도 해줘, 똑같이."

지수가 진지하게 말했다. 태만은 지수의 말이 무슨 의미인지 알 것 같았다.

"알았어. 진짜 아빠가 될게. 그리고 너한테도 진짜 남편이 될게."

지수가 눈물을 흘렸다. 태만은 걸음을 멈추고 지수의 눈물을 닦아주었다.

"미안해. 그리고 고마워, 내 옆에 있어줘서."

좋은
아빠 되기

 '아빠를 빌려드립니다' 사업은 날이 갈수록 번창했다. 세상엔 아빠가 필요한 곳이 너무 많았다. 달리 말하면 많은 사람들이 아빠 없이 살아가고 있다는 뜻이기도 했다. 때문에 태만은 자신을 찾는 사람이 많을수록 안타까웠다.

 태만은 이 땅의 아영 같은 아이들을 위해 아빠를 찾아주고 싶었다. 아니, 아빠가 되는 법을 배우지 못한 이 땅의 모든 남자들에게 자신의 자리를 찾아주고 싶었다. 그래서 시작한 것이 '좋은 아빠 되는 법'이란 강의였다.

 처음에는 모두 그를 무시했다. 아빠가 아빠지 아빠 되는 걸 굳이 배워야 하느냐, 좋은 아빠의 기준은 뭐고 나쁜 아빠의 기준은 뭐냐, 개개인의 특성을 인정하지 않는 거냐, 아버지 권위에 대한 도전이냐, 먹고살기도 바쁜데 아이들에게 또 시달려야 하느냐 등등.

태만은 그를 무시하고 반대하는 사람들 앞에서 한 가지만 강조했다. 모성애가 타고나는 게 아니라 만들어지는 것이듯 부성애 역시 타고나는 게 아니라 만들어지는 것이다. 따라서 우리는 아빠가 되는 법을 배워야 한다.

실제로 그의 강의를 들은 대부분의 사람은 "처음으로 아빠라는 존재에 대해 생각했다" "좋은 아빠가 되고 싶어도 그 방법을 몰랐는데 알게 되었다"라며 칭찬했다. 그의 강의는 입소문을 타면서 빠르게 전파되었다.

그러던 어느 날 태만은 처음 입사했던 삼숭증권에서 강의를 제안받았다. 태만은 흔쾌히 승낙했다. 그리고 아주 오랜만에 양복을 입고 넥타이를 맸다. 금의환향하는 기분이었다. 강의실엔 아직 결혼하지 않은 미혼 남자들뿐 아니라 이제 막 결혼을 한 남자들, 입사 동기들, 선배들로 가득했다. 최근 함께 일하게 된 승일이 그들에게 팸플릿을 나눠주었다. '좋은 아빠 되는 법'이 적힌 노트였다. 태만은 강단에서 열띤 강의를 했다.

"우린 아버지라는 무게에 스스로 짓눌려 그 축복된 역할을 외면하거나 도망쳤습니다."

남자들이 고개를 끄덕였다.

"아내와 아이들이 원하는 건 아주 사소한 것입니다. 그들의 말에 귀를 기울이고 함께 웃고 함께 우는 삶이죠. 그러기 위해서는 지금 그들의 모습 그대로 우리의 삶에 초대해야 합니다."

말처럼 쉽지 않은 일이다. 하지만 충분히 달라질 수 있다. 태만이 전과 달라진 게 있다면 지수와 이야기하는 시간이 즐거워졌다는 것이다. 대화의 칠십 퍼센트가 불평인 지수지만 그녀가 힘들어하는 모습을 볼 때면 우리를 위해 열심히 살고 있구나, 느낄 수 있었다.

그뿐만이 아니었다. 아영과 함께하는 시간도 즐거워졌다. 그 작은 머리로 엉뚱한 상상을 할 때면 어찌나 귀여운지. 예전엔 한없이 한심해 보였던 아영이 딸의 기준에서 생각하면 뭘 해도 크게 될 것 같았다. 태만은 자신의 가족을 돌아보면서 가족 문제를 다루는 귀재가 되었고 사업도 점점 커졌다.

…

그사이 지수는 새 미용실 자리를 찾았다. 조금 외진 곳이긴 했지만 지수 솜씨라면 금방 단골이 생길 것이라 자신했다. 문제는 아영, 이곳을 떠나지 않겠다고 고집을 부렸다.

"나도 떠나기 싫다고. 하지만 어떡해. 하늘에서 돈벼락이 떨어지지 않는 한 별다른 방법이 없잖아."

지수가 가계 장부를 정리하며 말했다. 오늘 가계약을 하고 왔다고 했다. 태만은 미용실 바닥을 쓸며 지수의 이야기를 듣고 있었다. 관악산 사건 후 가끔 마귀할멈에게 불려가 일을 도와주곤 했지만 재계약 관련 이야기는 꺼내지도 못했다.

"잘했어. 수고했어."

태만이 지수에게 말했다. 쓰레받기에 머리카락을 담아 쓰레기통에 넣다가 마귀할멈과 마주쳤다. 곱게 화장을 한 모습이 자전거 노인을 만나고 오는 모양이었다. 마귀할멈이 투정을 부리며 말했다.
"가지 마."
"예?"
"가지 말라고."
"가지 말라뇨. 재계약 안 하신다고 했잖아요."
태만이 말하자 마귀할멈이 퉁퉁거렸다.
"내 그 건물 사장 잘 아는데…… 그놈 노름 좋아해서 보이지 않게 빚이 많아. 그 건물 언제 넘어갈지 몰라."
"그걸 지금 이야기해주면 어쩌라고요!"
지수가 소리쳤다.
"지금이라도 이러는 게 낫지, 안 그래?"
마귀할멈이 태만에게 동의를 구했다. 틀린 말은 아니지만 마귀할멈에게 듣고 싶은 말은 아니었다. 태만은 이런 이야기를 하는 저의가 궁금했다.
"안 가면 계약금은 어쩌고요?"
"그런 집에 가느니 계약금 포기하는 게 낫지."
마귀할멈이 심드렁하게 말했다. 지수가 발끈했다.
"저희는 계약금 포기할 정도로 돈이 많은 것도 아니고 더 이상 이곳에 미련도 없어요. 언제 또 빼라고 할지 모르는데 어떻게 여기 있어요?"

"나 죽을 때까지는 그 소리 안 할 거야. 그리고 계약금 받아다 줄게. 그놈이 나한테 빚진 게 많거든."

"갑자기 왜 이러세요? 왜 잘해주시냐고요?"

지수가 물었다. 사람이 변하면 죽는다고 하는데. 지수는 별 생각이 다 들었다. 마귀할멈이 빙그레 웃으며 말했다.

"그냥 해주는 건 아니고 가끔 애기 아빠 좀 빌려줘."

"네?"

지수가 놀라 되물었다.

"건물이 오래돼서 남자 손길이 필요해. 가끔 빌려줘."

"아드님은요?"

"그놈 이야기는 꺼내지도 마. 지 마누라 치마폭에 사는 멍충이. 그럼, 그렇게 알고 가네."

마귀할멈은 자기 할 말만 하고 가버렸다. 황당했다. 지수가 태만을 바라보며 물었다.

"마귀할멈한테도 갔었어?"

"응, 몇 번."

태만이 대답했다. 지수가 고개를 흔들며 웃었다.

"나 참, 당신 때문에 못 살아 정말."

"하, 다행이다. 이곳을 떠나지 않아도 돼서."

"그러게, 여기에서 정말 많은 일이 있었지."

지수와 태만은 미용실을 둘러보았다. 비록 오래되고 낡았지만 이곳엔 그들의 이야기가 고스란히 담겨 있었다. 멍멍야옹몰을 처분하고 술에 취해 지내던 암울한 나날들, 만삭의 배로 머리를 잘라주다 병원에 실려 갔던 일, 처음 땅을 딛고 일어서던 아영을 보았을 때의 기쁨, 지나간 일들이 하나하나 떠올랐다. 태만이 물었다.

"아영이는 뭐해?"

"숙제하고 있겠지."

"간만에 기름칠 좀 할까?"

고기를 먹자는 소리였다. 태만의 촌스러운 비유도 오늘만은 정겹게 들렸다. 지수가 빙그레 웃으며 고개를 끄덕였다. 태만은 지수의 손을 잡고 집으로 들어갔다.

...

집 안은 색색의 풍선들로 가득 차 있었다. 집에 들어서던 태만과 지수는 놀라서 걸음을 멈추었다. 알록달록 풍선들 사이로 아영이 열심히 풍선을 불고 있었다. 지수가 소리쳤다.

"아, 깜짝이야! 아영아, 뭐하는 거야?"

"보면 몰라? 풍선 불잖아."

"우리 아영이 풍선은 왜 부는데?"

태만이 웃으며 물었다. 예전과 달리 태만은 느끼할 정도로 부드러워졌다. 아영이 말했다.

"여행 가려고."

"여행?"

"응, 지붕 위에 풍선 달면 하늘로 붕 뜬대. 그럼, 나도 할아버지처럼 떠날 거야."

며칠 전 풍선을 달고 하늘을 날던 애니메이션을 이야기하는 거였다. 암튼 한번 본 애니메이션은 꼭 따라 해야 직성이 풀리는 아영이었다. 지수가 한심한 표정으로 한숨을 내쉬며 말했다.

"채아영, 그건 애니메이션 속에서……"

태만이 잔소리하려는 지수를 툭 치며 말했다.

"아빠도 함께 떠나볼까?"

"좋아, 여기 풍선."

아영이 풍선을 건네며 빙그레 웃었다. 태만은 아영 옆에 앉아 풍선을 불었다. 지수가 못마땅한 표정으로 부녀를 보며 말했다.

"이 사람이…… 당신이 자꾸 맞춰주니까 애가 이 모양이지."

"당신도 불어. 함께 갈 곳이 있어."

태만이 지수에게 풍선을 건네며 말했다. 지수가 물었다.

"당신 정말 왜 그래?"

"싫으면 당신은 여기 있고. 아영아, 우리 광주부터 가자. 알았지?"

"광주는 왜?"

아영이 묻자 태만이 말했다.

"그리운 사람 만나러."

"그리운 사람이라니? 누구? 어머니?"

지수가 물었다. 태만이 말없이 고개를 끄덕였다. 태만의 눈이 촉촉하게 젖었다. 지수가 아영 옆에 앉으며 말했다.

"우리 아영이 신나겠네. 할머니도 만나고."

"할머니 돌아가신 거 아니었어?"

언젠가 가족관계를 자꾸 묻는 아영에게 귀찮아서 돌아가셨다고 했는데 그걸 귀신처럼 기억하고 아영이 물었다.

"돌아가셨어."

순간 지수는 심장이 멎는 듯했다. 그새 돌아가신 모양이었다. 태만의 목소리에서 슬픔이 고스란히 느껴졌다.

"돌아가셨는데 어떻게 만나러 가?"

"돌아가셔도 만날 수 있지. 왜냐하면 여기 살아 계시거든."

태만이 가슴을 두드리며 말했다. 아영이 말도 안 된다는 표정으로 피식 웃었다.

"에이, 거긴 풍선 타고 갈 수가 없잖아."

"여기 살아 계시니까 풍선 타고 가는 곳에 항상 함께 있는 거야."

태만의 말에 아영은 알 듯 말 듯한 표정이었다. 지수가 풍선을 불며 말했다.

"엄만 할머니랑 바다에 가고 싶다. 파도가 일렁이는 바다, 갈매기가 끼룩끼룩 울고……."

순간 풍선이 빵! 하고 터졌다. 풍선을 불던 지수가 깜짝 놀랐다. 그러다 이내 큰 소리로 웃었다. 지수의 웃음소리에 태만과 아영이 따라 웃었다. 아영이 말했다.

"나도 바다 갈래."

"좋아! 누가 빨리 부나 내기할까?"

태만이 말했다. 아영이 고개를 끄덕이며 말했다.

"좋아! 내가 먼저 불 거야!"

태만과 아영은 경쟁적으로 풍선을 불었다. 어느새 집 안은 풍선으로 가득했다.

그날 밤 태만은 지붕 위에 풍선을 달고 어머니를 만나러 갔다. 어머니는 언제나처럼 한복을 만들고 있었다. 태만이 도착하자 어머니가 웃으며 반겨주었다.

'이제 오니?'

작가의 말

아버지에게 보내는 긴 편지

『아빠를 빌려드립니다』를 처음 출간하고 사 년이란 시간이 흘렀다.

사 년 동안 많은 일이 있었다. '2013 익산시립도서관 한 권의 책'으로 선정이 되기도 하고, EBS 라디오 '주제가 있는 책방'에 추천되기도 하고, 무엇보다 영화 개봉을 앞두고 있다. 부족한 이야기에 비해 분에 넘치는 사랑을 받았다. 이 책에 관심 주시고 사랑해주신 모든 분들에게 감사드린다.

이 이야기는 '아빠를 빌려드립니다'라는 제목의 한 기사에서 시작되었다. 생활이 어려운 남자가 인터넷 구직란에 '아빠를 빌려드립니다'라는 광고를 냈다는 기사였는데, 남자는 혼자 살고 있는 여자 혹은 편모 아래에서 외로워하는 아이들에게 아빠의 빈자리를 채워주는 일을 했다. 그 남자 이야기를 읽으면서 나도 모르게 한 사람이 떠올랐다. 바로 나의 아버지였다.

이 책을 쓸 때만 해도 아버지에 대한 기억이 별로 없었다. 빛바랜 스냅사진처럼 단편적인 이미지가 다였다. 그러나 책을 출간한 이후 아버지가 달라지셨다. 늘 혼자 집밖으로 겉돌던 아버지께서 기꺼이 우리에게 시간을 내주셨다. 우리와 함께 여행을 다니고, 우리와 함께 노래를 부르고, 우리를 위해 요리도 하셨다. 아버지의 변화는 우리의 삶을 완전히 바꾸어놓았다. 실로 놀라운 경험이었다.

우리의 작은 변화가 이 책을 읽는 모든 가족에게 작용하길 바라는 마음이다. 이 책은 아버지에게 보내는 긴 편지이자 아버지에게 보내는 나의 마음이며 아버지에게 드리는 심심한 위로와 감사장이다. 동시에 세상 모든 아버지에게 보내는 응원의 메시지다.

고맙습니다, 아버지. 당신이 있기에 삶의 희망을 품어봅니다.

2014년 가을

홍부용

아빠를 빌려드립니다

초판 1쇄 발행 2014년 11월 17일 **초판 3쇄 발행** 2024년 2월 28일

지은이 홍부용
펴낸이 이승현

출판1 본부장 한수미
라이프 팀

펴낸곳 ㈜위즈덤하우스 **출판등록** 2000년 5월 23일 제13-1071호
주소 서울특별시 마포구 양화로 19 합정오피스빌딩 17층
전화 02) 2179-5600 **홈페이지** www.wisdomhouse.co.kr

ⓒ 홍부용, 2014

ISBN 978-89-5913-851-7 03810

- 이 책의 전부 또는 일부 내용을 재사용하려면 반드시 사전에 저작권자와 ㈜위즈덤하우스의 동의를 받아야 합니다.
- 인쇄·제작 및 유통상의 파본 도서는 구입하신 서점에서 바꿔드립니다.
- 책값은 뒤표지에 있습니다.